Valerio Evangelisti

Né en Italie en 1952, historien de formation, Valerio Evangelisti devient chercheur en sciences politiques à l'université de Bologne, sa ville natale, où il vit encore aujourd'hui. Grand amateur de littérature populaire, il se tourne à quarante ans vers le roman après avoir publié de nombreux essais d'histoire et de sociologie.
La série des *Eymerich* est couronnée par le prix Urania dès le premier tome, en 1994, et obtient en France les prix traditionnellement attribués aux auteurs anglo-saxons (prix Tour Eiffel 1998, Grand Prix de l'Imaginaire 1999).
Par un surprenant croisement des genres — terreur, science-fiction et histoire —, Valerio Evangelisti contribue au renouveau de la littérature de l'imaginaire.

NICOLAS EYMERICH, INQUISITEUR

Dans la collection
Science-Fiction / Pocket

FRAGMENTS D'UN MIROIR BRISÉ

Dans la collection
Pocket Best*

LE CORPS ET LE SANG D'EYMERICH
LE MYSTÈRE DE L'INQUISITEUR EYMERICH
LES CHAINES D'EYMERICH

** Tous ces titres seront prochainement disponibles dans la collection Science-Fiction/Pocket*

SCIENCE-FICTION

Collection dirigée par Bénédicte Lombardo

VALERIO EVANGELISTI

NICOLAS EYMERICH, INQUISITEUR

Traduit de l'italien
par Serge Quadruppani

Nouvelle édition revue par l'auteur
en collaboration avec Doug Headline

RIVAGES

Titre original :
NICOLAS EYMERICH, INQUISITORE

ISBN : 2-266-14169-4

RAPIDE COMME LA PENSÉE — 1

Cherche à comprendre qu'il n'y a rien qui puisse circonscrire l'incorporel, rien de plus rapide et de plus puissant, tandis qu'au contraire, c'est l'incorporel qui, de tous les êtres, est le non-circonscrit, le plus rapide, le plus puissant. Cherche à comprendre de cette manière, et à en tirer par toi-même l'expérience. Ordonne à ton âme de se rendre en Inde, et elle sera plus rapide que ton ordre ; commande-lui encore de passer dans l'océan et de nouveau, elle y sera rapidement, non comme si elle avait voyagé d'un lieu à un autre, mais comme si elle était déjà là. Ordonne-lui de voler haut dans le ciel et elle n'aura pas besoin d'ailes : rien ne peut lui faire obstacle, ni la flamme du soleil, ni l'éther, ni la révolution du ciel, ni les corps des autres astres, mais, en labourant tous les espaces, elle volera jusqu'au dernier des corps célestes. Si tu voulais encore te forcer un passage hors de l'univers lui-même et contempler ce qu'il y a au-delà (s'il y a quelque chose), cela aussi serait possible.

Hermès Trismégiste, *Corpus Hermeticum*, XI

Le professeur Tripler sortit avec circonspection du Robert Lee More Building, siège du département d'Astrophysique de l'Université du Texas. Il scruta les allées du campus en s'attardant sur les haies et les petits groupes d'étudiants, puis il se mit en marche d'un pas rapide, en jetant sans cesse des regards autour de lui.

Mais il ne s'était pas aperçu qu'un jeune homme aux cheveux très noirs, à la barbe épaisse et bouclée, était sorti aussitôt après lui, une expression déterminée sur le visage, et s'était mis à le suivre en se déplaçant d'un côté et de l'autre chaque fois qu'il bougeait la tête.

Quand ils furent arrivés à un croisement, le jeune homme cessa cette curieuse pantomime et, accélérant le pas, toucha l'épaule de Tripler.

— Bonjour, professeur! lança-t-il à pleins poumons.

Tripler sursauta si fort qu'il faillit perdre l'équilibre.

— Ah, c'est vous, murmura-t-il avec une grimace. Ce matin, je craignais que vous ne me manquiez.

Le jeune homme éclata de rire.

— Vous savez bien que je ne vous lâcherai pas tant que vous n'accepterez pas de m'écouter. C'est une situation récurrente dans le cinéma et dans la littérature.

— Dans le mauvais cinéma et la mauvaise littérature, répliqua Tripler d'une voix aigre. Allons, jeune homme, finissez-en avec cette farce. Je vous ai déjà dit que je n'ai pas de temps à vous consacrer.

— Vous me l'avez dit hier, avant-hier et toute la semaine dernière. Aujourd'hui est un autre jour.

— Cela vaut encore pour aujourd'hui. Vos histoires ne m'intéressent pas.

Le jeune homme prit une expression obstinée.

— Et alors, je continuerai à venir à vos leçons, à

fréquenter les mêmes bars et les mêmes restaurants que vous, et à me trouver sur votre route.

— Vous voulez que j'appelle la police ?

— Vous l'avez déjà fait il y a deux ans, et vous voyez le résultat. Ce n'est pas le genre de menace qui peut m'arrêter.

Tripler poussa un grand soupir.

— Je comprends. Maintenant, vous vous attendez que je prononce la phrase fatidique : « Si je vous écoute, vous arrêterez de me tourmenter ? »

— Exact.

— Et quelle est votre réponse ?

— Peut-être.

— Vous avez gagné. Suivez-moi.

Maussade, mais aussi quelque peu amusé, Tripler reprit le chemin du More Building. Tandis que l'ascenseur les emportait dans les étages, il ne prononça pas un mot. Ce fut seulement quand il se retrouva dans son bureau, assis derrière une table encombrée de papiers, que, après avoir longuement observé le jeune homme, il se décida à l'apostropher.

— Asseyez-vous, monsieur... je ne me rappelle pas votre nom, mentit-il sans vergogne.

— Frullifer. Marcus Frullifer.

— Écoutez, monsieur Frullifer, il vaudrait peut-être mieux que je vous arrange une rencontre avec le professeur Wheeler, le chef de notre département...

— Non, merci. L'expert des questions temporelles, c'est vous. Et c'est avec vous que je veux parler.

Tripler passa le pouce et l'index sur ses moustaches rousses.

— Et pourtant, quand vous êtes venu chez moi la première fois, il y a deux ans, j'ai été très clair. Je considère vos recherches démentielles et dénuées de tout intérêt pour la communauté scientifique. Vous devriez vous adresser à un parapsychologue, ou à un mystique quelconque. Ici, nous nous occupons de physique.

Frullifer ne se laissa pas le moins du monde désarçonner. Il se pencha sur son fauteuil.

— Il y a deux ans, je ne faisais que les premiers pas. Ce n'est que maintenant que j'ai pu compléter ma théorie, et elle est si organique et cohérente que je ne crains plus aucune critique. Tout cela grâce à Dobbs, naturellement.

— Dobbs ? Qui est-ce ?

— Adrian Dobbs, philosophe et mathématicien à Cambridge. (Frullifer se gratta la barbe, touffue au point de lui recouvrir la moitié du visage.) Peu de gens s'en souviennent et pourtant ce fut lui qui, en 1965, énonça le premier la théorie des psytrons. Oh, sous une forme très imparfaite, mais...

— La théorie des psytrons ? l'interrompit Tripler. Jamais entendu parler. Écoutez-moi, monsieur Frullifer, vous êtes vraiment en train de perdre votre temps.

— Mettons-nous d'accord, professeur, dit le jeune homme d'une voix si agressive que Tripler en fut légèrement effrayé. Vous me laissez parler sans m'interrompre et je serai aussi bref que possible. Oh, naturellement, vous pourrez me poser des questions...

— Vous êtes trop bon.

— Mais non, je vous en prie. Alors, vous acceptez ?

Tripler jeta un coup d'œil à la pendule au mur. Il poussa un grand soupir.

— D'accord, j'accepte. Mais dépêchez-vous, vraiment.

Frullifer se leva et se dirigea vers le tableau noir.

— Où allez-vous ? demanda Tripler.

— Les physiciens se parlent à travers le tableau noir.

— Oui, c'est vrai, les physiciens le font, mais d'abord, vous devez me persuader que vous en êtes bien un. Revenez vous asseoir et exposez-moi votre pensée avec des mots. Après, nous verrons.

L'air malheureux, Frullifer se laissa retomber sur son fauteuil. Il regarda les cimes des arbres qu'on découvrait depuis la vaste baie vitrée et observa un instant de silence, comme s'il rassemblait ses idées. Puis il commença :

— Vous vous en souviendrez, tout a débuté avec le principe d'indétermination d'Heisenberg. Cette histoire des photons qui tantôt se comportent comme des corpuscules et tantôt comme des ondes, suivant qu'on les observe ou pas, ne m'a pas du tout convaincu.

— Elle ne convainc personne, mais c'est ainsi, dit Tripler en écartant les bras.

— Laissez-moi continuer. Mon intuition initiale fut qu'il pouvait y avoir une interférence de la pensée humaine. Une sorte de champ, créé par le cerveau, qui interférerait avec le mouvement des photons et en modifierait la nature. Si vous vous souvenez de notre premier entretien...

— Je m'en souviens très bien. Quand vous m'avez tenu ces propos, je vous ai fait jeter dehors.

— Et vous avez bien fait, répondit Frullifer d'une voix qui se faisait humble. Ma théorie était vraiment absurde. Mais pas l'intuition sur laquelle elle se basait. À l'époque, je n'avais pas encore lu Dobbs...

— En fin de compte, qui est ce Dobbs ? l'interrompit Tripler, impatient.

— Je vous l'ai déjà dit. Un mathématicien anglais. Dobbs, fasciné par la mathématique quantique, a émis l'hypothèse de l'existence des psytrons. Il les a décrits de fond en comble dans un article intitulé *Time and ESP*, publié en 1965 dans le numéro 54 des *Proceedings of the Society for Psychical Research* de Londres. Des particules semblables aux neutrons, excitées par l'activité cérébrale humaine et projetées d'un cerveau à l'autre. Dans un langage plus moderne, nous pourrions parler de faisceaux d'énergie du champ psychique qui se comportent comme des particules. Une idée géniale, vous en conviendrez.

Tripler secoua la tête.

— Dobbs avait-il jamais vu un de ces... psytrons ?

— Et vous, avez-vous jamais vu un quark, ou une saveur ? rétorqua Frullifer qui se pencha sur le siège, en agrippant le rebord du bureau. Soyons sérieux. Certains phénomènes ne sont pas repérables par l'observation directe, mais par l'examen de leurs conséquences. Quand je lus Dobbs, je compris tout de suite qu'il avait trouvé la solution. C'étaient les psytrons qui interféraient avec les photons, en modifiant leur propre nature lorsqu'on les observait. Et non le « champ » dans lequel je m'étais embourbé jusqu'alors.

Sous les moustaches de Tripler se dessina un large sourire.

— Je crains que vous ne vous soyez trompé de lieu pour vos divagations, jeune homme. C'est justement le directeur de notre institut, John Wheeler, qui a démontré que les photons changent de nature également lorsqu'ils sont émis d'un quasar, c'est-à-dire des millions d'années-lumière avant que naisse quelqu'un capable de les observer. Quand ils traversent une lentille gravitationnelle, c'est comme s'ils savaient déjà qu'un jour quelqu'un les observerait.

— Précisément, lança Frullifer avec l'expression

satisfaite de quelqu'un à qui l'on vient de servir le mets de roi auquel il aspirait depuis longtemps. Et le professeur Wheeler soutient que les photons n'ont pas de nature bien définie, avant que quelqu'un les observe. Mais la théorie des psytrons de Dobbs permet de contourner cette conclusion paradoxale. Certes, pas dans la forme où elle fut originellement formulée. Mais moi, j'y ai travaillé et maintenant, je peux...

Ennuyé, Tripler leva une main.

— Avant de poursuivre, expliquez-moi en détail votre théorie. Autrement, vos références tomberont dans le vide.

Frullifer hocha la tête, très sérieux.

— Très bien. Dobbs avait raison, il n'y a pas de doute. Le cerveau humain émet des particules, et ce sont ces particules qui interfèrent avec les mesures quantiques. Mais si les psytrons existent — et je suis en mesure de démontrer qu'ils existent —, de quoi sont-ils composés ? Ils doivent avant tout avoir une masse très petite, de l'ordre de celle qu'on suppose aux neutrins. Dans le cas contraire, leur interaction avec la matière serait forte, et on la remarquerait dans la vie quotidienne. En outre, ils doivent voyager à une vitesse très supérieure à celle de la lumière.

Tripler éclata de rire.

— Il est impossible de croire que vous avez étudié la physique. Rien ne voyage à une vitesse supérieure à la lumière.

— C'est vous qui vous trompez, rétorqua Frullifer, prenant la mouche. Avez-vous jamais entendu parler des bradions et des tachyons ? Chaque jour, dans les laboratoires du monde entier, on observe des particules qui voyagent plus vite que la lumière. Pour ne pas parler de ce qui advient dans les quasars.

Tripler parut irrité par le ton insolent du jeune homme.

— Les vitesses supralumineuses auxquelles vous faites allusion apparaissent dans un milieu donné. Mais rien ne peut dépasser la vitesse de la lumière dans le vide.

— Mais où est le vide ? gronda Frullifer en retour. Puis il allongea la main : Restons-en à notre accord, laissez-moi poursuivre.

— Entendu, je vous laisserai poursuivre. Mais permettez-moi de vous avertir. Il ne se passe pas un mois sans que se présente dans cet institut quelque jeune génie qui prétend nier la théorie de la relativité.

Tripler ouvrit le tiroir le plus bas du bureau et en tira un paquet de feuilles qu'il agita en l'air.

— Regardez ces mémoires. Ils sont tous de ce calibre. Et vous savez ce que j'en fais ? Je les collectionne pour en rire le soir avec les amis, devant un verre de bière. Donc, si vous êtes un promoteur de l'éther, de la flogistique ou d'autres sottises de ce genre...

Une expression offensée se peignit sur le visage barbu de Frullifer.

— Mais je ne nie nullement la théorie de la relativité ! protesta-t-il. Écoutez-moi. Admettez un instant, un instant seulement, que les psytrons de Dobbs existent vraiment. Admettez qu'à l'état quantique, ils atteignent des vitesses supralumineuses...

— Et pourquoi donc devraient-ils voyager plus vite que la lumière ?

— Parce que tous les cas avérés de transmission de la pensée à grande distance ont vu des communications instantanées.

Tripler fronça ses sourcils roux.

— Transmission de la pensée ? Mon ami, vous vous aventurez sur des thèmes qui mettent en rage des gens tels que moi ou n'importe quel scientifique.

— Alors, laissons tomber la télépathie. Postulons simplement que les psytrons excités ont une vitesse supralumineuse. Que leur arrive-t-il, dans le mouvement ? C'est simple. En vertu justement de la théorie de la relativité générale, leur énergie devient infinie. Elle devient donc une énergie *imaginaire*, qui n'est pas de cet univers. Et quand les psytrons rejoignent le corps attracteur, c'est-à-dire les neurones du cerveau récepteur, nul temps ne s'est en fait écoulé, parce que dans l'imaginaire, qu'on pourrait faire coïncider avec ce qu'on appelle l'inconscient collectif, le temps n'existe pas.

Tripler en resta bouche bée, abasourdi par la désinvolture de son interlocuteur. Il réussit seulement à demander :

— Et cela a un rapport avec le paradoxe de Whceler ?

— Oh, mais oui ! répondit Frullifer, triomphant. Je vous ai déjà dit que les psytrons devaient avoir une masse, même très réduite, comme celle attribuée aux neutrins. Si les psytrons projetés forment un faisceau, les premiers, dont l'énergie tend à l'infini, en viennent à avoir aussi une masse et une densité infinies. Ils produisent donc une distorsion spatio-temporelle, dans laquelle tombent les derniers, ceux qui sont le plus en arrière du processus, en somme ceux qui sont *en queue* du faisceau. Certains de ceux-là sont tirés dans le passé, avec leur charge d'informations, qui est identique à celle des premiers. Voilà pourquoi les photons émis par un quasar savent déjà, si je puis m'exprimer ainsi, qu'un jour quelqu'un les observera. (La voix du jeune homme passa de l'enthousiasme à la prudence.) Je sais, le sujet ne vous plaît guère, mais permettez-moi d'ajouter que le processus que je vous ai décrit explique aussi accidentellement la plus grande partie des phénomènes de précognition et de métempsycose.

Tripler se passa le dos de la main sur le front, comme pour essuyer une invisible sueur. Il secoua la tête et regarda de nouveau la pendule.

— Je préfère ne pas faire de commentaires. Une unique observation, monsieur Frullifer. Si j'ai bien compris, vous proposez une explication personnelle des phénomènes quantiques. Mais moi, je suis avant tout un astrophysicien. Pourquoi être venu me voir, moi ?

— Parce que si vous admettez l'existence des psytrons de Dobbs, l'astrophysique entière en sera bouleversée. Je répète : bou-le-ver-sée, insista Frullifer en accompagnant son affirmation d'un geste tranchant de la main. Je me suis demandé : d'où viennent les psytrons ? Est-ce le cerveau qui les crée ? Non, naturellement, rien n'est créé à partir de rien. Les psytrons existent déjà, dans leur état fondamental. Les synapses cérébrales se limitent à les charger d'informations et à les exciter, en leur donnant la vitesse dont je vous parlais.

— Et où seraient-ils donc, ces psytrons ? Attachés au plafond ?

— Ils sont partout, exactement comme les neutrins. Les filets neuronaux en capturent un certain nombre, donnant forme à l'individualité et à la pensée suggestive. Mais les psytrons sont présents à tous les angles de l'univers. Et même, c'est justement leur masse qui empêche l'univers de s'effondrer.

Tripler oscillait entre l'ennui, l'irritation et l'amusement, sentiments contrastés qui trouvèrent à s'exprimer par un ricanement sarcastique.

— Donc, selon vous, les psytrons seraient la fantomatique « matière noire » ?

— Bravo ! Je vois que vous commencez à comprendre, s'exclama Frullifer, qui n'avait pas saisi l'accent ironique du scientifique. L'ensemble des psytrons que, personnellement, j'appelle Psyché, baigne l'univers tout entier, avec plus ou moins de densité suivant les zones. C'est sa masse, ajoutée à celle des neutrins, qui évite le collapsus de l'univers. Mais les psytrons ont encore quelque chose que les neutrins ne possèdent pas : un bagage d'informations, un peu comme les bits en informatique. Mais je ne voudrais pas devenir trop obscur.

— Vous l'êtes depuis le début.

Tripler se pencha à travers le bureau, en donnant à son visage une expression très sérieuse.

— Maintenant, répondez à une question décisive. Avez-vous des preuves expérimentales de ce que vous soutenez ? Ou bien s'agit-il seulement de vos élucubrations personnelles ?

Frullifer sourit avec assurance.

— Bien sûr, que j'ai des preuves. Au moins trois, et toutes les trois irréfutables.

— Vraiment ? Énoncez-m'en au moins une.

— C'est très simple. L'expérience de Michelson.

Tripler abattit la paume de la main sur le bureau, si fort que quelques feuilles descendirent en vol plané vers le sol.

— Vous êtes fou ! L'expérience de Michelson-Morley a été le plus célèbre ratage de l'histoire de la physique ! Même les enfants le savent !

Frullifer ne fut pas troublé le moins du monde.

— Mais je ne parle pas de l'expérience Michelson-Morley de 1904, je parle de l'expérience Michelson-Gale de 1925, qui renouvelait la tentative de Sagnac en 1913. Ces deux dernières, qui répétaient celle de Michelson et de Morley à une échelle adéquate, connurent un succès total. Elles démontraient que la lumière, sur son chemin, rencontre un milieu qui la ralentit. Sauf que Sagnac gardait encore à l'esprit l'éther, alors que Michelson avait perdu toute certitude. Ils ne pouvaient savoir que le milieu existe en effet, mais que ce n'est pas l'éther. C'est la Psyché, c'est-à-dire la grande mer des psytrons.

Tripler s'appuya, épuisé, sur le dossier du fauteuil.

— Ce serait ça, les preuves ? Attention, ma patience atteint ses limites.

— Non, je vous ai dit qu'il y a d'autres preuves ! cria Frullifer. Puis, s'efforçant de garder une voix calme : La preuve évidente, sous les yeux de tous, c'est le déplacement vers le rouge, le *redshift* des galaxies.

L'expression de Tripler passa de la morosité à la stupéfaction.

— Mais que dites-vous là ? Le *redshift* démontre seulement que les galaxies s'éloignent les unes des autres !

— C'est ce que croient les partisans du Big Bang, mais il s'agit bel et bien d'une escroquerie. Pas le Big Bang en soi, mais le fait que le *redshift* en soit la preuve. Le déplacement vers le rouge se produit parce que, sur les grandes distances, la lumière perd de l'énergie, se voyant amortie par la matière dont sont remplis les espaces cosmiques. Et cette matière est la Psyché.

— J'espère que vous avez fini ! aboya Tripler.

— Non, il y a la troisième preuve, la plus déterminante.

— Et qui serait ?

— La radiation cosmique de fond.

Tripler leva les yeux au ciel.

— Mais ça aussi, c'est une preuve du Big Bang !

— Faux, répliqua Frullifer, catégorique. Si tel était le cas, la radiation de fond des micro-ondes serait non homogène, alors qu'elle est uniforme dans toutes les directions. Et ne venez pas me dire que le *Cosmic Background Explorer* a relevé des difformités dans un quasar. Elles sont tellement négligeables qu'elles peuvent aussi bien dépendre du moyen d'observation. Ne vous moquez pas de moi.

Quelque peu piqué au vif, Tripler contint son impatience.

— C'est un vieux problème. Quelle explication fourniriez-vous alors ?

— Elle est très simple. Si la Psyché a un pouvoir d'amortissement de l'énergie radiante, elle doit posséder un pouvoir analogue d'absorption. Ce qui signifie qu'elle est réchauffée par la lumière. Voilà pourquoi la radiation cosmique est identique partout. (Frullifer observa une pause pour reprendre son souffle.) Comme vous voyez, professeur, je vous ai offert une explication logique unique des paradoxes quantiques, du problème de la « matière noire » de l'univers, du *redshift* des galaxies, des mécanismes de l'activité cérébrale et même des phénomènes extrasensoriels. Le tout sans contredire la relativité générale et les autres postulats de la physique.

— Je vois, commenta Tripler sur un ton absent.

— Je me suis permis de synthétiser pour vous ma découverte... la mienne et celle de Dobbs, naturellement... dans un modèle mathématique tensoriel, que vous pourrez examiner tranquillement.

Frullifer se pencha en avant pour fouiller sous son pull-over, au bas du dos. Il en tira un exemplaire très chiffonné de *Speculations in Science and Technology*.

— Malheureusement, comme vous voyez, c'est seulement en Australie que j'ai trouvé des gens pour accepter de publier mes travaux. Mais, avec votre aide...

— Vous voulez mon aide ? Bien sûr. Attendez un instant, j'appelle un de mes collaborateurs.

Tripler se leva, ouvrit la porte, se pencha dans le couloir et fit signe à quelqu'un.

— Venez vite.

Un instant après, apparut sur le seuil un géant musculeux portant l'uniforme des vigiles. Tripler lui montra Frullifer du doigt.

— Mike, jetez dehors cet idiot. Et faites en sorte qu'il ne m'importune jamais plus.

Une expression désespérée se peignit sur le visage de Frullifer, alors que le géant le soulevait quasiment du sol pour le traîner au-dehors. Il lui fallut un moment pour crier :

— Vous commettez une erreur ! Vous ne savez pas quelles applications cela peut entraîner ! Un jour viendra où le ciel sera sillonné d'astronefs psytroniques, et tout le monde reconnaîtra que je...

Tripler écouta la voix s'éteindre dans la cage d'escalier. Puis il prit la revue en la tenant à distance comme s'il touchait quelque chose d'infect. Il secoua la tête et posa le périodique dans le tiroir des lettres extravagantes.

MALPERTUIS — L'EMBARQUEMENT

Déposition anonyme, conformément aux prescriptions des lois internationales, devant la commission internationale de Carthagène le 14 novembre 2194, durant la session consacrée au voyage de l'astronef psytronique Malpertuis.

Vous me demandez un compte rendu succinct de ce qui s'est passé durant la malhcureuse expédition de l'astronef *Malpertuis.* Je vous préviens que je ne pourrai me montrer très bref. Au cas où je m'étendrais trop, interrompez-moi ; mais il y a des détails que je ne puis négliger, parce que je mentirais si je disais que j'ai compris tout ce qui s'est passé.

J'ai vingt-neuf ans et je suis né à Liverpool. Avec le *Malpertuis*, j'effectuais mon sixième embarquement, mais c'était le premier à bord d'un astronef psytronique. Mes voyages précédents, je les avais effectués à l'intérieur du système solaire, sur des véhicules commerciaux qui ravitaillaient les stations spatiales en orbite autour de Deimos et des lunes de Jupiter.

Le *Malpertuis* arborait les couleurs rouge et noir de la République libertaire de Catalogne, mais il devait s'agir d'un pavillon de complaisance. Le bâtiment appartenait en fait à un cartel de petites compagnies, dont aucune n'était catalane. Les conditions d'embauche semblaient en tout cas bonnes, et me poussèrent à ne pas considérer la mauvaise réputation qui d'ordinaire entoure les astronefs psytroniques.

Le jour de l'embarquement, je fus stupéfait de voir la quantité de navettes qui s'élevaient du spatioport de Ceuta, choisi comme lieu de départ par les armateurs, peut-être pour ses tarifs douaniers particulièrement intéressants. L'équipage du *Malpertuis,* à en juger d'après le nombre de navettes, devait être d'au moins mille unités, soit dix fois plus que celui du plus gros des astronefs sur lesquels j'avais voyagé. J'étais vraiment curieux de voir à quoi ressemblait le *Malpertuis*, qui nous attendait ancré au large de la lune, au centre d'un banc particulièrement riche de Psyché.

Par pur hasard, on me fit monter sur la navette qui transportait les trois Guides psytroniques de réserve. Le Guide en chef n'était pas là, celui qu'on appelle communément le Médium (même si l'utilisation de ce terme, comme chacun sait, est rigoureusement interdite). De lui, je savais seulement qu'il s'appelait Sweetlady, qu'il était abbé de l'ordre des Babusquins et qu'il jouissait d'une très mauvaise réputation. Mais les trois Guides de réserve — deux hommes et une femme — étaient eux aussi de curieux personnages. Ils appartenaient à une race indéfinissable, certainement orientale, mais à la peau plus obscure que celle des Chinois, et chuchotaient entre eux dans une langue absolument incompréhensible. Ils restaient toujours regroupés loin de nous, les membres de l'équipage. Aux rares qui osaient les interpeller, ils renvoyaient un coup d'œil stupide, vaguement indigné, avant de tourner la tête de l'autre côté. Malgré ce comportement, les officiers commandant la navette semblaient les traiter avec grand respect, au point de les admettre dans leur mess, rigoureusement interdit au commun des mortels. Je ne sais ce qu'ils ont pu se raconter durant le dîner, mais la conversation ne dut pas être particulièrement intéressante.

Je m'aperçois que je m'égare un peu. Bien. Le voyage jusqu'au *Malpertuis* dura trente-cinq heures, une durée normale. Je découvris que bon nombre de mes compagnons avaient déjà voyagé sur des astronefs psytroniques, mais un seul d'entre eux, un Norvégien aux bras musculeux couverts de tatouages, avait eu l'abbé Sweetlady comme Médium.

— Tiens-toi au large de ce type, me murmura-t-il pendant que nous consommions nos rations au dortoir. C'est une créature infernale.

— Qu'est-ce que tu veux dire ? lui demandai-je avec un peu d'inquiétude.

— Tu comprendras tout seul. C'est l'individu lc plus crasseux et dégoûtant qu'il me soit jamais arrivé de rencontrer. Personne n'imaginerait qu'il s'agit d'un abbé, s'il n'en portait pas l'habit. Mais comme Médium, il est très fort, peut-être le meilleur.

J'aurais voulu lui demander d'autres détails, mais une course soudaine vers le pont me fit comprendre que notre but était en vue. Je me précipitai moi aussi. Quand, par l'étroit hublot au sommet de la navette, je réussis à voir le *Malpertuis*, j'en eus le souffle coupé. Le fond étoilé du ciel disparaissait presque entièrement sous une silhouette obscure, si grande qu'on se demandait spontanément où on avait pu construire le vaisseau.

Son aspect général rappelait une raffinerie, ou en tout cas un énorme complexe industriel suspendu dans le vide. Ce qui l'en différenciait était la quantité de pinacles, au-dessus et au-dessous du soubassement, semblables à de gros clous à tête étroite. Bien que je ne connaisse pas grand-chose en matière d'astronefs psytroniques, je savais qu'on les appelait des « bobines Frullifer ». Si j'avais pu ouvrir leur corps cylindrique, j'y aurais vu des réseaux extrêmement complexes de fils baignant dans une solution de sodium, de potassium et de chlore. Là où les fils se soudaient entre eux, existait un grand nombre de petits réservoirs dans lesquels on faisait arriver, à travers un faisceau de minuscules tubes entrelacés, des substances liquides aux noms mystérieux : acétylcholine, sérotonine, histamine, glycocolle, dopamine... Je ne sais à quoi servent tous ces produits. Mais je sais qu'il en existe un trafic clandestin, géré par de douteuses organisations internationales. Mais vous aussi, vous connaissez ces choses.

Le débarquement dura des heures, en raison du grand nombre de navettes qui devaient accoster l'une après l'autre à l'entrée des corridors pressurisés qui flottaient dans le vide et y déverser leur chargement humain. De la salle de décontamination, on accédait directement au pont principal, le plus grand que j'aie jamais vu. Il y régnait une lumière si faible que, jusqu'à ce que nos yeux s'y fussent accoutumés, nous fûmes contraints de nous déplacer à tâtons. Le froid était intense, signe que les armateurs avaient bien réfléchi à économiser sur tout ce qu'ils jugeaient superflu.

— Heureusement, les voyages psytroniques ne durent jamais longtemps, marmonna le Norvégien, qui m'avait dit s'appeler Thorvald.

Le commandant Prometeos nous attendait au bout du pont, sur cette sorte de terrasse surélevée qu'on appelle communément le « château », en souvenir des anciens voiliers. Son aspect était celui d'une vraie brute, avec de petits yeux, une mâchoire proéminente et une tignasse sauvage qui lui arrivait à la ceinture. Il tenait ses grosses mains velues agrippées à la rambarde et semblait nous scruter avec un mépris non dissimulé. Contrairement à toutes les habitudes, il ne nous adressa aucun discours de bienvenue et, à peine étions-nous réunis qu'il nous tourna le dos et s'en fut à ses propres affaires.

Ce fut le premier officier Holz, un type énergique et à l'air sagace, qui lut en anglais puis en espagnol la liste des chefs d'équipe et de leurs tâches respectives. Tandis qu'il parlait, il fut rejoint sur le château par un homme de basse stature, vêtu d'un froc qui autrefois avait dû être blanc mais qui à présent paraissait tout constellé de taches.

— Regarde, c'est l'abbé Sweetlady, me chuchota Thorvald, non sans une certaine révérence. Mon Dieu, quel monstre !

Tout d'abord, le jugement me sembla d'une dureté exagérée. Le physique du personnage était tout à fait normal, hormis un estomac excessivement proéminent. Quant au visage, dominé par un nez gonflé de capillaires vermillon, il me sembla marqué par une nature bonhomme, impression qu'accentuait une bouche lippue perpétuellement figée dans un sourire radieux.

L'abbé demeura les bras croisés à quelques pas du premier officier, en nous contemplant comme si nous étions ses fils. Les trois Guides de réserve se hâtèrent de monter sur le château pour le rejoindre. Sweetlady les salua d'un signe d'entente muet.

Quand le sieur Holz eut terminé, nous savions être 1 024 divisés en douze équipes, avec des quarts de quatre heures alternant avec quatre heures de repos. Six équipes étaient affectées à l'arrimage de la cargaison, ce qui semblait vraiment extravagant. Mais aucun de nous ne savait de quelle cargaison il s'agissait. Assurément, si l'on nous avait informés, beaucoup d'hommes auraient demandé à débarquer immédiatement. En tout cas, tous ceux de religion chrétienne, hébraïque ou musulmane.

Les chefs d'équipe procédèrent à l'appel. Dépourvu de toute espèce de qualification, j'avais été assigné à une des deux équipes vouées à la manutention ordinaire. Je dus prendre congé de Thorvald qui, familiarisé avec les bobines de Frullifer, avait été intégré dans le groupe qui s'occupait de leur alimentation, dans un tout autre secteur de l'astronef.

Mes nouveaux compagnons ne m'enthousiasmèrent pas. Il s'agissait pour l'essentiel de très jeunes Philippins, à leur premier ou second embarquement, qui ne connaissaient que leur propre langue, un espagnol à l'accent très étrange, et le peu de jargon astronautique indispensable pour comprendre les ordres. Le chef d'équipe était un Italien taciturne, nommé Schenoni, tenu autant que nous dans l'ignorance de la durée et de la finalité de l'expédition. Le fait qu'il fût à son quatrième voyage psytronique me réconforta, mais il n'y eut pas moyen de se faire expliquer ce qui nous attendait.

— Tu le verras par toi-même, me dit-il irrité, puis il feignit de ne pas comprendre mon anglais et s'enferma dans le silence.

Le logement qu'on nous réservait était un dortoir

unique, sombre comme une crypte. Là aussi, nos armateurs avaient en apparence recherché la plus rigoureuse économie. Le froid était si pénétrant que nos bouches émettaient des nuages de vapeur et les couvertures qu'on nous distribuait, usées et trouées, semblaient provenir de chez un fripier. Les appareils hygiéniques individuels ne donnaient aucune garantie d'étanchéité. Même les armoires étaient rouillées et il fallait forcer pour qu'elles s'ouvrent en grinçant.

— N'ayez pas peur, dit Schenoni en riant, quand il entendit monter la rumeur de nos plaintes, le voyage que nous allons faire ne nécessite aucun confort. Au besoin, je demanderai au Médium d'améliorer quelques détails, une fois que nous serons en vol.

La dernière phrase me parut obscure mais, surtout, je fus surpris que Schenoni utilise avec désinvolture un mot — Médium — notoirement interdit sur tous les astronefs, et surtout sur les vaisseaux psytroniques. Pour la première fois, je me demandai si la mission du *Malpertuis* était tout à fait légale. Le soupçon m'en était déjà venu lorsque j'avais remarqué l'absence totale de femmes à bord, à l'exception de l'Orientale qui faisait partie du groupe des Guides. Mais j'en avais alors conclu que, s'agissant d'une expédition conduite par un abbé, celui-ci avait voulu étendre à l'équipage la règle conventuelle.

Nous eûmes deux heures pour ranger nos affaires et nous reposer. Au-dessus de tous les lits, presque collés les uns aux autres, pendaient des globes métalliques d'où s'échappait une tresse de fils tordus et minces, semblables à des cheveux résineux. Schenoni nous expliqua qu'il s'agissait de « neuro-attracteurs », prévus pour transmettre aux bobines Frullifer l'image de notre Psyché. Il ajouta que si nous les abîmions, nous voyagerions mutilés ou sous forme de monstres grotesques.

Je contemplai avec un peu d'inquiétude cette espèce de scalp accroché au-dessus de ma tête, puis le sommeil me gagna et je dormis jusqu'à ce que la cloche annonce le premier quart sur le pont.

CHAPITRE I

LA CITERNE DE L'ALJAFERIA

Le ciel de Saragosse s'illuminait de myriades d'étoiles, si brillantes et en rangs si serrés qu'Eymerich ne put se retenir de lever la tête. Un frisson étouffa dans l'œuf son émerveillement. Ce n'était pas une nuit à perdre du temps en contemplations. Il resserra son habit blanc autour de son corps maigre et pressa le pas.

La tour de brique qui abritait le tribunal et les prisons de l'Inquisition était adossée à la muraille, haute et puissante au point d'écraser les tourelles semi-cylindriques qui surgissaient à ses côtés. Eymerich renvoya un salut hâtif aux quatre sentinelles assises autour d'un feu de camp et franchit d'un pas nerveux la porte d'entrée.

L'odeur saumâtre provenant de la citerne souterraine le prit à la gorge. Tous savaient que durant la peste qui avait sévi quatre ans auparavant, alors que les hommes mouraient en masse dans tout l'Aragon, de nombreux cadavres avaient été jetés dans les eaux obscures de ce puits gigantesque. Par la suite, le père Agustín de Torrelles, inquisiteur général, avait fait recueillir les dépouilles déformées des morts pestiférés et enfumer à plusieurs reprises l'étroit corridor conduisant à la citerne. Mais une odeur étrange, pénible et pénétrante, demeurait pour rappeler la tragédie de ces jours passés.

Eymerich monta le petit escalier, surveillé par quelques gardes, qui conduisait aux prisons et poursuivit jusqu'au deuxième étage. Un très jeune dominicain vint à sa rencontre avec empressement.

— Enfin, père Nicolas ! Le père Agustín ne cesse de vous demander.

— Où est-il ?

— Il a voulu que nous le portions dans la salle des audiences, à côté de la cheminée. Mais ne vous approchez pas trop. L'*infirmarius* n'a aucun doute. C'est la peste noire.

Eymerich haussa les épaules.

— J'y ai déjà survécu une fois. Conduisez-moi à lui.

Le jeune homme s'inclina légèrement et tira le rideau pendu à une porte basse en fer à cheval, de style mauresque. D'abord, Eymerich ne s'aperçut de rien. La grande salle dans laquelle il entra, ornée de stucs et de fresques, était illuminée d'une torche unique. Puis, il vit un grabat, disposé devant une cheminée dans laquelle dansait un faible feu. À grand-peine, il réussit à distinguer une silhouette mince enveloppée dans une masse de couvertures. Une petite forme obscure était agenouillée à son côté.

D'un pas involontairement hésitant, il s'approcha.

— Bonsoir, père Agustín, dit-il ensuite.

Le corps emmitouflé ne bougea pas. Mais la personne à genoux leva la tête, révélant une chevelure d'une éclatante blancheur qui débordait par touffes de sous le voile noir, et un visage rugueux de vieille femme.

— Je ne sais pas si mon frère peut vous entendre,

murmura-t-elle. De temps à autre, il reprend connaissance, mais le plus souvent, il râle ou semble dormir, comme maintenant. Peut-être vaut-il mieux que vous reveniez plus tard.

— Non, non, fit une tête jaunâtre, complètement chauve, qui émergea soudain de sous les couvertures.

Les yeux, énormes et fiévreux, étaient cernés ; la bouche semblait une cavité sans dents ni lèvres.

— C'est moi qui ai fait venir le père Nicolas, dit le malade, dans un filet de voix. Placez-vous près de la cheminée, que je puisse vous voir. Ne vous approchez pas de moi.

Pendant que le vieillard parlait, Eymerich fut assailli par une atroce puanteur de chair en décomposition. L'idée de ce qui se cachait sous ces couvertures lui procura une horreur profonde, qui s'exprima dans un frisson violent. Mais il s'efforça de dissimuler sa répugnance.

— J'ai été malade moi aussi, père Agustín. Il y a quatre ans. Maintenant, je suis immunisé contre la...

Mais il n'osa prononcer le mot.

— ... contre la peste, compléta le vieillard. Je sais, vous avez survécu à la grande épidémie de 1348. C'est justement pour cela que je vous ai fait venir. Quel âge avez-vous ?

— Trente-deux ans.

Le père Agustín soupira, tirant de ses poumons un bruit de raclement.

— Vous êtes bien jeune, en vérité. Et pourtant, vous êtes le plus âgé des membres du tribunal. Tous les autres sont morts et, cette nuit, je mourrai moi aussi, ajouta-t-il avec un léger frisson.

Eymerich éprouva un sentiment d'impatience aigu. Il lui semblait voir la maladie planer au-dessus de ce galetas comme une vapeur malsaine. Il ne supportait pas les corps fragiles, rougis par l'infection. Il aurait voulu courir à l'air libre, mais il s'efforça de donner à sa propre voix un timbre de sympathie.

— Comme j'ai guéri, moi, vous pouvez guérir vous aussi, père Agustín. D'autant plus que l'épidémie s'est éteinte depuis un moment. Les cas de peste sont rares cette année, et souvent bénins.

Le vieillard s'agita un peu. Il plissa les yeux.

— La peste ne disparaîtra pas, parce que ses causes sont encore vivantes. Quant à moi, si vous pouviez voir ce qui se cache sous ces couvertures, vous comprendriez que c'est une question d'heures. Je me suis déjà confessé deux fois.

Un instant, Eymerich redouta que le malade ne fût sur le point de se libérer des linges et de lui montrer ses plaies. Il combattit l'horreur qui l'étreignait en feignant de s'intéresser au feu.

— Pourquoi gardez-vous la flamme si basse ? demanda-t-il à la femme sur un ton sévère. Où sont les domestiques ?

Il esquissa un geste vers le tisonnier mais un mouvement brusque du vieillard le retint.

— Non, père Nicolas. L'excès de chaleur me coupe la respiration. Et puis, cela ne sert à rien. J'ai froid à l'intérieur.

Il ferma les yeux et les rouvrit lentement.

— Allons, nous avons peu de temps. Je dois vous parler de choses importantes. Mettez-vous à la lumière et écoutez-moi avec attention.

Eymerich se redressa et se plaça sur le côté de la cheminée, bras croisés.

— Quand Dieu m'aura rappelé à lui, le royaume d'Aragon restera sans inquisiteur, poursuivit le malade, d'une voix proche du murmure. C'est pour cela que je vous ai appelé. Vous serez le nouvel inquisiteur général.

Eymerich tressaillit, stupéfait.

— Mais ce n'est pas possible. Les dispositions de Sa Sainteté Clément V...

— Oui, je sais. Elles fixent un âge minimum de quarante ans. Mais dans tout l'Aragon, il ne reste pas un seul dominicain de cet âge ayant l'expérience du Saint-Office. Et s'il y a une chose que nous devons éviter, c'est que l'Inquisition passe aux mains des franciscains. La confier à ces ignorants reviendrait à la remettre dans les mains du roi, qui a un franciscain pour confesseur.

Eymerich hocha la tête.

— Je comprends. Mais je doute que le pape approuve ma nomination.

— J'ai déjà pris les devants. Vous souvenez-vous de ce gentilhomme français devenu abbé bénédictin, qui fut notre hôte pendant quelque temps ?

— Le seigneur de Grimoard ?

— Exact. Maintenant, il est légat et c'est un des hommes les plus en vue d'Avignon. Nous nous sommes écrit. Il se souvient de vous. Il fera les démarches opportunes auprès de Clément VI.

Eymerich secoua la tête.

— Même s'il réussissait, le roi Pierre n'accepterait pas. Le droit de patronage lui permet de proposer lui-même les ecclésiastiques.

Les couvertures qui enveloppaient les membres du pestiféré furent secouées avec vigueur. Eymerich recula légèrement, craignant une crise ; mais le vieillard se limita à extraire des draps une main décharnée et jaunâtre. Il pointa le doigt :

— Écoutez-moi, dit-il en s'efforçant d'élever la voix, les yeux plissés par la colère. Ici, nous ne parlons pas d'ecclésiastiques, mais d'inquisiteurs. Des gardiens suprêmes de la foi, y compris contre les hérésies des puissants. Il n'y a pas de roi, d'empereur ou de prince qui leur soit supérieur. Nous obéissons au pape et à personne d'autre.

Il eut un accès de toux, bref et très violent.

— Mon Dieu, j'ai la bouche si sèche. Pourquoi me mettez-vous ainsi en colère ?

Eymerich fronça les sourcils.

— Ce n'était pas mon intention, père Agustín. Mais je crains vraiment que les rapports avec le roi ne soient pas faciles.

— Et alors, faites-lui peur, rétorqua-t-il avec un frétillement des muscles labiaux. Mais procédez par ordre. Quand vous sortirez d'ici, vous irez dans ma chambre. Vous trouverez le brevet provisoire que je vous ai préparé, par lequel je vous nomme mon successeur, dans l'attente de la confirmation papale. Vous trouverez aussi trois bulles pontificales : *Ad abolendendam, Ut Inquisitionis* et *Ad extirpendam.* Dès demain, vous vous présenterez au *Justicia* avec le brevet et les bulles.

— Il ne me recevra pas. Il nous est encore plus hostile que le roi.

— Il vous recevra, si vous savez vous faire valoir. Vous lui montrerez les bulles et lui réciterez vos prérogatives. Il ne pourra refuser.

Eymerich secoua la tête.

— Vous êtes très confiant, père Agustín.

Le vieillard ne releva pas.

— Vous irez ensuite voir l'évêque, mais cela ne doit être qu'une pure formalité, sans aucun acte de soumission de votre part. Quand ensuite vous rencontrerez le roi, si vous avez l'occasion de lui parler seul à seul, rappelez-lui le dernier entretien qu'il a eu avec moi. Expliquez-lui que je vous ai chargé de poursuivre l'enquête.

— Quelle enquête ?

Le père Agustín fut secoué par un nouvel accès de toux, cette fois si long et si violent que la sœur se dressa, alarmée. Mais il l'éloigna d'un geste. Puis il reprit, les yeux pleins de larmes.

— Ce sont vraiment mes derniers instants. Seigneur, donne-moi la force de finir !

Il fixa intensément Eymerich.

— Père Nicolas, ce château est maudit, cette terre est maudite. Nous avons vaincu les Maures, mais nous avons permis qu'ils vivent parmi nous, en même temps que d'autres infidèles de tout acabit. Le roi lui-même recourt aux conseils des Juifs. Vous rendez-vous compte que l'Aragon n'est pas encore chrétien ?

Les yeux d'Eymerich coururent de l'architecture mauresque de la voûte aux mosaïques complexes voilées par l'obscurité de la salle, et dont les couleurs rouge et or apparaissaient et disparaissaient au gré de la flamme dansante.

— Je souffre comme vous de cette aberration, dit-il sèchement. Pierre IV est trop tolérant.

— Il y a pire. Entre les femmes de cette ville...

Le vieillard s'interrompit, bouche béante. Ses membres se mirent à trembler, secouant toute la paillasse. Il tenta de se dominer mais sa voix lui échappa comme un hurlement étranglé :

— Mon Dieu ! Laisse-moi finir ! Je t'en prie !

La sœur se pencha sur le corps maigre et l'étreignit,

comme si elle voulait en réprimer le tremblement. Elle fixa Eymerich :

— Seigneur, je vous en conjure, allez chercher le médecin, les domestiques, quelqu'un.

— Non !

Avec un effort colossal, le vieillard se dégagea de l'étreinte. Et, ce faisant, il rejeta les couvertures, révélant un corps squelettique, mal recouvert d'une chemise ensanglantée. Les aisselles étaient couvertes d'excroissances noirâtres, horribles à voir. Le pus et le sang coulaient abondamment.

— Non ! Il doit savoir ! Je ne veux pas... je dois lui raconter... Mon Dieu ! Mon Dieu !

Une odeur de putréfaction, de chair décomposée s'échappa du grabat, d'une intensité palpable.

Submergé d'horreur, Eymerich eut un mouvement pour fuir la pièce mais les paroles suivantes du vieillard le contraignirent à rester.

— Écoutez ! hurla le père Agustín, tendant les bras. La citerne... Ce qu'il y a dans la citerne... C'est comme ça que je l'ai découvert... Les femmes, les femmes du lac... Brûlez-les, brûlez-les ! Avant qu'il ne soit trop tard. Avant que...

Soudain le vieillard retomba sur la paillasse. Une bave obscure se forma sur ses lèvres. Il eut un râle violent, puis s'immobilisa, les yeux exorbités.

La sœur éclata en sanglots et enfonça la tête au bord du grabat. Eymerich contempla quelques instants la scène, involontairement soulagé à l'idée que l'agonie était finie. Puis il traversa la salle à grands pas, soudain pressé de respirer un air non pollué. Dans le corridor, il vit un frère convers debout dans un coin, qui attendait peut-être des ordres.

— Le père Agustín de Torrelles est mort, dit-il sèchement. Où sont les chanoines ?

— Ils chantent matines.

— Va tout de suite les avertir. Qu'ils cessent leur litanie et accourent. Si l'on a besoin de moi, je suis au dernier étage, dans la cellule du père Agustín. Mais que l'on ne me dérange pas sans motif valable.

Le jeune homme sembla un peu étonné de cet air autoritaire que la position hiérarchique d'Eymerich ne justifiait pas ; néanmoins, il s'inclina légèrement et s'éloigna en hâte.

Eymerich savoura brièvement l'air humide du couloir. Rassemblant les pans de son habit, il monta deux volées de marches.

Le dernier étage de la tour comprenait une salle à la voûte en croix, totalement dépourvue de fresques, et une série de petites cellules. Les chapiteaux aux architraves des portes et les décorations du plafond avaient été martelés avec une fureur méthodique. N'en restaient plus que de gros reliefs et d'informes ornements géométriques auxquels une couche de chaux avait ôté les dernières traces de leur ancienne perfection. Deux coffres et un gigantesque crucifix noir constituaient l'unique mobilier.

Eymerich marcha vers l'une des cellules et en poussa la porte avec une circonspection involontaire. L'intérieur était plongé dans l'obscurité. Il retourna dans la salle pour décrocher une des torches qui en noircissaient les parois et l'accrocha au seul support fixé dans le mur de la cellule. Puis il regarda autour de lui.

La pièce comprenait un lit, un coffre et une très petite écritoire. Luxe impensable dans un monastère où chaque moine — et l'abbé lui-même — devait partager avec ses frères le moindre moment de sa vie, repos compris. Mais les membres des ordres mendiants, dominicains et franciscains, n'étaient pas soumis à ce genre de contrainte. Et puis l'inquisiteur possédait des secrets dont lui seul devait porter le poids ; et Eymerich qui, pourtant, vivait hors du château de l'Aljaferia, jouissait du privilège d'une cellule toute à lui, dans le petit prieuré sur l'Èbre où il logeait. Du reste, il ne se serait jamais adapté au partage de son espace avec d'autres. Le souvenir du grand dortoir du noviciat lui restait comme un cauchemar récurrent.

Tout de suite, il vit sur l'écritoire les papiers qui l'intéressaient. Il les parcourut rapidement. Rédigé en latin et en catalan, le brevet lui attribuait le plein effet de la succession du père Agustín, et il n'y manquait que le sceau du pape. Quant aux bulles, c'étaient des copies manuscrites des actes par lesquels les pontifes du siècle précédent avaient défini le pouvoir des inquisiteurs et l'avaient étendu jusqu'à le soustraire à tout contrôle. Mais il y avait aussi une instruction que le père Agustín n'avait pas mentionnée, intitulée *Canon Episcopi*, et composée de quelques feuilles de parchemin. Eymerich l'enroula avec les autres et glissa le rouleau dans la petite besace fixée au cordon de sa tunique. Puis il replaça la torche dans l'entrée et descendit l'escalier.

L'idée de revoir le corps pourrissant de l'inquisiteur général lui était intolérable. Il haïssait toute forme d'imperfection physique, mais il haïssait surtout la maladie, la sienne comme celle des autres. Quand la peste l'avait frappé, quatre ans plus tôt, il s'était enfermé dans sa cellule et avait refusé toute aide. Montrer aux autres ses faiblesses le bouleversait plus encore que la mort. Recroquevillé dans un coin, il avait attendu la fin pendant six jours, en se nourrissant de pain et d'eau. Puis, la fièvre disparue, il était sorti comme si de rien n'était, dédaignant les félicitations et les commentaires. Il savait que beaucoup l'estimaient mais que peu l'aimaient vraiment. Mais il ne tenait pas à être aimé.

Au deuxième étage, il rencontra le doyen, bouleversé.

— Père Nicolas ! Par bonheur, vous êtes là. Personne ne veut toucher le cadavre du père Agustín. Ils ont peur de la contagion.

Eymerich haussa les épaules, agacé.

— C'est votre problème. Menacez-les, contraignez-les, que sais-je ? J'ai bien autre chose à faire.

Les traits du doyen se figèrent.

— Père Nicolas ! Je dois vous rappeler que vous me devez obéissance.

— Plus maintenant, répliqua Eymerich avec un vague sourire. Le père Agustín m'a nommé son successeur. C'est vous qui me devez obéissance.

Le doyen, stupéfait, tenta de répondre ; mais déjà Eymerich descendait en hâte les marches, les pans de la tunique blanche serrés sur son estomac. Une sorte de nouvelle dignité semblait étirer la silhouette longiligne, aggravant encore la sévérité courroucée du visage. Le doyen secoua la tête et retourna auprès de ses compagnons, anxieux de rapporter la nouvelle.

Parvenu au rez-de-chaussée, Eymerich demeura indécis devant le couloir qui conduisait à la citerne. Après les paroles prononcées par le mourant, il aurait voulu jeter un coup d'œil à ce bassin démesuré et dénicher la trace des mystérieuses découvertes mentionnées par le père Agustín. Mais il éprouvait la crainte irrationnelle que l'air infecté du deuxième étage ne se répande d'un instant à l'autre dans la tour entière, en se mêlant aux miasmes exhalés par les eaux souterraines. Non, mieux valait sortir tout de suite à l'air libre.

Il était en train de passer devant l'un des deux piliers qui soutenaient la voûte, quand il perçut du coin de l'œil un mouvement rapide derrière lui. Il pivota d'un coup, à temps pour voir le bout d'une robe sombre disparaître dans la galerie qui donnait accès à la citerne. Un instant plus tard, la torche qui éclairait la galerie de l'intérieur s'éteignit, transformant son entrée en une caverne obscure.

Eymerich regarda autour de lui à la recherche de gardes, mais le vestibule était vide. Alors, il s'approcha avec précaution du corridor et y lança un regard. Il ne réussit pas à y distinguer quoi que ce fût. Mais il sentit la présence, à l'autre bout du passage, de quelqu'un qui, dans l'ombre, épiait ses mouvements. Il lui sembla aussi percevoir la blancheur fugace d'un visage très pâle, aux traits incertains, tout de suite absorbé par l'obscurité. Un frisson intense, qu'il ne put dominer, lui monta le long de l'épine dorsale.

— Qui va là ? cria-t-il, pour vaincre son propre trouble.

Personne ne répondit. Mais il entendit, très loin, une respiration bruyante, comme si la personne qui se cachait dans l'ombre avait retenu son souffle jusque-là.

Eymerich était convaincu de n'avoir peur de rien. Mais ce bruit léger provoqua chez lui une frayeur inattendue, qui pendant quelques instants altéra le rythme de ses battements cardiaques. En hâte, il gagna la sortie en s'efforçant de se reprendre. Ce fut seulement quand il se retrouva à l'extérieur qu'il se retourna et vit les gardes serrés autour du feu.

— Capitaine, dit-il à l'officier du groupe, je crois

que quelqu'un se cache dans le corridor de la citerne. Pouvez-vous y jeter un coup d'œil ?

— Certainement, mon père, répondit le militaire en saisissant son épée et en se levant.

Quand ils entrèrent dans le vestibule, la lumière était revenue dans la galerie. L'officier s'y engagea, tandis qu'Eymerich attendait sur le seuil, à nouveau sûr de lui, mais gardant le souvenir douloureux de la frayeur éprouvée quelques instants auparavant.

Au bout d'un bref moment, l'officier réapparut.

— Il n'y a personne, père, mais j'ai trouvé ceci, dit-il en tendant à Eymerich un bout de tissu vert. Très curieux.

Eymerich examina avec attention le chiffon.

— On dirait un étui, ou plutôt un bonnet. Un bonnet de nouveau-né.

Il plissa le front :

— Avez-vous entendu parler récemment d'objets trouvés dans la citerne ?

— Récemment ? Non. Mais considérez que d'ordinaire, je garde les appartements royaux. C'est le premier soir où je suis assigné à la tour.

— Merci, capitaine. *Laudetur Jesus Christus.*

— *Semper laudetur*, mon père.

Eymerich s'enveloppa dans la cape noire qui recouvrait sa tunique et abaissa le capuchon sur son front. Au travers d'une arche, il lança un regard à l'édifice gothique occupé par la cour, qui surplombait le corps central de l'ancienne mosquée. Depuis peu, Pierre IV avait transporté ses royaux quartiers dans cette construction de style mauresque, et la conversion au gothique de l'ensemble était loin d'être achevée. Symptôme indirect d'une société dans laquelle les peuples, les cultures et les religions se superposaient sans s'intégrer, au grand dépit des inquisiteurs et des défenseurs de la suprématie chrétienne.

L'immense porte de sortie était surveillée par une foule de soldats. Eymerich se fit reconnaître puis mit le pied sur le gigantesque soubassement de pierre sur lequel se dressait l'Aljaferia. Les matines avaient sonné depuis un moment, et la nuit était humide et silencieuse. Seule la limpidité du ciel annonçait la chaleur qui régnerait le lendemain.

Tandis qu'il marchait en direction de l'Èbre, le long de la route herbeuse protégée des voleurs et réservée aux gentilshommes de la cour, il oscillait entre l'orgueil et la préoccupation. Son caractère dur, dissimulé, peu enclin à l'exhibition, l'avait empêché de rechercher toute charge officielle. Il préférait exercer une secrète influence en demeurant dans l'anonymat, même s'il se vexait vivement lorsque ses mérites n'étaient pas reconnus ou se voyaient attribués à d'autres. Mais l'exercice du pouvoir n'était pas pour lui déplaire ; et le pouvoir d'inquisiteur général, depuis un siècle, outrepassait celui de n'importe quel autre prélat, cardinaux compris.

Sa crainte majeure était de trop se découvrir, surtout dans une situation complexe comme celle que vivait, en cet automne 1352, le petit mais puissant royaume d'Aragon. Le roi Pierre IV, dit le Cérémonieux à cause de sa passion pour les rituels compliqués, tolérait de moins en moins les limites imposées à son pouvoir par les particularités aragonaises. Il était l'unique souverain de la terre à subir la surveillance d'un magistrat qui, de fait, lui était supérieur, appelé le *Justicia de corte*, et auquel il avait fait acte de soumission lors du couronnement. Le *Justicia* protégeait les droits de la noblesse, auparavant coalisée dans l'*Unión* entre Saragosse et les grandes villes, et garantie dans une législation très détaillée, fondée sur les *fueros* et sur le *privilegio general* de 1283.

En 1348, année décisive dans l'histoire du royaume, Pierre IV avait défait les nobles et brûlé le protocole de l'*Unión* ; mais il n'avait pu se libérer du *Justicia*, ni abroger les *fueros*. Pire encore, lors d'une cérémonie particulièrement humiliante pour son orgueilleux caractère, il avait dû jurer obéissance au magistrat devant les *Cortes*, l'organe consultatif qui regroupait les représentants des ordres militaires, chevaleresques, ecclésiastiques, des *richshomens* et de la bourgeoisie urbaine. Pour augmenter l'irritation du souverain, déjà aggravée par cette mortification, la peste avait surgi, qui lui avait arraché sa première femme, sa fille Maria et une petite-fille.

En 1352, une fragile tranquillité semblait s'être installée dans le royaume d'Aragon et sur les royaumes subalternes qui le composaient : la Catalogne, la Sicile et Valence. Mais l'hostilité de la noblesse envers Pierre IV perdurait, et ce dernier la leur rendait bien, sans s'en cacher. Agustín de Torrelles, rejeton d'une des plus illustres familles aragonaises, en avait fait les frais. Les dominicains qui, pourtant, s'étaient toujours abstenus de prendre parti et avaient longtemps joui des faveurs de la cour, étaient tombés en disgrâce, et avec eux l'Inquisition qu'ils géraient. En outre, l'abandon de la pauvreté avait gravement affaibli leur popularité. Depuis quelques mois, le roi Pierre s'était choisi un confesseur franciscain, et avait commencé à faire pression sur Avignon pour que le Saint-Office fût confié aux franciscains. Mais, jusque-là, sans obtenir aucun résultat.

Ce qui troublait Eymerich, c'était d'hériter de la

charge du père Agustín — en admettant qu'on la lui reconnaisse — justement au moment où le crédit de l'Inquisition tombait à son plus bas et où l'obstacle franciscain prenait des proportions gigantesques. Sans compter que les plus proches conseillers du souverain étaient hébreux et qu'ils détestaient de toutes leurs forces l'Inquisition dominicaine.

Mais Eymerich ne redoutait pas seulement ces nombreuses circonstances contraires à sa nomination. De par sa nature profonde, il détestait devoir s'exhiber, parler en public. Ses seuls moments de bonheur, il les connaissait lorsque, enfermé dans sa cellule aux murs éclatants de blancheur et obsessionnellement récurés, il pouvait savourer des rêves de gloire qui, dans la réalité, lui étaient interdits par son aversion envers la vie en société. Ou lorsque, en coulisse, il réussissait à manœuvrer les situations et les personnes pour les faire concorder avec ses très complexes desseins.

La sérénité de la nuit, froide et tranquille, ne réussit pas à tempérer ses préoccupations. Quand il arriva au petit prieuré dont il était l'hôte — une construction blanche, simple et quadrangulaire, adossée à la grosse tour mauresque appelée la Zudra — il était dans un état d'esprit incertain et en proie à une énorme fatigue. Il enjamba quelques mendiants qui dormaient devant la façade, enveloppés dans leurs couvertures lacérées, et tira un grand coup sur la cordelette qui pendait devant l'entrée, faisant résonner une clochette.

— Le père Agustín est mort, dit-il au père portier qui vint lui ouvrir, tout ensommeillé à cause de l'heure tardive.

— Oh, mon Dieu ! Dois-je éveiller les autres ?

— Inutile. On s'occupe déjà de lui.

Il prit la chandelle allumée que le frère lui tendait et entra dans le prieuré.

Sur ses jambes qui faiblissaient, il traversa le minuscule patio, entra dans sa propre cellule et se jeta sur la planche de bois qui lui servait de lit, sans ôter sa tunique ni sa cape. Quelques minutes plus tard, il dormait d'un sommeil agité. C'était la première fois depuis de nombreuses années qu'il omettait de prier avant de se coucher.

Il s'éveilla peu avant tierce, soit beaucoup plus tard qu'à son habitude. Le prieur, un petit vieillard toujours sur les routes à haranguer les pécheurs de ses prédications truculentes, lui accordait de telles licences à la fois parce que Eymerich était l'unique hôte de la maison qui appartînt à l'Inquisition, et parce que ses périodiques accès de colère, si contrôlés qu'ils fussent, lui glaçaient souvent le sang. Du reste, la présence d'Eymerich au prieuré — petite filiale de la maison mère dominicaine de Toulouse — se limitait aux heures nocturnes, et même dans les rares moments de communion avec ses frères, son mauvais caractère était proverbial.

Quand il sortit dans le patio, un soleil brûlant surchauffait déjà les toits de bois, de paille et d'ardoise de Saragosse. Deux domestiques, qui conversaient entre eux dans un coin, lui adressèrent un bref salut. Il leur répondit distraitement et rejoignit la conciergerie.

— Où est le prieur ? demanda-t-il au frère portier.

— Il est allé à l'Aljaferia. La mort du père Agustín l'a profondément troublé. Avez-vous déjeuné ?

Eymerich secoua la tête et passa le petit portail de fer forgé. Les briques rouges des maisons semblaient absorber avec volupté la chaleur que la nuit, plutôt dure, leur avait refusée. Autour de la masse imposante de la Zudra, c'était jour de marché. Un parfum intense de clou de girofle, auquel se mêlaient l'arôme des épices et d'autres effluves moins plaisants, remplissait l'air. Une foule colorée et bruyante s'attroupait autour des étals et des tentes dressés par les paysans, en grande partie des Maures, et pataugeait dans le purin épais qui depuis les tours glissait dans l'Èbre, entraînant les débris de légumes et toutes sortes d'immondices. Barbes hébraïques, turbans musulmans, *sayas* chrétiennes se fondaient en un unique torrent humain, vociférant en au moins trois langues et un nombre encore supérieur de dialectes. Mais par-dessus tout, on voyait partout des mendiants des deux sexes et de tout âge, qui se traînaient par groupes ou restaient assis au bord de la route et de la fange, en chantant, en implorant ou en montrant d'épouvantables plaies.

Eymerich avait horreur de la foule. Il souleva son capuchon, comme s'il pouvait le protéger de la présence d'autrui, et prit une venelle étouffante et malodorante, creusée entre des masures de bois. De nombreuses fenêtres barricadées donnaient à penser que, dans ce quartier, la mort noire avait frappé sans mesure et que la précaire tranquillité qui avait suivi l'épidémie n'avait pas permis un repeuplement complet. Du reste, arrivé au fond de la rue, il vit trois femmes qui, vêtues de la traditionnelle robe de soie brodée à la mauresque, dissimulaient leur visage derrière de petits masques de lin blanc. Souvenir de la tragédie survenue quatre ans auparavant, quand on considérait comme délétère jusqu'à l'air qu'on respirait.

Il passait tout près des inconnues lorsque l'une d'entre elles, contrevenant à toutes les convenances, lui toucha légèrement l'épaule. Eymerich, qui ne tolérait aucune espèce de contact, eut un sursaut involontaire. Mais quand il porta un regard courroucé sur les femmes, il les vit qui s'éloignaient déjà, inclinées et ricanant entre elles. L'une d'elles se tourna et montra vaguement le ciel. Puis elle disparut avec les autres au coin de la rue, laissant dans l'air le tintement d'un petit rire.

Eymerich haussa les épaules et se remit en route. Puis, distraitement, il leva les yeux, dans la direction indiquée par la femme. Ce qu'il vit lui coupa le souffle.

Au loin, au-dessus des tours de l'Aljaferia, une gigantesque forme féminine semblait planer. Elle était faite de nuages et de lumière, mais on la distinguait nettement. Un visage noble et sévère, une silhouette élancée enveloppée dans une tunique blanche, une main tendue pour tenir un instrument impossible à distinguer. Cela ne dura qu'un instant, puis la forme s'évanouit dans les poussières solaires.

Eymerich, le cœur battant la chamade, ouvrit et ferma plusieurs fois les paupières. En quelques instants à peine, il reprit une pleine maîtrise de lui-même, gâtée seulement par une indéfinissable sensation de malaise. À présent, le ciel était dégagé, et l'unique lueur dans l'air provenait des reflets du fleuve sur les rosaces et les croix métalliques des églises. Il abaissa encore un peu plus son capuchon et reprit sa route.

Il était convaincu de ne pas avoir rêvé. Ce visage fier, encadré de boucles très noires, se détachait de manière encore trop réaliste dans son esprit. Non, le phénomène ne pouvait être mis en doute. S'agissait-il de la Vierge du Pilar, dont la fête tombait une semaine plus tard ? N'importe quel habitant de Saragosse, ville très dévote envers la Madone, l'aurait cru ; mais son esprit, d'une logique qui effleurait parfois l'inhumain, refusait instinctivement une explication de ce genre.

Il avait vu certains de ses frères s'évanouir et assurer avoir aperçu des saints entourés d'une sphère de lumière, ou Jésus-Christ en personne. D'autres étaient tourmentés chaque nuit d'apparitions diaboliques, et justement pour cela s'était instaurée parmi les dominicains l'habitude de chanter le *Salve Regina* après complies. Mais jusqu'à ce moment, il lui avait été facile d'attribuer de semblables hallucinations à un style de vie d'une excessive rigueur, ou à des imaginations trop excitées par le mysticisme.

Cependant la femme qu'il avait vue n'était ni la Vierge Marie ni une créature diabolique. Pas plus que les jeunes femmes qui lui avaient annoncé l'apparition. Soudain, la ville lui apparut étrange, inquiétante. Il se souvint du père Agustín le mettant en garde contre les femmes de Saragosse. Il se demanda si ce n'était pas cet avertissement qui aurait donné forme à sa vision. Une rapide prière, prononcée mentalement, lui permit de reprendre contact avec la réalité. Mais ce visage...

Il parvint à la voie secondaire, surveillée par des groupes de soldats, qui conduisait à l'Aljaferia. À pas rapides, il la suivit, plongé dans ses pensées. Quand il fut en vue du soubassement de pierre sur lequel surgissait le château, une petite foule, qui se pressait devant le portail principal, attira son attention. Il reconnut son prieur, le maître chanteur et quelques gentilshommes de la cour, mêlés à un groupe dense de ces serviteurs de haut rang appelés *criados*. Tout d'abord, il crut qu'ils se trouvaient réunis pour les obsèques du père Agustín. Ce fut seulement quand il se trouva à quelques pas d'eux qu'il s'aperçut que c'était lui-même qu'ils attendaient.

— Père Nicolas ! s'exclama le prieur en venant à sa rencontre, les bras ouverts, avec un sourire qui tirait les rides de son rugueux visage. C'est donc bien vrai, ce que m'a dit le doyen ?

— Et que vous a-t-il dit ? demanda Eymerich, sur la défensive.

— Que notre pauvre père de Torrelles vous a nommé son successeur. Que vous êtes le nouvel inquisiteur général du royaume !

— C'est vrai, se limita à répondre Eymerich. Il a laissé un testament.

Le vieux frère leva les mains et se tourna vers les présents :

— C'est donc vrai ! Quel honneur, pour mon prieuré ! Nicolas Eymerich est le nouvel inquisiteur d'Aragon !

Le chœur de compliments qui s'éleva ennuya Eymerich à un point qu'on ne saurait dire. Il se fraya un chemin parmi les présents en distribuant des sourires forcés et en répondant aux louanges par quelques phrases de circonstance. Arrivé à proximité du portail, il reconnut le capitaine de la garde qu'il avait envoyé explorer la galerie de la citerne la nuit précédente. L'homme lui adressait des signes.

Eymerich se débarrassa d'un *criado* particulièrement obséquieux et s'approcha de l'officier.

— Eh bien, qu'y a-t-il, capitaine ?

— Ce matin, je suis retourné à la citerne, répondit le militaire d'une voix haletante. J'ai trouvé le bébé.

— Quel bébé ?

— Vous vous souvenez, hier soir ? Le petit capuchon ?

— Oui. Et alors ?

— Sur la margelle du puits, il y avait le corps d'un bébé. Il avait la gorge tranchée.

Eymerich tressaillit.

— Mais que me dites-vous là ?

L'officier le regarda dans les yeux.

— Il y a pire. Ce n'est pas un corps normal. Vous n'allez pas en croire vos yeux.

Il poussa un profond soupir.

— Mon Dieu, je ne sais même pas comment le décrire.

L'inquisiteur fronça les sourcils.

— Montrez-moi le chemin.

RAPIDE COMME LA PENSÉE — 2

Marcus Frullifer, conscient de son retard, entra au pas de course à l'intérieur du Hamburger House qui flanquait l'allée débouchant sur l'Université du Texas. Il poussa si fort la porte vitrée que celle-ci tinta violemment, comme si elle allait se briser. Les clients le dévisagèrent, une serveuse lui lança un coup d'œil perplexe, la caissière le gratifia d'un regard préoccupé, le gérant le contempla d'un air haineux.

Mais Frullifer n'avait pas de temps à perdre avec les témoins de son arrivée. Cynthia Goldstein était déjà là, assise à une table devant un gigantesque gobelet en carton qui semblait rempli de Pepsi. Elle était visiblement nerveuse, à un point tel qu'elle torturait un paquet de cigarettes en dépit de l'interdiction totale de fumer en vigueur à cet endroit.

Frullifer se dirigea vers la table en embrassant du regard la silhouette de la jeune fille. Ce n'était pas une femme ordinaire, non. C'était LA femme. La perfection absolue. Le simple fait d'avoir réussi à la faire venir constituait déjà un succès. Le reste dépendait de lui seul.

Il se laissa tomber de tout son poids sur la banquette rembourrée.

— Pardonne mon retard, s'expliqua-t-il en haletant. J'ai cherché à parler une fois encore au professeur Tripler. Il s'est mis à courir et je l'ai poursuivi. Mais en pure perte.

Les lèvres de Cynthia s'entrouvrirent, laissant voir ses dents très blanches.

— Cela n'a aucune importance. Tu ne peux espérer convaincre Tripler en usant de la force. Il te faut simplement trouver le moyen adéquat de lui exposer tes idées. (Le sourire de la jeune fille s'accentua.) Je crois que si je me trouve ici, c'est justement pour ça.

Soudain, Frullifer, qui commençait à reprendre contenance après les efforts de sa course, se sentit troublé par une émotion toute différente. À présent, il pouvait voir son interlocutrice de tout près. Des cheveux châtains très longs. Des lèvres pulpeuses. Un nez pointu, constellé de taches de rousseur (il adorait les taches de rousseur). Des pommettes hautes. Des yeux noirs pétillants de malice.

Elle était si belle qu'il dut baisser les yeux. Et pourtant cela ne lui arrivait jamais ! Les renflements prometteurs sous le chemisier jaune de la jeune fille lui déclenchèrent une bouffée de chaleur, qui se localisa autour de ses oreilles, à l'exception d'un courant secondaire qui lui descendit jusqu'à l'aine. Jusqu'à cet instant, il l'avait toujours vue en blouse blanche. Pour se décongestionner un peu, il fit signe à la serveuse.

— Une bière, commanda-t-il avec une certaine brusquerie.

La jeune fille, une étudiante à lunettes au visage rond et sympathique, secoua la tête en souriant.

— À cette heure-ci, nous ne pouvons servir que des boissons non alcoolisées.

— Alors un grand verre de Coca... (il baissa la voix d'un air complice) mais rempli de bière.

La serveuse parut un instant très perplexe, puis lui décocha un large sourire.

— Je ferai tout mon possible.

Elle lui fit un clin d'œil puis s'éloigna.

Regonflé, Frullifer se retourna vers Cynthia, qui avait distraitement suivi cet échange. Il se concentra sur ses yeux, en tentant d'ignorer le reste.

— Tu as lu les textes que je t'ai passés ? Ils t'ont paru si fous que ça ? Pourquoi Tripler ne veut-il donc rien en savoir ?

La jeune fille fronça légèrement les sourcils.

— Non, ils ne sont certainement pas fous. Les équations sont justes, le modèle mathématique élégant. (Elle parlait d'une voix chaude, mais un peu rauque.) Cependant, il y a quelques éléments qui ne collent pas. À commencer par le titre, *Rapide comme la pensée*.

— Cela reflète bien le contenu, pourtant, non ?

— Oui, mais ça ressemble à un titre de roman. Qui plus est, à la fin de ta démonstration de l'existence dans l'univers de particules capables de dépasser la vitesse de la lumière, tu dis que dans le futur, on pourra se servir de leur énergie pour voyager à travers les galaxies. Et à partir de ce moment-là, on n'y comprend plus rien du tout.

Frullifer adopta une expression humiliée.

— Je le sais, c'est un discours complexe. Il implique de renoncer à la notion de voyage spatial telle qu'elle a été conçue jusqu'à maintenant.

À présent, il se sentait davantage maître de lui-même, et il laissa libre cours à son enthousiasme.

— Ce type de voyage, dans la physique actuelle, et surtout dans la physique relativiste, peut tout juste nous permettre de parcourir quelques minuscules portions du système solaire. En revanche, la psytronique fait appel aux forces de l'imaginaire et nous permet de les dominer, en consentant à sortir de l'univers que nous pouvons observer, pour ensuite y refaire notre entrée en un point quelconque. Par conséquent, il ne s'agit pas d'un déplacement dans le cosmos, mais d'une délocalisation instantanée effectuée en tirant parti de la dimension matérielle des fantasmes.

Les yeux brillants de Cynthia se firent légèrement opaques.

— Je vais essayer de m'expliquer grâce à un exemple. Si je devais construire un astronef psytronique, je le doterais avant tout d'imitations artificielles des neurones humains. Ce sont en vérité les processus moléculaires qui surviennent dans les neurones cérébraux qui constituent les facteurs d'excitation des psytrons, tenus en temps normal « prisonniers » par les neurones eux-mêmes lorsque ces derniers sont en phase de repos. En réalité, il ne s'agit que d'un repos apparent. Au cours de leur séjour forcé dans la zone cérébrale, les psytrons se chargent d'informations correspondant à ce que les strates neuronales ont appris par le biais des stimuli extérieurs.

Frullifer dut s'interrompre, car la serveuse revenait en apportant sur un plateau un très grand gobelet en carton.

— Voilà votre Coca, lui dit-elle d'un air facétieux, tandis qu'elle posait la boisson devant lui.

Frullifer contempla avec joie l'écume sombre, qui trahissait la provenance irlandaise de la bière.

— Magnifique. D'ici un quart d'heure, il m'en faudra un autre.

Cette fois, la jeune fille ne protesta pas. Elle émit un rire cristallin et s'en alla en ondulant du derrière.

Cynthia sourit.

— Voudrais-tu par hasard te saouler ?

— Je ne me saoule jamais. Enfin, quasiment jamais.

Frullifer engloutit avec avidité une large rasade. Maintenant, il se sentait tout à fait à son aise, et il contempla le visage régulier de son interlocutrice avec moins de remords.

— Jusqu'ici, tu as réussi à suivre mon exposé ?

— En partie seulement. Ou peut-être bien que si. Tout dépend de la suite.

— Très bien, je poursuis. Pour que les psytrons passent du stade fondamental au stade quantique, il convient que le cerveau produise un *output*, qui parvienne à se frayer un chemin au travers de la volonté, c'est-à-dire au travers de la fonction régulatrice de l'activité de changement, les propres processus chimiques et électriques des synapses en phase de transmission. Et alors, le « voyage » des psytrons a commencé, si rapide qu'il se soustrait à l'univers physique et les emporte dans la région de l'imaginaire où le temps n'existe pas.

Cynthia fit un élégant geste de dénégation.

— Du calme, du calme. Tu donnes pour acquis l'existence de cette région imaginaire. C'est un défaut que j'avais déjà noté dans tes écrits. Tu confonds les nombres imaginaires avec une zone précise de la psyché.

— Mais que crois-tu donc que sont les nombres ? Ils ne sont qu'une lecture des règles de l'univers donnée par notre psyché. C'est de là que nous les avons tirés. D'où viennent-ils, autrement ?

Tout d'un coup, Frullifer dut s'interrompre. Cynthia, clairement perplexe, avait entrouvert les lèvres, les transformant en un joli petit cœur rose. Il éprouva un besoin impérieux de l'embrasser. Mais comment passer d'une telle situation à un baiser ? Comment pouvait-on faire une telle chose ? Il secoua rudement la tête.

— Peut-être bien que je parle à tort et à travers.

— Mais non, mais non, répliqua la jeune fille. Continue, je te prie, je crois que je te comprends. La dimension imaginaire a une existence réelle. Et ensuite ?

Pour être en mesure de poursuivre, Frullifer dut s'immerger la bouche dans sa bière déguisée en Coca-Cola. Il releva le visage sans s'apercevoir qu'un toupet d'écume lui était resté accroché au bout du nez.

— Chez la majorité des individus, les psytrons excités disparaissent purement et simplement dans le gouffre de cette dimension, avec toute leur charge d'informations. Mais dans le cas des individus dotés d'un contrôle conscient de leur activité cérébrale, les psytrons ainsi projetés peuvent réapparaître à n'importe quel point. La raison en est évidente : dans la phase de la « prison neuronique », ils ont été chargés, en plus des informations conventionnelles, d'informations ultérieures sur les modalités de rentrée dans notre univers. En d'autres termes, c'est comme si l'on avait fourni à ces psytrons une carte de la traversée de l'imaginaire, avec une indication précise des points de rentrée dans la dimension du réel.

— Mais qu'est-ce que ça a à voir avec l'astronef dont parle ton essai ?

— Mais tout, voyons ! L'astronef devra être muni de réseaux neuronaux artificiels, non pas au point de simuler toute la complexité du cerveau humain, ce qui serait virtuellement impossible, mais les fonctions spécifiques utiles pour « voyager ». Le schéma de ces réseaux, facilement descriptible grâce à des matrices vectorielles, serait simplifié par rapport à celui des réseaux cérébraux, mais modérément : il devrait en fait être en mesure d'intercepter la Psyché de la zone qu'il engloberait, et d'en charger les psytrons avec les informations fournies par ses propres synapses. Des informations qui se répartiraient en deux sortes : celles relatives au parcours à suivre pour accéder et échapper à l'imaginaire, et celles qui se référeraient aux caractéristiques de l'astronef, y compris de son équipage humain.

À ce stade, Cynthia, qui avait très clairement perdu le fil, fit ce qu'elle n'aurait jamais dû faire. Elle défit négligemment les deux boutons supérieurs du chemisier jaune qu'elle portait. Les yeux de Frullifer parcoururent fébrilement le sillon qui séparait les deux seins ronds et rosés qui gonflaient le tissu, laissant apparaître deux petites protubérances à hauteur des mamelons.

Il replongea le nez dans sa bière, mais ses mains tremblaient tellement qu'une bonne partie de la mousse lui tomba sur le pantalon. Alors il se mit à chercher en tâtonnant une des cigarettes de la jeune fille et, s'emparant du briquet posé là, il l'alluma. Il reprit la parole en rafale :

— La « navigation » ne pourrait toutefois se voir entièrement confiée aux neurones artificiels. À bord du véhicule, il faudrait la présence d'individus à l'activité cérébrale plus vivace que la normale, capables de créer une interaction entre leurs propres psytrons et la Psyché emprisonnée dans le réseau, pour fournir occasionnellement des informations plus précises sur la route à suivre et sur l'éventuel équipage, de manière à en modeler au mieux la forme fantasmatique. Parce que le « voyage » dont je parle n'impliquerait pas la physicalité des objets et des personnes, mais seulement leur empreinte psychique, dématérialisée et rematérialisée en vertu de l'équivalence entre masse et énergie.

Frullifer s'interrompit. La serveuse se penchait au-dessus de lui et, cette fois, son expression n'était pas le moins du monde amicale.

— Boire, passe encore. Mais fumer, ça non. Éteignez-moi cette cigarette.

Frullifer dut jeter un regard à ses propres doigts pour comprendre de quoi parlait la jeune étudiante. Il en resta lui-même émerveillé. Il ne fumait qu'une ou deux cigarettes par an.

— Je m'excuse, bredouilla-t-il, embarrassé. Je ne voulais certainement pas...

— Alors, vous l'éteignez, oui ou non ?

Quelque chose dans ce ton réveilla en Frullifer un sens de la rébellion provisoirement assoupi. Il tira une grande bouffée de fumée, ce qui le fit tousser, puis déclara, agressif :

— Vous savez à quand elle remonte, cette campagne contre le tabac ? Aux années 60. La période des grandes expériences atomiques à ciel ouvert. C'est à partir de là que se sont multipliés les cas de cancer. Il fallait bien trouver un bouc émissaire, et alors...

Au lieu de lui répondre, la serveuse lança un appel à la cantonade.

— Ce personnage ici présent est en train de tous nous empoisonner. Vous êtes d'accord pour le laisser faire ?

Avant même de pouvoir pleinement comprendre le sens de cet appel, Frullifer se retrouva empoigné par une quantité de mains. Certaines l'agrippèrent par le pull-over, d'autres lui firent sauter la cigarette des mains, d'autres encore le giflèrent. Il finit jeté dehors, au beau milieu de l'allée qui menait à l'université.

À moitié étourdi, il regarda autour de lui, mais Cynthia avait disparu. Qui sait pourquoi, il relia ses mamelons proéminents à la cigarette qu'il avait tenue un bref instant entre ses lèvres. Puis il s'éloigna en boitillant, soudain conscient que, au cours de sa vie, il n'aurait jamais rien de doux à sucer. Il lui resterait ses astronefs, et une existence qu'il mènerait à l'enseigne de la plus froide lucidité. Cela le consola un peu, mais pas suffisamment.

CHAPITRE II

LE *JUSTICIA*

Le petit corps était couché sur la margelle basse qui entourait l'énorme citerne, dont l'étendue se perdait dans l'obscurité des voûtes. À ses côtés, il était surveillé par deux soldats armés de hallebardes, qui jetaient des regards autour d'eux sans chercher à dissimuler leur inquiétude. À l'arrivée de l'inquisiteur et du capitaine, ils semblèrent soulagés.

Eymerich s'approcha du petit cadavre et toucha la couverture de laine verte qui l'enveloppait.

— Pourquoi dites-vous que c'est si horrible ?

— Regardez vous-même, répondit le capitaine.

L'inquisiteur hésita un très bref instant, puis arracha la couverture. Aux côtés du père Agustín, il avait assisté à toutes sortes d'horreurs, mais il fut stupéfait, presque assommé, par ce qu'il vit. Non que ce spectacle inspirât la peur ; simplement, il était trop anormal pour être cru.

Il avait sous les yeux le corps d'un enfant d'un an ou un peu plus. La gorge avait été entaillée, et la tête pendait dans une position non naturelle. Mais cette tête même était impressionnante. Elle se composait de deux visages, parfaitement formés, opposés l'un à l'autre.

Les traits, peut-être un peu trop adultes pour un bébé de cet âge, étaient identiques des deux côtés : les yeux gonflés et serrés, les lèvres exsangues, le petit nez. Le crâne, chauve et de forme arrondie, ne présentait ni fracture ni bosse; seulement, là où les mâchoires se réunissaient, pointaient quatre oreilles, opposées l'une à l'autre et aux lobes bien distincts. On eût dit un visage qui affleurait à la surface de l'eau, comme s'il était en train de se libérer de sa propre image spéculaire; mais le reflet était aussi tangible que la réalité.

Au bout de quelques instants, Eymerich recouvrit le petit cadavre. Il fixa le capitaine :

— Une plaisanterie de la nature, commenta-t-il en s'efforçant de dominer l'émotion que trahissait le son de sa voix.

— De la nature? Une plaisanterie du diable, mon père, rétorqua le militaire dont le front était couvert de sueur. On n'a jamais vu pareil tour de sorcier.

— Peut-être ne s'agit-il pas d'un tour de sorcier, intervint l'un des soldats de garde. On dit qu'au-delà des mers vivent des créatures semblables.

Eymerich hocha la tête, pensif :

— En effet. On les appelle blemmyes, panoti, sciapodes, cynocéphales. Mais aucun de ces monstres ne porte de petit bonnet, ni n'est jamais apparu à deux pas de la demeure du roi. Avez-vous parlé à quelqu'un de cette... chose? demanda-t-il en fixant l'officier.

— Oui, mon père, répondit le militaire, un peu embarrassé. J'ai dû le dire à mes hommes, et aussi à quelques serviteurs.

— Ce que je veux savoir, c'est si la nouvelle est déjà arrivée au palais royal.

— Non, je ne crois pas.

— Bien, maintenant, faites emporter ce corps, sans

trop vous faire remarquer. Transportez-le en haut, dans les appartements des pères de l'Inquisition. La cellule du père Agustín est vide, malheureusement. Vous laisserez l'enfant sur le lit et mettrez deux hommes de garde à la porte.

— Mais la rumeur va vite se répandre. Tout le monde va vouloir voir le petit monstre.

— C'est vrai, soupira Eymerich. La seule chose à faire, pour freiner la curiosité, c'est de confondre les rumeurs.

Il se tourna vers les deux soldats.

— À ceux qui vous questionneront, vous donnerez des réponses chaque fois différentes. À l'un, vous direz qu'on a trouvé un enfant avec une tête de cochon, à un autre qu'il s'agit d'un chat à visage de vieillard. À tous, vous ne répéterez qu'une chose : que le monstre a les bubons de la peste et que vous montez la garde pour éviter la contagion. Compris ?

— Oui, mon père, répondit le plus vieux des deux, légèrement amusé.

— Et maintenant, agenouillez-vous tous, ordonna Eymerich.

L'officier et les soldats obéirent, appuyant la tête sur la garde cruciforme de leur épée. L'inquisiteur leur accorda une rapide bénédiction, invoquant Dieu pour qu'il les préserve des pièges de Satan. Puis il les fit se relever.

— Une dernière chose, capitaine, dit-il en faisant un pas vers la sortie. Avez-vous entendu parler de la présence d'une image insolite dans le ciel, il y a moins d'une heure ?

La voix de l'officier se fêla :

— Mon Dieu, non. De quelle image parlez-vous, mon père ?

— Oh, rien de sérieux, dit Eymerich avec un geste désinvolte de la main. N'y pensez plus, quelques bonnes femmes qui ont eu la berlue. L'imagination des gens de Saragosse est trop excitée, ce matin.

Il se mit en route dans le couloir ruisselant d'humidité. Dans le vestibule, il tomba sur le cortège qui portait au-dehors le corps du père Agustín. La dépouille, recouverte d'un drap taché de sang et de pus, avait été laissée dans le tissu qui l'enveloppait. Quatre jeunes dominicains, le visage couvert de drôles de masques coniques, en tenaient les extrémités. Ils progressaient lentement, en faisant très attention de ne pas entrer en contact avec le corps.

Devant eux, à distance respectable, marchaient le doyen, le prieur de la maison sur l'Èbre, le maître d'école et le trésorier, qui priaient à voix haute. Derrière, à distance encore plus grande, venaient deux des archidiacres qui répandaient des fumées d'encens et de camomille, les chanoines de l'évêché et une vingtaine de frères mendiants des deux ordres majeurs, qui de temps en temps portaient à leurs narines des pommes odoriférantes ou des burettes de vinaigre. Sans doute attendaient-ils dans le patio l'apparition du groupe.

En apercevant Eymerich, quelques-uns des clercs s'inclinèrent légèrement.

Mais l'inquisiteur perçut dans leurs yeux une lueur ironique qui l'agaça. Les plus obséquieux étaient encore les moins convaincus de la possibilité d'une confirmation de sa nomination. Cependant, lui-même n'ignorait pas combien il lui serait difficile d'arracher une reconnaissance durable.

Il devait au plus vite parler avec le *Justicia.* Mais avant, il avait d'autres tâches à accomplir. Il s'agenouilla et se signa au passage de la dépouille ; mais, au lieu de s'unir au cortège, il attendit le *pater infirmarius* du tribunal, qui arrivait au milieu du groupe de queue.

Il le jaugea rapidement. C'était un dominicain d'une cinquantaine d'années, qu'il savait se nommer père Arnau Sentelles. Il avait des yeux vifs, une expression malicieuse, une bouche à laquelle des fossettes conféraient un pli ironique. En d'autres circonstances, Eymerich, dont les traits décharnés étaient empreints d'une sévérité pensive et qui cultivait la méfiance comme une discipline de vie, n'aurait jamais accosté un individu de ce genre. Mais pour l'heure, il lui fallait un allié qui s'y entendît en médecine et il ne pouvait se permettre de faire le difficile. Il s'approcha du père Arnau et le prit à part.

— J'ai besoin de vos talents de médecin, lui dit-il à mi-voix, et de votre discrétion.

L'autre le scruta comme pour chercher des symptômes.

— Vous vous sentez mal ?

— Il ne s'agit pas de moi, rétorqua sèchement Eymerich. Ce matin, on a découvert un enfant assassiné, d'aspect monstrueux. Je voudrais que vous lui jetiez un coup d'œil.

Les yeux perspicaces du père Arnau étincelèrent de curiosité.

— Où l'a-t-on découvert ?

— Ici, justement, à l'Aljaferia. Près de la citerne. On va le porter à l'étage, dans la cellule du père Agustín. Vous direz que c'est moi qui vous envoie, on vous fera entrer.

Le frère charcutier plissa légèrement le front.

— Près de la citerne, vous dites ? Ce n'est pas la première chose étrange qui sort de ce puits.

Eymerich sursauta :

— Vraiment ? Qu'en savez-vous ?

Au lieu de répondre, l'autre le regarda par en dessous pendant quelques instants. Puis il lui demanda :

— C'est donc vrai que vous êtes le successeur du père Agustín ? Le nouvel inquisiteur général ?

— Oui.

— Et le père Agustín ne vous a rien dit ?

Eymerich se demanda dans quelle mesure il pouvait être sincère avec cet homme. Il conclut que, s'il était au courant de quelque chose, mieux valait ne pas lui mentir. Du moins pour le moment.

— Il m'a parlé de certaines découvertes faites dans la citerne. Mais il est mort à l'instant même où il allait m'en dire davantage.

— C'était typique du père Agustín de se montrer réticent jusqu'à la fin, commenta le chirurgien, sans aucune trace de révérence dans la voix. Je suis au courant de ces découvertes seulement parce qu'il était indispensable de m'y impliquer, comme vous le faites. Il s'agissait d'objets curieux qu'il ne m'a pas été accordé de voir. Mais en même temps que ces objets, furent retrouvés à plusieurs reprises des corps de nouveau-nés. Des corps horribles, avec deux faces identiques aux côtés opposés de la tête.

Eymerich retint à grand-peine une exclamation.

— Mon nouveau-né aussi a cette apparence ! Parfaitement biface.

— Je l'avais déjà deviné. Alors, il est inutile que je le voie.

— Qu'avez-vous fait les autres fois ?

— Nous avons sectionné les petits cadavres. Mais pardonnez-moi, père Nicolas. Mieux vaudrait que je retourne à mes devoirs.

À ce moment précis, les derniers participants au cortège étaient sortis dans le vestibule, et de l'extérieur leur parvenait l'écho des oraisons.

Eymerich haussa les épaules.

— Le père Agustín n'a plus besoin de vous. Moi, au contraire, si. Suivez-moi.

Sans rien ajouter, il se dirigea promptement vers le portail. Il se fraya un chemin à travers la foule agenouillée, sans prendre garde aux tuniques et aux manteaux sur lesquels il marchait en passant. Le père Arnau le suivit tant bien que mal jusqu'au pied du soubassement, où le sentier protégé serpentait entre les buissons de roses en s'éloignant de la voie principale d'accès au château.

Eymerich marcha à pas rapides jusqu'à une petite clairière, protégée par quelques pins couleur de rouille. D'un coup, il s'immobilisa et pivota vers son compagnon.

— Père Arnau Sentelles, agenouillez-vous.

Le visage sardonique de l'autre prit une expression étonnée.

— Qu'avez-vous dit ?

— Agenouillez-vous. Allons, je n'ai pas de temps à perdre.

Toujours plus ébahi, le père Arnau obéit. Peut-être s'attendait-il à un coup, mais Eymerich se contenta de lui poser la main droite sur l'épaule.

— Nous, Nicolas Eymerich, inquisiteur général du royaume d'Aragon par la volonté de notre pontife Clément, nous te nommons, toi, Arnau Sentelles, de l'ordre de Saint-Dominique, notre inquisiteur vicaire pour la ville de Saragosse, et établissons que tu as autorité pour enquêter, recevoir des informations, citer, réprimander, imposer des préceptes, excommunier, instruire des procès et incarcérer les ennemis de la foi unique. Au nom du Père, du Fils et du Saint-Esprit.

Il traça un rapide signe de croix en l'air. Le père Arnau en était resté bouche bée :

— Père Nicolas, mais je ne...

— Silence, l'interrompit Eymerich. Et maintenant, jurez-vous, devant les sacro-saints Évangiles de Dieu, de ne rien révéler, ni dire, ni traiter, oralement, par écrit ou par quelque autre mode que ce soit, de quoi que ce soit qui ait un rapport avec les procès de la Sainte Inquisition, sous peine de parjure et d'excommunication *latae sententiae* ? Allons, répondez « je le jure ».

— Je le jure, mais...

— Maintenant, vous pouvez vous lever, dit Eymerich avec un petit sourire. Et racontez-moi donc ce que vous avez tu jusqu'à maintenant.

Le père Arnau se remit sur pied et secoua les aiguilles de pin qui lui collaient à la tunique.

— Père Nicolas, je suis honoré, mais je suis un simple médecin qui n'a jamais...

— Je le sais très bien. Mais je crois que votre objection est d'une autre nature.

— Eh bien oui, fit le père Arnau dont le visage avait repris une partie de son ironie naturelle. Je ne voudrais pas vous paraître irrespectueux, mais votre nomination n'a pas encore été confirmée, ni par l'évêque, ni par le pontife, ni par le roi. Et si vous permettez, la nature exacte de vos titres est encore inconnue.

Eymerich hocha la tête.

— J'apprécie beaucoup votre franchise. Vous avez raison. Pour le moment, je n'ai qu'un brevet que m'a laissé le père Agustín, et aucune autre investiture. Mais des pouvoirs que vous avez mentionnés, seuls ceux de Clément doivent nous intéresser sérieusement. Je m'efforcerai d'arracher l'assentiment de l'évêque et de la couronne, mais en faisant clairement sentir que, comme inquisiteur, je n'ai aucune intention de me soumettre à leur autorité.

Le père Arnau prit une expression perplexe.

— Mais comment pensez-vous y réussir ?

— Vous le verrez. Maintenant, il suffit. Je vais aller en ville. Venez avec moi manger quelque chose et me raconter sans réticence ce que vous savez. Ensuite, je me mettrai au travail. Avant ce soir, je compte avoir les confirmations dont j'ai besoin.

Eymerich s'élança à grands pas dans l'allée, avec l'air de celui qui n'a rien à ajouter. Mais le père Arnau se mit à trottiner à ses côtés.

— Pardonnez une dernière parole. Pourquoi m'avez-vous choisi comme vicaire ? Pourquoi pas le prieur ou l'un des anciens ?

— Parce que vous êtes le seul qui, lorsqu'il s'adresse à moi, reste à distance. Les autres me postillonnent leur salive et me contraignent à respirer leur odeur. Maintenant, taisez-vous et ne me faites pas regretter mon choix, conclut-il, pressant le pas et ajustant le scapulaire et la cape noire.

L'allée qu'ils suivaient dessinait l'unique ruban de verdure sur la terre plate et rougeâtre qui s'étendait de l'Èbre aux premiers édifices de la ville. La journée, très lumineuse et transparente, se chargeait déjà d'une chaleur intense. Mais celle-ci n'avait rien d'étouffant et la végétation éparse s'augmentait d'épais buissons de mauve, touchés par l'automne à peine commencé, qui poussaient çà et là entre les pins squelettiques.

Ils rencontrèrent des postes de garde disséminés sur

le sentier, installés depuis que Pierre IV avait pris l'habitude de promenades solitaires jusqu'à l'Èbre. Les soldats, protégés du soleil par des calottes d'acier ou des couvre-chef de fantaisie, tuaient le temps en jouant aux dés. Mais beaucoup d'entre eux, au passage des deux dominicains, se découvraient ou inclinaient la tête, comme s'ils reconnaissaient sous leurs tuniques la présence d'un pouvoir royal, même si ce n'était pas celui de la monarchie.

Ils arrivèrent en ville environ une demi-heure plus tard, alors que beaucoup de tavernes étaient encore fermées. Mais ils en trouvèrent une près de la masse puissante de la Zudra, à deux pas des venelles de la *morería* dans laquelle se concentrait la population arabe. C'était un local étroit et humide, avec des quartiers de chèvres recouverts de cendre et de longs colliers d'ail qui pendaient aux poutres du plafond. Les tables étaient en majorité occupées par un public de *mudejares* vociférant, occupés à discuter et à consommer les boissons sans alcool autorisées par la coutume musulmane. À l'entrée des deux dominicains, beaucoup se turent et les contemplèrent avec une curiosité hostile, non exempte d'un certain embarras. Mais quelques instants plus tard, ils se remirent à bavarder avec des airs indifférents, démentis par les regards furtifs que, de temps à autre, ils dardaient sur les deux inquisiteurs.

Sans se préoccuper de l'humeur de l'assistance, Eymerich prit place à la seule table libre et invita le père Arnau à l'imiter. À l'hôtesse accourue aussitôt, empressée, il commanda un plat d'agneau de lait, du pain et une cruche de vin de Cariñena. Puis il se concentra sur son interlocuteur.

— Et maintenant, dit-il simplement, racontez-moi tout.

Le père Arnau ferma à demi les yeux, comme s'il essayait de se rafraîchir la mémoire.

— Il n'y a pas grand-chose à ajouter. Je vous ai parlé des petits cadavres, trois pour être exact, trouvés près de la citerne. Tous avec deux visages identiques de part et d'autre de la tête. Le père Agustín m'a autorisé à les découper, mais je n'ai rien trouvé d'anormal chez eux. Le barbier qui leur a ouvert la tête, la poitrine et l'abdomen, comme il est de coutume, n'a pas mis au jour d'organes difformes comme ceux décrits par Galien.

— Quand les a-t-on découverts ?

— Le premier au début de 1349, un an après la grande peste. Les deux autres durant les deux années suivantes. Toujours fin septembre ou début octobre, à quelques jours de la fête de la Vierge du Pilar.

Eymerich réfléchit quelques instants avant de demander :

— Vous avez formulé des hypothèses ?

— Moi, non. Le père Agustín, si. Quand on a trouvé le premier corps, il a fait allusion à la substitution des eaux de la citerne, effectuée peu de mois auparavant.

— Substitution ? Quelle substitution ?

— Vous savez que durant la mort noire, quand, à la cour, on mourait en masse, beaucoup de corps furent jetés dans ce puits et l'entrée en a été murée. Des mois plus tard, le roi Pierre fit rouvrir le couloir d'accès, vider la citerne et donner une sépulture à ce qui restait des corps. Le travail dura longtemps, car ce bassin est vraiment immense et profond de plus de douze brasses. Ensuite, une fois les dépouilles enlevées, la citerne fut remplie de nouveau. Mais non pas avec l'eau de l'Èbre, qui était contaminée et avait reçu elle aussi beaucoup de cadavres. Avec de l'eau de montagne, apportée de je ne sais où.

— Et le père Agustín donnait de l'importance à cette circonstance ?

— Je l'ai entendu dire qu'entre le nouveau-né monstrueux et la substitution des eaux, il pouvait y avoir un lien. Un lien diabolique. Mais le père Agustín ne m'honorait pas de ses confidences, précisa le père Arnau avec un sourire. Et il ne vous en honorait pas non plus, à ce que je vois.

— Il n'en honorait personne, et je crois qu'il faisait bien.

Eymerich détacha avec les doigts un morceau d'agneau et l'agita en l'air.

— Laissez cela. Dites-moi plutôt ce que vous savez des objets retrouvés.

— Un garde me dit qu'il s'agissait de lampes votives de terre cuite. Mais le père Agustín ne m'en a jamais parlé.

Eymerich poussa un soupir excédé.

— Vous me contraignez à vous tirer les mots un par un, dit-il, puis il repoussa brusquement son plat et se pencha en avant. Alors, parlez clairement. Qu'est-ce que vous m'avez caché jusqu'à maintenant ?

L'expression ironique du père Arnau s'accentua :

— Pourquoi devrais-je vous avoir caché quelque chose ?

— Parce que vous êtes un homme prudent et quelquefois, l'excès de prudence est aussi révélateur que la loquacité. À deux reprises, vous avez voulu vous assurer de la légitimité de mes titres, et vous avez essayé de comprendre dans quel degré de confiance j'étais avec le père Agustín. Votre circonspection ne peut concerner la découverte des cadavres monstrueux. Je vous ai raconté dès le début que, moi aussi, j'en ai trouvé un. Quant aux lampes votives, en elles-mêmes, elles ne signifient rien. Il y a autre chose, et maintenant, vous allez me le dire.

Le père Arnau fixa Eymerich dans les yeux, tandis que ses traits se détendaient.

— Je ne sais pas si l'on reconnaîtra votre brevet, mais si c'est le cas, vous serez sûrement un très grand inquisiteur. Félicitations, à partir de maintenant, je vous appellerai *magister*.

— Appelez-moi comme vous voulez, mais parlez. J'écoute.

— Bien, fit le père Arnau avec un soupir. Après la découverte du troisième nouveau-né, l'année dernière, le père Agustín semblait passablement agité. Il me demanda si j'avais jamais vu une gigantesque forme féminine se détacher sur le ciel au-dessus de la ville... Mais qu'avez-vous ?

Eymerich avait visiblement pâli. Il posa la main sur la table si violemment que le plat et la cruche s'entrechoquèrent. Comme les *mujaderes* autour d'eux le fixaient, il se reprit en hâte. Mais sa voix se fit un peu rauque :

— Je vous le dirai après. Vous, que lui avez-vous répondu ?

Le père Arnau se tut un instant, contenant sa propre curiosité, avant de répondre :

— Que les apparitions de la Vierge du Pilar, parmi la plèbe de Saragosse, sont plus fréquentes même que les vols. Il me rétorqua qu'il n'y avait pas de rapport entre les nouveau-nés et la Vierge. Ou du moins « cette » Vierge. Puis il ajouta, comme s'il se parlait à lui-même, qu'il fallait des bûchers pour mettre fin à cette sorcellerie. Mais comment faire, si les sorciers habitaient au palais royal ? Ce furent ses propres mots. Au palais royal. Vous comprendrez pourquoi j'étais réticent à parler, *magister*.

Eymerich, qui s'était complètement repris, but un verre de vin. Puis, d'un regard froid, il contraignit les gens autour d'eux à détourner les yeux.

— Je comprends. Vous ne lui avez rien demandé d'autre ?

— Non. Le sujet était trop délicat et le père Agustín semblait trop bouleversé. Dans des circonstances normales, il n'aurait pas même laissé échapper une parole.

— Il y a d'autres choses que vous savez ?

— Rien. Normalement, je rencontrais le père Agustín seulement quand il m'appelait pour doser l'application de la torture aux inculpés. Cela m'arrivait rarement.

Le père Arnau plissa les yeux d'un air malicieux.

— Maintenant, c'est à vous de me raconter quelque chose, ajouta-t-il.

Eymerich jugea la requête impertinente ; mais en réalité, il craignait de passer pour un halluciné. Il réfléchit quelques instants, puis haussa les épaules.

— Hier, justement, il m'a semblé voir dans le ciel la silhouette d'une femme grande comme une montagne. Croyez-moi, je ne suis pas un ingénu qui voit des saints partout. J'aurais pensé à une hallucination si j'avais levé les yeux par hasard, mais en fait, c'est un groupe de femmes qui m'a montré le ciel, précisa-t-il en lorgnant son interlocuteur comme pour voir si celui-ci le croyait fou, mais le père Arnau restait impassible. Allons, parlez, qu'en dites-vous ?

L'autre prit un air grave.

— Parfois, l'éther, en particulier quand il est limpide comme en cette saison, agrandit et déforme les choses telle la surface de l'eau. Le phénomène pourrait s'expliquer, si le père Agustín ne l'avait annoncé. À ce stade, il ne reste plus qu'à choisir entre deux hypothèses.

— Lesquelles ?

— Quand se produit un phénomène que nul mortel ne peut provoquer, derrière, il y a la main de Dieu ou bien celle de son ennemi. À vous de choisir.

— Je n'y vois pas la main de Dieu, répondit Eymerich sur un ton brusque, en se levant. Retournez à vos occupations. Je vais m'efforcer de me faire recevoir par le *Justicia de corte.* Je vous convoquerai à mon retour.

— Je vous attendrai avec impatience, dit le père Arnau en se dressant à son tour. D'ici quelques heures, vous saurez si vous êtes inquisiteur général ou pas. Mes meilleurs vœux vous accompagnent.

— Je *suis déjà* l'inquisiteur général, dit Eymerich en scandant bien ses paroles. Je dois seulement faire plier un magistrat à mon autorité. De toute manière, j'accepte vos vœux.

Ils laissèrent quelques pièces à l'hôtesse et sortirent. Le père Arnau se dirigea vers l'Aljaferia. Eymerich prit vers le sud, en veillant à ne pas pénétrer dans les ruelles crasseuses de la *morería.* Mais pour ce faire, il fut contraint de suivre la route large et boueuse où le marché était installé, et de s'immerger dans la foule turbulente qui l'envahissait d'un bout à l'autre. Mulets chargés jusqu'à l'invraisemblable, cochons qui fouillaient la fange, chiens en liberté rendaient encore plus ardu un passage déjà encombré par la présence des étals et des marchandises qui débordaient des échoppes des artisans et négociants. Cris, imprécations, saluts en arabe, en dialecte aragonais, en catalan, s'unissaient au ferraillage des chariots et au braiment des baudets pour étourdir tout passant simplement désireux de parvenir au bout de la rue.

Cependant, le malaise initial d'Eymerich fut tempéré par les dimensions mêmes de cette foule, qui garantissait un certain degré d'anonymat. Mais son soulagement, pour lui qui aurait volontiers vécu loin de toute créature humaine, était à chaque instant troublé par les mains des mendiants qui touchaient le bas de son habit, les faux estropiés impertinents et geignards, les hurlements grossiers de la populace assemblée sous les piloris où les voleurs étaient exposés. Son exaspération atteignit un point tel qu'il piétina délibérément un mendiant qui se jetait devant lui, mais il éprouva aussitôt après un déplaisant sentiment de culpabilité.

Grâce à Dieu, il réussit à rejoindre la petite place sur laquelle se dressait le palais du *Justicia*, sommaire édifice de trois étages, embelli seulement par des créneaux et un vaste escalier. Au pied de ce dernier, sur les deux côtés, on voyait les cahutes de bois et de tuiles des miséreux et des individus fuyant une arrestation, protégés par l'inviolabilité de ce seuil et entretenus par la charité des seigneurs. Non loin de là, un détachement de soldats montait la garde, occupés à jouer aux dés devant leur guérite.

Eymerich grimpa la volée de marches menant au portail que surveillaient quelques domestiques en livrée. L'un d'eux vint à sa rencontre.

— Pardon, mon père, mais les simples frères doivent entrer par l'entrée latérale. Là, vous trouverez la cuisine, où l'on vous offrira certainement quelque chose pour vous et vos pauvres.

Eymerich frémit. Il lui fallut un effort de volonté pour que la voix qui lui sortit de la gorge restât calme.

— Je ne suis pas un simple frère. Je suis un inquisiteur dominicain. Annonce-moi à ton maître.

Le serviteur, plutôt avancé en âge, parut troublé.

— Croyez-moi, mon père, ce n'est pas ma faute. Je suis un bon catholique, mais les ordres que j'ai reçus sont stricts.

Eymerich soupira.

— Peut-être me suis-je mal expliqué, dit-il d'un ton exagérément patient. Je suis le père Nicolas Eymerich, inquisiteur général du royaume. Maintenant, va et fais ton devoir.

Un autre des serviteurs éclata de rire.

— L'inquisiteur général ? Mais il n'est pas mort hier ?

Eymerich fit un pas vers lui et l'agrippa par l'ample jabot de sa livrée.

— Écoute-moi et ne m'oblige pas à me répéter. Quiconque fait obstacle à un inquisiteur est passible d'arrestation et d'excommunication. Si tu ne m'obéis pas immédiatement, d'ici une heure, tu seras conduit à la tour de l'Aljaferia et tu ne reverras pas la lumière du soleil avant d'avoir des cheveux blancs. Si jamais tu la revois.

Il lâcha le jabot avec une légère poussée. Le serviteur, perdu, chercha le regard de son collègue plus âgé, qui battit des paupières en signe d'assentiment ; puis il disparut sous le porche de l'entrée. Eymerich le suivit sans attendre aucune invitation. Personne n'osa l'arrêter.

Le vestibule de l'édifice était fastueux à l'excès. Un tapis de fleurs fraîches couvrait les carreaux du sol et parfumait une salle de grandes dimensions, avec un plafond à caissons en bois d'ébène finement marqueté. Au fond, une forêt de petites colonnes graciles laissait entrevoir le vaste patio, égayé par une fontaine. Il en venait une lumière assourdie, qui s'unissait à celle des chandeliers fixés aux murs, entre les cascades de tapisseries et les peintures sacrées aux vives couleurs.

Eymerich resta planté au milieu de la salle, à observer les allées et venues des serviteurs, des *criados*, des domestiques, des chapelains qui entraient et sortaient, affairés, par les nombreuses portes latérales. Le serviteur qu'il avait maltraité revint au bout d'un long moment.

— Monseigneur le comte d'Urrea pourra peut-être vous recevoir, annonça-t-il sur un ton point trop déférent. Mais il vous faudra avoir la patience d'attendre qu'il soit vêtu et ait réglé les affaires les plus urgentes.

Eymerich se limita à hocher la tête. Un moment, il resta immobile sur place, bras croisés. Puis, comme l'attente se prolongeait, il s'assit sur un coffre, en se consacrant à la contemplation du mobilier et de la foule servile qui courait sans répit.

Quand les cloches de la ville sonnèrent la sixième heure, il ne réussit plus à contenir son impatience croissante. Il se leva et se mit à aller et venir sans but, en s'accoudant de temps à autre devant le patio ou en marchant en direction du porche. Des cuisines, qui devaient se trouver au-delà des murs de droite, arrivaient déjà les effluves des épices et l'arôme des viandes. Groupes de *richshomens*, de vassaux, d'employés aux Comptes, de chevaliers admis à la table du *Justicia,* arrivaient avec leur suite et prenaient sans hésiter la direction du patio. Quelques-uns d'entre eux jetaient des regards curieux à l'inquisiteur et accompagnaient parfois leur coup d'œil d'un demi-sourire de compassion.

Fatigué, énervé, Eymerich sentait croître en lui une indignation violente jusqu'à la douleur. Mais il ne voulait pas s'en aller, car il considérait qu'une seconde tentative aurait été encore plus humiliante. Il se promit à nouveau de ne sortir de ce palais qu'une fois sa dignité reconnue.

Une heure au moins passa. Enfin, alors que l'inquisiteur restait seul dans le vestibule désert, un esclave maure déboucha du patio et marcha dans sa direction.

— Vous êtes le dominicain qui demande à voir le *Justicia* ?

— Tu vois d'autres dominicains ici ? demanda Eymerich, sèchement.

— Mon maître vous prie de me suivre. Il vous prie aussi d'être concis, parce que d'ici peu il doit être à table. Vous pourrez manger à la cuisine.

— Allons, dit Eymerich, une lueur obscure dans l'œil.

Traversant le patio, ils montèrent un grand escalier de marbre. L'esclave le laissa devant une porte doublée de velours vert après l'avoir ouverte d'un geste obséquieux.

L'endroit où entra Eymerich était en pur style *mudejar*, avec des ornements de stuc mauresques au dessin très complexe et des incrustations de mosaïques en faïence. Le plafond, décoré de splendides *yerserias*, était très haut, aussi haut que celui du vestibule, et se reflétait avec des nuances bleutées sur le carrelage étincelant du sol.

Le comte Jacme de Urrea, *Justicia de corte*, était assis dans un fauteuil au fond de la salle, entouré d'un groupe de dames vêtues de larges chemises sans manches et d'amples robes de soie bruissante. C'était un homme d'une cinquantaine d'années, robuste et de petite taille. Le visage, qui émergeait du vaste col, avait une étrange forme allongée, culminant en une couronne de cheveux rares, mais encore noirs, d'un noir de corbeau. Les yeux, légèrement en amande, étaient verts et languides, et contrastaient avec le teint très sombre de la peau. Il posa sur l'inquisiteur un regard indifférent.

— Vous savez qu'il n'est pas dans mes habitudes de m'entretenir avec le bas clergé, dit-il d'une voix désagréable. Une autre fois, faites venir votre prieur, ou restez à la porte.

Eymerich exécuta une de ces révérences compliquées que le formalisme de Pierre IV avait depuis peu introduites. Il évalua rapidement l'homme qui se tenait devant lui et décida de sa ligne de conduite.

— Je vous demande pardon, seigneur comte, dit-il d'une voix soumise, mais les circonstances qui me conduisent devant vous sont d'une extrême gravité.

— Et alors, hâtez-vous de me les exposer, dit le comte d'Urrea en feignant de bâiller. Mes hôtes sont déjà à table et m'attendent.

Eymerich adopta une attitude contrite et tourna son regard vers les dames.

— Je ne vous retiendrai pas longtemps, seigneur. Seulement, je ne sais si les gentes dames présentes sont intéressées aux affaires privées de la maison royale.

Dans le groupe des femmes, il y eut un mouvement de curiosité. Le *Justicia* fronça les sourcils.

— Qui êtes-vous donc pour vous occuper de questions qui regardent la couronne ? demanda-t-il sur un ton sec. À moins que vous ne mentiez, tout simplement ?

Eymerich baissa les yeux.

— Plût au ciel que je fusse en train de mentir, seigneur comte. Malheureusement, les circonstances m'ont contraint à m'occuper de questions qui peut-être me dépassent. Écoutez-moi, je vous prie. Vous déciderez ensuite si ce que je vais vous révéler peut être divulgué.

Le *Justicia* réfléchit quelques instants, un pli vertical lui barrant le front. Puis il se tourna vers les dames :

— Pardonnez-moi, mes amies. Prenez place à table, je vous rejoindrai sous peu. Je veux entendre ce qu'a à me dire ce frère impudent.

Les femmes s'inclinèrent et glissèrent en silence vers la porte. Seule une d'entre elles — une jeune femme de haute stature, avec des cheveux d'un roux insolite et un teint très pâle — hésita brièvement ; mais ensuite, à petits pas rapides, elle rejoignit le groupe.

Eymerich suivit du coin de l'œil leur sortie puis, quand la porte fut refermée, il se dressa de toute sa taille et posa sur le comte un regard dédaigneux, bien différent de l'expression humble et fuyante qu'il avait auparavant.

— À la bonne heure, seigneur, dit-il en scandant ses paroles. Maintenant, vous me ferez le plaisir de m'écouter. Et sans limites de temps.

Le *Justicia* regarda autour de lui, comme pour chercher une aide qui n'était plus à portée de main. Puis, reprenant un peu de son arrogance, il lança :

— Qui êtes-vous, mon frère, pour me parler sur ce ton ?

Eymerich ne se laissa en rien intimider.

— C'est vous qui devrez modérer votre ton, seigneur comte, dit-il froidement. Je ne suis pas un frère. Je suis Nicolas Eymerich de Gérone, depuis hier inquisiteur général du royaume d'Aragon et des vice-royautés de Catalogne, Valence et Sicile.

Le *Justicia* tira de son gilet noir un mouchoir brodé et le plaqua contre sa bouche, affectant de contenir un rire tonitruant.

— Celle-là est vraiment bonne, mon ami, s'exclama-t-il au bout d'un instant. Depuis quand devient-on inquisiteur général par auto-investiture ?

À son tour, Eymerich eut un sourire glacé.

— Je pourrais vous dire que j'ai en poche le brevet que m'a laissé le père Agustín de Torrelles, mais je sais qu'à vos yeux il n'aurait aucune valeur. Je présenterai les choses d'une manière différente. Je suis actuellement le seul inquisiteur général possible. Et d'ici peu vous aussi reconnaîtrez ce fait.

Un éclair d'intérêt passa dans les yeux du comte d'Urrea.

— Vous êtes véritablement un impudent. Votre déclaration implique beaucoup de choses.

— Je ne la fais pas au hasard.

— Et alors, démontrez-moi la vérité de ce que vous dites. Mais faites-le avant que le repas qui m'attend ne commence à refroidir. Si vous n'y parvenez pas, je vous ferai bastonner comme un esclave et veillerai à ce que le supérieur des dominicains vous expulse de l'ordre. Ai-je été clair ?

— Oui, seigneur comte.

— Parlez. Je vous écoute.

Les trois premiers quarts se déroulèrent sans histoire. Comme sur tous les astronefs, il y avait sans cesse, sur le *Malpertuis*, des boulons à serrer et des plaques à souder. Sinon, les chefs d'équipe inventaient un travail quelconque pour ne pas nous laisser dans l'oisiveté.

C'était très pénible, mais nous savions qu'au moins cela ne durerait pas longtemps. L'officier en second, M. Dickson — un très jeune Gallois, méprisé comme tous les seconds, aussi bien par ses supérieurs que par la chiourme —, nous avait en fait avertis que l'expédition aller et retour devait, selon les prévisions, durer deux semaines. Mais pas même lui ne semblait connaître la nature exacte de la cargaison que nous devions embarquer. Toutefois, la crainte qu'il nourrissait à l'égard du commandant Prometeos était telle que, même s'il avait su quelque chose, il ne nous aurait probablement rien dit.

Cette crainte se justifiait pleinement. Prometeos, que nous voyions de temps à autre apparaître sur le château en compagnie de l'abbé, semblait continûment ivre et en proie à des accès de violence incontrôlable. Au cours de l'un d'eux, il manqua de peu transpercer un chef d'équipe, coupable de je ne sais quelle erreur, en lui lançant une barre d'acier qui se ficha dans la paroi. Une autre fois, il se pencha par-dessus la rambarde du château, souleva un électricien négligent en le tenant par le cou et le maintint ainsi soulevé en l'air, gémissant et agitant les pieds.

Le malheureux serait mort étranglé sans l'intervention de M. Holz, qui convainquit le commandant de lâcher prise. Non loin de là, Sweetlady riait de bon cœur.

Même sur les pires astronefs que j'avais connus existait un code de comportement, établi justement par la majorité des États, qui empêchait le pouvoir du commandant et des officiers de dégénérer de façon arbitraire. Sur le *Malpertuis*, ce code se voyait tout simplement ignoré. En outre, il n'y avait aucun représentant de l'équipage qui pût se faire le porte-parole de nos réclamations, à moins de considérer comme tel le groupe des chefs d'équipe, exposé lui aussi aux violences de Prometeos. L'appartenance présumée de l'astronef à la flotte de la Catalogne — pays qui n'adhérait à aucun traité international et les rejetait tous — servait de prétexte à un système de commandement fondé sur l'intimidation et l'insulte.

Mais le comportement de Prometeos outrepassait même les normes communes du bon sens. Ce fut le Norvégien Thorvald qui m'en révéla la raison, lorsque, nous trouvant de quart dans le même secteur du vaisseau, nous réussîmes à échanger quelques mots en profitant de la semi-obscurité qui régnait partout.

— Prometeos n'a presque jamais toute sa tête, me murmura-t-il, peu après la tentative d'étranglement de l'électricien. Il fait une consommation immodérée des liquides neurotransmetteurs qui alimentent les bobines Frullifer.

— Il les boit ? m'exclamai-je, abasourdi. Et comment se les procure-t-il ? Il les vole ?

— Je suis convaincu que c'est l'abbé Sweetlady qui les lui fournit, répondit Thorvald d'une voix sombre. Ainsi, il le tient, et le contraint à poursuivre ses buts immondes ; puis il ajouta, dans un murmure : Cet astronef est l'astronef du démon. Je ne sais pas quelle est sa mission, mais c'est certainement un blasphème contre Dieu.

— Pourquoi t'es-tu embarqué, si tu le savais ?

— Tôt ou tard, il faut bien mourir.

Les superstitions de Thorvald plongèrent mon esprit dans l'inquiétude quand, au quatrième quart, je fus affecté au nettoyage du carré des passagers, où se trouvaient les cabines de l'abbé et des trois Guides de réserve. Au moment où je commençai à frotter les poignées des portes, pendant que mes quatre compagnons d'équipe lavaient le sol, il n'y avait personne dans les cabines. Peu de temps auparavant, j'avais vu les trois réservistes immobiles sur le château, serrés comme toujours en un groupe silencieux. Ils parcouraient paresseusement les alentours de leurs yeux en amande, fixant toute chose comme s'ils regardaient *au-delà* des objets.

De l'abbé, en revanche, aucune trace. Je m'approchai de la porte grande ouverte de sa cabine et lançai à l'intérieur un coup d'œil prudent. Je vis d'innombrables rayonnages de vieux livres lourds à la couverture usée. Il y avait aussi un ordinateur éteint, d'un modèle qui n'était plus en circulation depuis des décennies. J'approchais mon chiffon de la poignée quand je me sentis agrippé par un bras. Je sursautai violemment.

L'abbé éclata d'un grand rire.

— Je te fais peur, jeune homme ? Dis-moi la vérité, je te fais peur ?

Et comme je me taisais, il ordonna :

— Allons, réponds.

— Non, monsieur, vous ne me faites pas peur.

— Bravo, c'est ce que je voulais entendre, dit-il, puis lançant un coup d'œil mauvais à mes compagnons, qui avaient interrompu leur travail : Et vous, qu'est-ce que vous regardez ? Vous croyez être payés pour écouter les conversations d'autrui ?

Tous se remirent à frotter le sol avec frénésie. Je m'apprêtais moi aussi à frotter la poignée, mais l'abbé m'arrêta.

— Non, laisse ça. Tu te fatigues pour rien. La traversée sera finie d'ici deux heures. As-tu déjà été dans l'imaginaire ?

Je fis un faible signe de dénégation.

— Mais si, mais si, tu y as déjà été, affirma l'abbé, sentencieux, en me regardant comme s'il existait entre nous une vieille complicité. Chacun de tes rêves est un voyage dans l'imaginaire. La seule différence, c'est que d'ici deux heures, tu entreras dans les rêves de *tous,* là où tu es toi-même un rêve. Tu me comprends ?

— Oui, mentis-je.

— Je ne te crois pas, mais cela revient au même, assura Sweetlady en tendant une main et en la faisant onduler dans l'air. L'imaginaire est un lieu sans temps ni espace, comme le délire des schizophrènes. Il y a des gens qui, comme eux, y restent bloqués pour toujours sans plus parvenir à trouver le chemin de leur corps. Le savais-tu ?

Plutôt troublé, je fis signe que non.

— Oh, il ne faut pas t'inquiéter, mon fils. Cela arrive souvent dans la vie quotidienne, mais rarement sur des astronefs tels que celui-ci, précisa-t-il en poussant la main en avant comme un coin. Si tu réussis à traverser l'imaginaire, à sortir de l'*autre côté*, il n'y a plus de limites à ton pouvoir. Tu entres au royaume des dieux, et ces dieux se tiennent là, fragiles, impuissants, à ta disposition. Tu es plus fort qu'eux, ne serait-ce que parce que tu as plus d'un corps à ta disposition. À ce moment-là, personne ne peut te faire de mal. Mais toi, tu peux leur en faire, à *eux*. Tu comprends cela ?

— Je crois, balbutiai-je, en me sentant toujours plus mal à l'aise.

— Bien sûr que non, tu ne comprends pas, rétorqua l'abbé en faisant retentir un autre de ses éclats de rire. Puis il ajouta, en fronçant le sourcil : Pense un peu : avoir un dieu en ton pouvoir. Un *dieu* ! Pouvoir le torturer à ton gré, comme un insecte que tu as épinglé. Lui arracher d'abord une aile, puis une patte, puis une antenne. Le regarder pendant qu'il se démène, mutilé vivant. Tu saisis la grandeur de tout cela ?

La méchanceté absolue qui brillait dans les petits yeux de l'abbé m'avait bouleversé. Je dus déglutir à plusieurs reprises avant de pouvoir réussir à dire :

— Non.

— Bien sûr que non ! s'exclama Sweetlady, qui goûtait à l'évidence ma terreur. Et pourtant, c'est une vérité élémentaire. Le vrai pouvoir est la capacité illimitée de faire souffrir les autres. Comme le fait Prometeos avec vous autres, de la chiourme. Cela, au moins, tu le comprends, n'est-ce pas ?

— Oui.

Sur le visage rougi de l'abbé, une expression d'ennui surgit à l'improviste.

— Alors, retourne auprès de ton Prometeos. Moi, j'irai plus loin. *Beaucoup* plus loin.

Sans rien ajouter, il entra dans la cabine et la referma d'un coup sec.

J'en restai le souffle coupé. Je regardai mes compagnons, mais ils s'étaient tenus le plus à l'écart possible et ne devaient pas avoir entendu grand-chose. J'aurais voulu réfléchir à ces paroles, derrière lesquelles j'entrevoyais une obscénité si répugnante et blasphématoire que j'en avais l'estomac retourné. Mais presque aussitôt résonna la sirène qui nous enjoignait de regagner les dortoirs, dans l'attente du moment le plus délicat du voyage.

Je me précipitai. Je remarquai aussitôt que les étranges couvre-chefs suspendus sur les lits s'agitaient dans tous les sens, comme parcourus d'un intense courant électrique. Schenoni perçut notre excitation.

— Étendez-vous et faites comme si de rien n'était, ordonna-t-il avant de s'allonger lui aussi sur sa couchette. Si vous restez immobiles, il ne vous arrivera rien. Vous verrez des choses étranges, ça oui. Pour certains d'entre vous, cela durera très peu de temps, pour d'autres beaucoup plus. Ces choses pourront être horribles ou magnifiques. Mais quand tout sera fini, vous vous apercevrez que seules quelques secondes auront passé, et vous vous sentirez en forme comme avant.

J'attendis, les yeux fixés sur le couvre-chef, tandis que mon cœur battait la chamade dans mes oreilles. Tout d'un coup, je m'aperçus que j'étais en train de me précipiter dans une glissade en spirale, semblable à un escalier en colimaçon dépourvu de marches. J'éprouvais une terreur folle de heurter les parois qui couraient à ma droite, mais nulle autre pensée. Enfin, l'escalier se termina et je me trouvai projeté dans une nuée grisâtre, ni liquide ni gazeuse.

Je n'avais plus de corps, rien que des yeux. Je découvris que de petits êtres couraient à mes côtés, si rapides que je ne pouvais les saisir du regard. D'un seul, je réussis à apercevoir la forme. C'était un gnome à capuchon vert, avec un museau de cochon extraordinairement long. Mais tout de suite, il disparut dans le néant, comme ses compagnons.

Pendant ce temps, une lumière rouge feu se répandait. Je crus voir, au-dessous de moi, une immense madone mourante, entourée de trois jeunes filles couvertes de voiles. Mais quand mon regard croisa celui d'une des jeunes filles, je découvris que leur visage était rougi jusqu'à l'os par une horrible lèpre qui en faisait pendre des lambeaux de chair vive.

Mais je n'éprouvais aucune sensation de peur. Désormais, je ne jugeais plus ce que je voyais. J'en faisais partie et c'était tout, sans sentiments ni sensations autres que la perception pure. Je me trouvais maintenant suspendu au-dessus d'un très vaste océan, d'où s'élevaient des marches de pierre titanesques qui se perdaient dans un ciel de tempête. Plus loin, sur l'eau, se dressait une très haute tour noire qui se tordait légèrement, comme une larve à la peau luisante.

Tout de suite après — si tant est qu'il existât encore un avant et un après — je découvris des visages de connaissance qui m'épiaient, tête en bas, en me fixant avec une indescriptible intensité. Je tentai de m'en approcher, mais quelque chose les emporta. C'était une créature que je ne connaissais que trop, avec des sabots de bouc et des cornes sur le front. Elle occupait l'horizon entier, et semblait le tordre au fur et à mesure qu'elle bougeait les lèvres en leur imprimant un sourire étrange, triste et méchant à la fois.

Je cherchai les visages de mes amis, comme s'ils pouvaient me dire comment me comporter ; je les trouvai froids, distants, pâles comme des faces de cadavres. Et pourtant, ils continuaient à me fixer de leurs yeux inexpressifs. Puis il y eut un éclair, et de nouveau je glissai le long de l'escalier sans marches, de nouveau la proie de la terreur...

— Bien, c'est fini, dit brusquement Schenoni en se levant sur sa couchette.

À notre tour, nous nous dressâmes, engourdis, les yeux encore emplis de visions grotesques. La sirène nous hurlait de courir sur le pont. Nous étions arrivés à destination.

CHAPITRE III

ÉQUILIBRES DE POUVOIR

Tandis que le *Justicia* le fixait d'un air sceptique, Eymerich éprouva le sentiment fugace de n'avoir aucun argument à lui offrir pour imposer la reconnaissance de son investiture. Mais peu importait. Il devait s'abandonner aveuglément à sa propre logique, en espérant que, comme il advenait généralement, elle lui offrirait chemin faisant les meilleures armes dialectiques.

Il décida d'aiguillonner tout de suite la sensibilité du comte envers les intérêts de sa classe.

— Vous savez que la victoire remportée voilà quatre ans par le souverain sur la noblesse, dans la mesure où elle fut partielle, ne constitue à ses yeux qu'un premier pas. En fait, il ne s'est pas résigné à la soumission à votre magistrature et voudrait jouir des mêmes pouvoirs que le roi de Castille.

Les yeux paresseux du *Justicia* ne manifestèrent aucune émotion. Il eut un geste négligent de la main.

— La volonté du roi Pierre rencontre sa limite dans les lois de ce royaume. Actuellement, l'équilibre des pouvoirs est assez solide, et le restera longtemps. Mais en quoi tout cela vous concerne-t-il ?

Eymerich comprit qu'il avait commencé d'une manière inadéquate. Il lui fallait opérer une correction partielle de sa trajectoire.

— En fait, ce n'est pas de la noblesse que je veux vous parler, mais du clergé. Vous savez quel poids il a dans tout l'Aragon. Et pourtant, c'est le seul royaume chrétien dans lequel l'Église a une influence très limitée sur la conduite des affaires publiques. Le roi préfère même s'entourer de conseillers juifs, et les cultes des infidèles s'y répandent partout.

— Vous me semblez un peu injuste, ricana le *Justicia*, Pierre IV a encouragé la construction de nombreux couvents.

— Oui, mais seulement de cisterciens et de franciscains, répliqua Eymerich, qui continuait à tâtons. C'est-à-dire d'ordres qui, en raison de leur vie claustrale ou du choix de la pauvreté, se tiennent éloignés du pouvoir. Il n'est pas exclu que le roi Pierre ait l'intention de confier justement à un franciscain la succession du père Agustín, de manière à stériliser l'Inquisition et à la rendre tolérante envers les mécréants.

— À ce que je comprends, vous accusez notre roi de se montrer trop enclin à la spiritualité, observa le *Justicia*, sur un ton ouvertement ironique.

Tout à coup, il fronça les sourcils et sa voix se fit sèche.

— Vous ne faites que m'ennuyer. Vous ne m'avez pas présenté un seul motif qui vous rende digne de la charge à laquelle vous aspirez. Au contraire, toutes ces divagations sur la noblesse et le clergé me prouvent que vous n'êtes qu'un prétentieux. Je dois passer à table. Exposez-moi en deux mots vos raisons, ou je vous ferai donner la leçon que je vous ai promise.

Eymerich surmonta un sentiment de détresse momentané.

— Voici donc les deux mots que vous me demandez, dit-il en durcissant le timbre de sa voix. *Faites attention.* Voilà les deux mots. *Faites attention.*

Cette fois, l'arrogance du magistrat sembla faiblir.

— Qu'entendez-vous par là ?

Rendu euphorique par la conscience d'avoir désarçonné son interlocuteur, Eymerich parla avec véhémence.

— Premièrement, le roi s'entoure d'Hébreux et de petits moines étrangers à la noblesse, qu'il déteste. Deuxièmement, il la déteste au point de se préparer à la frapper de nouveau. Et pour la frapper, il lui dérobe le sol sous les pieds. Il ne peut y avoir de noblesse forte sans une Église forte qui lui donne sa légitimité et incite le peuple à l'obéissance. Mais il ne peut y avoir d'Église forte si, dans la société, tous les cultes sont admis et des peuples disparates obéissent à des lois morales différentes. Troisièmement, l'ordre dominicain est un ordre combattant, né pour écraser l'hérésie. Il n'y a pas d'autre pouvoir ecclésiastique qui puisse unifier le royaume sous la loi de Dieu et qui puisse le faire avec autant de détermination. Quatrièmement, l'Inquisition est l'arme la plus affilée que l'Église ait forgée pour maintenir l'unité et la crainte de Dieu parmi les hommes. C'est une arme que les dominicains savent mieux manier que quiconque

Tout en parlant, Eymerich savait très bien que les bases logiques de ce qu'il était en train d'exposer étaient fragiles. Il n'avait aucune preuve que Pierre IV eût l'intention de frapper la noblesse ; il espérait seulement que le *Justicia* en nourrissait la crainte et accepterait tacitement cette affirmation. Il n'était pas même sûr que le roi préférât les conseillers juifs ou aidât les cisterciens pour servir des intérêts contraires à ceux des nobles. Mais l'hypothèse était crédible et, sur un terrain ensemencé par le soupçon, elle pouvait fleurir avec facilité.

Il s'aperçut tout de suite qu'il avait touché au but. Le *Justicia* se tut un long moment. Quand il parla, ce fut sur un ton complètement nouveau.

— Je ne savais pas, mon père, que vous autres dominicains aviez tant à cœur le sort de la noblesse.

— Nous avons à cœur le royaume des hommes, qui doit respecter le royaume de Dieu, répondit Eymerich, qui, dans son for intérieur, exultait d'avoir contraint le magistrat à se montrer à découvert, et le royaume de Dieu est ordonné en Trônes et en Dominations. Malheur à nous si la hiérarchie fait défaut, et si un souverain prétend piétiner les cercles de sa puissance. Que serait l'Église sans les évêques ? Sans compter, ajouta-t-il sur un ton complice, que l'éducation des fils de grandes familles est confiée aux dominicains.

— Certes, une Inquisition qui pencherait en faveur de la noblesse s'avérerait d'un grand bénéfice, murmura le *Justicia* d'une voix assourdie. Mais qui dit que ce doit être justement vous l'inquisiteur général ? Oui, fit-il avec un signe comme pour prévenir une objection, je sais, le père Agustín. Mais le père Agustín est mort, et ses brevets comptent peu. Sans une désignation reconnue par le roi, la charge passerait automatiquement à l'archevêque de Saragosse, Lop Fernandez de Luna. Et monseigneur de Luna est noble.

— Mais il est aussi très jeune, plus jeune que moi, répondit Eymerich, puis fermant à demi les yeux, il ajouta : En outre, seigneur comte, avez-vous jamais entendu monseigneur de Luna tenir des discours comme celui que vous venez d'entendre ?

Le *Justicia* se tut, fixant les lignes de calligraphie arabe qui couvraient les parois. Puis, sans crier gare, il entrouvrit ses lèvres sur un grand sourire.

— Vous m'avez convaincu, mon père... comment avez-vous dit que vous vous appelez ?

— Nicolas Eymerich de Gérone.

— Oui, vous aurez mon appui, et j'interviendrai auprès du roi pour qu'il approuve votre nomination. Mais maintenant, dites-moi tout de suite, sans aucune réticence, quelles sont les questions en rapport avec la maison royale que vous prétendez connaître, et qui vous ont servi de prétexte pour me parler en tête à tête.

Eymerich regretta de ne pas avoir le temps de savourer la victoire à peine remportée. Cette victoire serait réduite à rien s'il ne parvenait pas à satisfaire la curiosité du comte. Mais tout ce qu'il savait tenait en quelques mots, échappés au vieil inquisiteur et rapportés par le père Arnau.

— Certains bruits seront parvenus jusqu'à vos oreilles, dit-il, cherchant à gagner du temps.

— Quels bruits ?

— Des bruits à propos de sorcellerie, de phénomènes démoniaques. De naissances d'êtres difformes.

— J'ai entendu quelque chose à ce sujet, répondit le *Justicia* en se penchant en avant. Mais pourquoi reliez-vous tout cela à la famille royale ?

L'instant était crucial. Si Eymerich donnait une réponse insatisfaisante, le magistrat comprendrait qu'il n'avait rien en main et lui retirerait l'accord à sa nomination. L'inquisiteur devait à tout prix ruser. Il prit un ton précautionneux, tout en arborant une expression préoccupée.

— Si vous, seigneur comte, êtes vraiment au courant, le lien doit vous paraître clair.

— Peut-être, rétorqua le *Justicia* sur un ton tout aussi prudent. Mais je veux savoir s'il est clair aussi pour vous.

— Vous êtes certainement au courant de la naissance des enfants bifaces.

— Oui.

Eymerich joua le tout pour le tout.

— Eh bien, il n'y a pas d'enfants sans mère, chuchota-t-il, puis il ajouta : Vous comprenez ce que je veux dire.

Le *Justicia* tressaillit. Il regarda autour de lui avec inquiétude, comme si quelque espion inconnu pouvait l'entendre. Puis il fixa Eymerich.

— Mon Dieu, balbutia-t-il, excité, je n'imaginais pas que l'Inquisition sût tant de choses.

— L'Inquisition sait toujours tout, répliqua Eymerich, en dissimulant sous un ton solennel sa propre exultation intérieure, d'une intensité à lui tourner la tête. Vous convenez maintenant, seigneur comte, que notre alliance est nécessaire ?

— Oui. Vous aviez raison. Vous êtes l'unique inquisiteur général possible.

Le *Justicia* posa les mains sur les bras du fauteuil, comme pour se lever.

— Autre chose que vous savez et que j'ignore ?

Eymerich prit une expression réservée.

— Certains éléments ont besoin de se voir confirmés. Je vous en parlerai au moment opportun. L'affaire est d'une effroyable difficulté.

— Certes, répondit le magistrat d'une voix fatiguée. Comment une mère peut-elle continuer à engendrer des enfants monstrueux, si elle est morte depuis quatre ans ?

Il se leva et posa les mains sur les épaules de l'inquisiteur.

— Maintenant, je dois vraiment rejoindre mes hôtes. Pardonnez mon comportement de tout à l'heure. Je ne vous connaissais pas encore.

— Ne vous en préoccupez pas, seigneur comte. Vous avez bien fait de ne pas vous fier à moi dès le premier abord.

— Aussitôt après le déjeuner, j'enverrai une lettre à l'archevêque. Présentez-vous à lui dans la soirée. Votre nomination est chose faite.

Eymerich s'inclina.

— Merci, seigneur. Je vous tiendrai informé.

— Que Dieu nous bénisse tous.

Quand Eymerich sortit du palais, il s'émerveilla de constater que la neuvième heure était encore loin. La conversation avec le *Justicia*, au fond assez brève, lui avait paru durer des heures. Il descendit presque au pas de course l'escalier et plongea sans crainte dans la foule, emporté par un sentiment d'exultation qu'il avait trop longtemps réprimé et qu'il ne parvenait plus à présent à contenir.

Il marcha au hasard en direction de l'église du Pilar, mais un soudain attroupement, sur une petite place proche, l'obligea à changer de direction. C'était un rassemblement de gens du peuple en haillons, occupés à hurler des railleries à l'adresse d'un malfaiteur, sur un échafaud, que l'on fouettait à mort. Les cris du condamné étaient aigus au point de couvrir les invectives de la populace, secouée d'explosions violentes d'allégresse à chaque nouveau coup de fouet.

Dérangé par ce tohu-bohu qui troublait sa joie,

Eymerich prit une rue encadrée de maisonnettes blanchies à la chaux, en faisant bien attention d'éviter les chariots et leurs éclaboussures de fange. Un groupe de femmes musulmanes, le visage voilé et le cheveu couvert d'un manteau noir, lui rappela les inconnues de la veille. Mais du groupe ne lui parvinrent ni petits rires ni signes d'attention et le ciel, sur lequel il leva un regard un peu inquiet, ne laissait voir que quelques rares nuées.

Il décida de retourner à l'Aljaferia. Il n'avait pas de plan d'action bien précis en tête, mais voulait exploiter à fond ses ressources d'énergie, doublées par le succès obtenu auprès du *Justicia.* Il savait bien que, chez lui, les moments de vigueur extrême et d'activité frénétique alternaient avec d'autres moments de complète passivité, durant lesquels il lui était difficile non seulement d'agir, mais même simplement de penser. Mieux valait consacrer les heures à venir à consolider les positions conquises, avant que sa réserve de forces se dérobe.

Il parvint au pied du puissant château précisément au moment où les innombrables cloches de Saragosse sonnaient la neuvième heure, tandis qu'une chaleur intense mais plaisante, dépourvue de toute trace d'humidité, s'étendait sur la ville, éteignant provisoirement sa fièvre. La tour de l'Inquisition avait repris sa vie ordinaire. Clercs, notaires, scribes allaient et venaient paresseusement entre le premier étage où, en plus des prisons, était installée la chancellerie, et le deuxième, où l'enlèvement du corps du père Agustín avait permis de remettre en service la salle des audiences. Le décès du vieil inquisiteur n'était rappelé que par les fumées de soufre qui émanaient de quelques braseros, placés deux par deux à l'entrée des pièces.

Tandis qu'il montait, Eymerich remarqua d'éloquentes hésitations et des signes d'incertitude dans les saluts qu'on lui adressait. Évidemment, au tribunal, on n'était pas encore sûr de la confirmation de sa nouvelle charge ; on le saluait donc avec respect, mais non avec la déférence due à un inquisiteur général. Il sourit à part lui de cette attitude, mais saisit aussi la nécessité de dissiper au plus vite tous les doutes.

L'occasion lui en fut offerte lorsqu'il vit le père Arnau qui, arrêté sur le palier du deuxième étage, conversait à mi-voix avec un gentilhomme qu'il n'avait jamais vu.

— C'est officiel, lui annonça-t-il, alors qu'il se trouvait encore à quelque distance. Le *Justicia de corte* approuve ma désignation.

Après un instant de silence, un murmure se répandit le long des rampes et dans les couloirs, suivi des pas rapides de ceux qui couraient porter la nouvelle à telle ou telle de leurs connaissances. Satisfait, Eymerich répondit à quelques saluts et s'approcha du père Arnau.

— Mes compliments, lui dit l'*infirmarius* avec un sourire. Croyez-moi, *magister*, je n'en ai pas douté un seul instant. Mais vous arrivez fort à propos. Connaissez-vous mon ami ?

Eymerich contempla l'inconnu, un petit homme d'une quarantaine d'années, au visage joufflu et intelligent, entièrement vêtu de noir.

— Non, il ne me semble pas.

— Alors, je vous le présente. Il s'agit du seigneur Berjavel, notaire de l'Inquisition et estimé collaborateur du prieur de Carcassonne, le père Arnaud de

Sancy. Mais, surtout, le seigneur de Berjavel est un ami fidèle de l'abbé de Grimoard, et il vit à Avignon, où il a souvent l'occasion de rencontrer notre pontife Clément VI.

Le petit notaire fit une profonde révérence.

— Je me réjouis avec vous, père Nicolas. Je sais de quel poids le *Justicia* pèse dans le royaume d'Aragon. Son accord est décisif, plus encore peut-être que celui du roi.

Eymerich s'inclina à son tour.

— Je vous remercie, Monseigneur. J'ai entendu dire que le pape Clément ne va pas bien.

Berjavel fronça le sourcil.

— Je sais que je devrais taire la chose, mais je crains qu'il ne soit mourant. On a fait venir des médecins de Toulouse et de Paris, mais jusqu'à présent leurs efforts sont restés vains.

— J'en suis fort marri, commenta Eymerich, affectant, y compris pour lui-même, une douleur qu'il n'éprouvait pas. Dans la pire hypothèse, est-il possible que l'abbé de Grimoard succède à Clément ?

Le notaire sourit, montrant qu'il avait très bien compris ce que l'inquisiteur avait vraiment à cœur.

— Non, pas tout de suite. Il n'a que quarante-deux ans et ses possibilités futures dépendent de l'œuvre qu'il accomplit actuellement en Italie, en qualité de légat.

— C'est justement pour cela que le seigneur de Berjavel est ici, intervint le père Arnau. Il est en train de traiter avec la couronne, sur mandat de l'abbé, certaines questions touchant à l'alliance avec le doge de Venise, que le pape ne voit pas d'un très bon œil. Par en dessous, Clément soutient les Génois, qui disputent la possession de la Sardaigne à notre royaume.

— Je sais, dit Eymerich en hochant la tête, que les rapports entre le roi Pierre et Avignon n'ont jamais été aussi mauvais qu'en ce moment. Le mois dernier, l'ambassadeur du pape, Raterio Roger, a été très mal traité.

— C'est vrai, commenta le notaire. Et, comme j'étais en train de le dire au père Arnau, je crois que le Saint-Père a tout intérêt à avoir à Saragosse un inquisiteur général qui ne soit pas lié aux Aragon. Et puis, poursuivit-il en baissant la voix, si cet inquisiteur découvrait quelques éléments compromettants pour la famille royale, je pense que sa charge serait assurée pour le reste de sa vie terrestre.

Eymerich lança un dur regard de réprobation au père Arnau. Nullement embarrassé, le médecin eut un large sourire.

— Pardonnez, *magister*, si j'ai révélé au seigneur de Berjavel quelque chose de l'enquête que vous allez entreprendre. Considérez que c'est un membre important de l'inquisition de Carcassonne, dont dépend notre tribunal lui-même. Son accord est un nouveau pas vers la reconnaissance de votre autorité.

Irrité, Eymerich dévisagea l'*infirmarius.*

— Il me semble que la vocation pour l'intrigue ne vous fait pas défaut.

— Ce n'est pas par hasard si je vous appelle *magister.*

Stupéfait de tant d'impudence, l'inquisiteur ouvrait la bouche pour prononcer une parole tranchante, mais l'expression hilare du père Arnau le retint. Berjavel lui-même souriait, amusé. Il décida de passer outre, parce que le médecin, au fond, lui plaisait, et pas qu'un peu.

— Seigneur notaire, dit-il d'un ton tranquille, je

veux que vous compreniez que je ne nourris pas d'ambitions personnelles. Si je me conduis avec tant d'apparente désinvolture, c'est parce que j'ai reçu une tâche difficile dans un moment difficile. Et aussi parce que je soutiens que les intérêts de l'Église doivent prévaloir sur ceux des royaumes et des princes, quel qu'en soit le prix.

— Vos motivations rejoignent les miennes, dit Berjavel en s'inclinant.

— Alors, venez voir le spectacle le plus ahurissant que vous ayez jamais eu sous les yeux, répondit Eymerich ; puis, fronçant le sourcil : à moins que père Arnau ne vous l'ait déjà montré.

— Non, non, protesta l'*infirmarius.* Je n'aurais jamais osé aller jusque-là.

Eymerich haussa les épaules et attaqua l'escalier menant au troisième étage, suivi par les deux autres. Ceux qui le rencontraient lui adressaient de grands saluts, auxquels il répondait à peine. Mais il fut contraint de s'arrêter en haut des marches quand parut devant lui son prieur, très excité.

— Père Nicolas ! J'étais justement à votre recherche. La veillée du corps du père Agustín est à peine commencée, et nous vous avons réservé le prie-Dieu central.

— Vous veillerez, vous, je suis trop fatigué. En outre, j'ai autre chose à faire.

Le vieux dominicain parut déconcerté.

— Viendrez-vous au moins demain à la fonction solennelle ? Même le roi sera présent, à ce qu'on dit.

— Oh, j'y serai sans aucun doute. D'ailleurs, ne vous éloignez pas d'ici, demain matin. J'aurai peut-être quelques instructions à vous donner.

Il contourna le prieur et rejoignit le palier.

Les gardes chargés de surveiller le logement qui avait été celui du père Agustín jouaient à la mourre. À la vue d'Eymerich, ils reprirent une attitude militaire.

— Tout est en ordre, mon père, dit l'un des deux, un jeune homme à la peau presque aussi brune que celle d'un Maure. Nous avons renvoyé les curieux et, aux plus insistants, nous avons raconté des histoires extravagantes.

— Ouvrez et faites de la lumière.

Dans la pièce, Eymerich s'approcha de la couverture verte, étendue sur le lit.

— Voilà, seigneur notaire, ceci...

Il s'interrompit brusquement et fixa le garde qui tenait la torche.

— Qu'est-ce que c'est que cette lampe ?

Sur l'écritoire au fond de la pièce, un petit vase de terre cuite rempli d'huile diffusait une faible lumière.

— Je ne sais, mon père. C'est la première fois que je la vois.

— Vous êtes sûr que personne n'est entré ?

— Personne depuis le moment où nous avons amené le corps. Et je ne me rappelle pas cette lampe.

Le visage sombre, Eymerich se plaça près du lit. Il agrippa un bout de couverture et le tira à lui. Aussitôt, il sursauta et émit un cri rauque.

— Et ça, qu'est-ce que cela signifie ?

— Mon Dieu ! s'exclama le père Arnau, horrifié.

Les gardes se signèrent. À la place du petit corps monstrueux, sur le lit gisait une sorte de mare blanchâtre, faite d'une matière visqueuse, informe. Le matelas était imprégné d'un liquide blanc, semblable à du pus, qui s'écoulait lentement autour de l'objet. Dès que la chose fut mise au jour, le processus de liquéfaction s'accéléra, et un petit torrent putride couleur de lait déborda sur le sol.

Eymerich éprouvait un dégoût profond, mêlé de peur.

— Qu'est-ce que cela peut bien signifier? demanda-t-il au père Arnau.

L'*infirmarius*, lui aussi ému, secoua la tête.

— Je ne le sais vraiment pas. Jamais vu une chose pareille.

Eymerich se sentait envahi d'un sentiment de malaise toujours plus intense, comme si une chose inexprimable et horrible était présente dans cette pièce, à leurs côtés. Cependant la mare continuait de fondre, détrempant le lit et dégoulinant sur le sol.

— Regardez la lampe ! s'exclama le notaire.

Une nouvelle exclamation sortit de toutes les gorges. Le vase de terre cuite, tout en continuant à brûler, s'était lui aussi transformé en une masse de substance blanchâtre. En un instant, il ne restait plus sur la tablette qu'une simple tache, avec une flammèche dansant au-dessus. Puis la flamme s'éteignit, et le liquide s'évapora sans laisser de trace.

— Sorcellerie ! hurla le soldat à la peau brune en se jetant aux pieds d'Eymerich.

L'autre l'imita, étreignant les genoux de l'inquisiteur :

— Père, aidez-nous !

Eymerich était trop abasourdi pour faire quoi que ce fût. Horrifié, il regarda la mare disparaître dans un tourbillon de fange, qui à son tour s'évapora avec un léger grésillement. Même la flaque sur le sol disparut elle aussi dans le néant.

L'air, cependant, semblait vibrer légèrement, comme parcouru d'une présence inquiétante.

— *Numen inest*, murmura le père Arnau, en se signant à plusieurs reprises.

Après un instant, Eymerich rejeta au loin la couverture verte qu'il avait gardée serrée dans son poing. Il joignit les mains.

— *Pater noster, qui es in coelis...*

Quand la prière fut finie, la vibration aussi semblait avoir cessé, et les membres de l'assistance paraissaient moins effrayés. Mais sur les visages se lisait encore l'émotion la plus violente.

L'inquisiteur se souvint des cas encore plus épouvantables qu'il avait pu voir dans sa carrière. Il secoua violemment la tête, davantage pour rappeler ses forces à lui que pour souligner ses paroles :

— Frères, ne nous laissons pas abuser. La sorcellerie est puissante, mais l'Église l'est encore plus. Aucun phénomène sur cette terre ne doit nous épouvanter.

Puis, sur un ton de grande décision, il ajouta :

— Maintenant, levez-vous. L'expérience me dit que derrière chaque sortilège maléfique se tient un mortel mauvais, qui combat Dieu de toutes ses forces et sert d'intermédiaire aux puissances infernales. Notre devoir est de trouver ce mortel et de lui brûler les chairs.

L'énergie avec laquelle il s'exprimait ne correspondait pas à ses vrais sentiments ; néanmoins, il réussit à redonner courage aux présents. Le père Arnau fut le premier à se reprendre complètement.

— Allons, quittons cette pièce. Il est bon que personne n'y remette les pieds avant qu'elle ait été visitée par un exorciste.

Il se dirigea vers la porte. Tous sortirent en hâte, tandis que les deux soldats continuaient à réciter des prières à voix basse. Eymerich referma la porte et les regarda avec sévérité.

— Pas un mot ne doit vous échapper sur ce que vous avez vu. À partir de ce moment, vous êtes au service de la Sainte Inquisition. La moindre indiscrétion pourrait compromettre la sauvegarde de votre âme.

Les gardes inclinèrent la tête.

— Nous vous le jurons, mon père, dirent-ils ensemble d'une voix qui tremblait encore.

— Bien, rejoignez vos compagnons. Je n'ai plus besoin de vos services.

Quand tous deux se furent retirés, Eymerich s'approcha de l'escalier.

— Je suis épuisé, murmura-t-il. Et pourtant, il faut que je voie l'archevêque avant ce soir.

Le seigneur de Berjavel s'essuya le front avec la manche.

— C'est certainement un cas de sorcellerie. Que comptez-vous faire ?

— Avant tout, apprendre qui est la sage-femme de la maison royale et voir s'il est possible de l'interroger.

Le père Arnau, qui descendait derrière eux, poussa une exclamation.

— Mais oui, la sage-femme ! Je n'y avais pas pensé !

Eymerich se tourna vers lui.

— Vous la connaissez ?

— Vous aussi, peut-être la connaissez-vous. Il y a quelques mois, on l'a arrêtée sur ordre du père Agustín. Vous en souvenez-vous ? Elle était accusée d'avoir exercé son art chez les femmes de l'*ebreria*, violant l'interdiction de l'Église et se rendant ainsi suspecte de sympathies hérétiques.

— Oui, je m'en souviens, mais je n'ai pas suivi le procès et je ne savais pas qu'il s'agissait de la sage-femme de la cour. Quelle fut la sentence ?

— Je l'ignore, mais nous pouvons le demander à la chancellerie.

— Allons-y sans tarder.

À l'étage inférieur, ils traversèrent la salle dans laquelle était mort le père Agustín, à présent envahie d'une foule de clercs et de novices, et entrèrent dans une pièce adjacente. C'était une étrange chose que de voir la chancellerie d'un des bastions de la chrétienté installée dans ce décor typiquement musulman, avec des portes en fer à cheval, des plafonds à stalactites et des murs minutieusement historiés de très fines dentelles de marbre, qui alternaient avec d'innombrables lignes d'une écriture aussi élégante qu'incompréhensible. Au centre du sol, couvert de ces carreaux communément dénommés *azulejos*, trônait un gros brasero d'où émanaient les habituelles fumées de soufre. Derrière celui-ci, autour d'une longue table, se tenait assis un groupe de clercs et de novices serrés autour de deux notaires à l'air très affairé. Ils feuilletaient des liasses de papiers qu'un serviteur leur apportait, après les avoir tirées de grosses besaces de peau accrochées aux colonnes qui se trouvaient derrière eux.

À la vue d'Eymerich, tous ceux qui se trouvaient autour de la table se levèrent et s'inclinèrent, salués en retour par les nouveaux venus. Puis le plus âgé des notaires s'avança avec un air déférent.

— Bienvenue, *magister*, dit-il d'une voix onctueuse. Nous sommes vraiment heureux de votre nomination, et nous sommes certains que vous saurez continuer la digne entreprise du père Torrelles au service du Seigneur et de notre sainte mère l'Église. Voulez-vous des comptes rendus des procès en cours ?

— De l'un d'entre eux seulement, pour l'instant, répondit Eymerich, sur un ton d'une égale obséquiosité. Vous rappelez-vous l'affaire d'une sage-femme, accusée d'avoir prêté ses services à des femmes juives ?

Un murmure soumis courut autour de la table. Le vieux notaire parut un peu embarrassé.

— L'intendante Elisen Valbuena, la sage-femme de la cour ?

— Exactement.

— Bien certainement, je me rappelle l'affaire.

Un nuage passa sur le front ridé du vieillard.

— Ce ne fut pas un succès pour l'Inquisition. Le père Agustín avait conduit une minutieuse instruction, mais au moment d'entamer le procès, une intervention supérieure le bloqua. Nous avons tous les papiers. Si vous voulez les examiner...

— Pas pour l'instant, monseigneur, répondit Eymerich avec un geste las. Mais de qui émanait l'intervention supérieure dont vous parlez ?

Le notaire baissa la voix.

— De l'archevêque de Luna en personne. Le père Agustín dut se plier, même si ce fut avec grande réticence.

L'inquisiteur se tourna vers le père Arnau.

— Il faut vraiment que je voie cet archevêque, dit-il, puis se retournant vers le notaire : Où est cette femme à présent ? Encore à la cour ?

— Non, non, cela aurait été par trop excessif. Elle fut envoyée au monastère de Piedra, mais on dit qu'elle va et vient librement.

— C'est vrai, confirma un clerc au ventre rebondi. On l'a encore vue hier, et justement dans cette tour. Vous imaginez cela, le père Agustín en train de mourir, et cette hérétique se promenait impunément dans les couloirs, comme si elle célébrait sa victoire. Si je l'avais vue, je l'aurais giflée.

— Moi, je l'ai vue, intervint un jeune dominicain, qui gardait en main une plume dégouttant d'encre. Elle portait un gros paquet vert et essayait de ne pas se faire remarquer. Je dis cela parce qu'elle se déplaçait entre les colonnes du rez-de-chaussée, en passant d'une zone d'ombre à l'autre. Je ne l'ai pas interpellée parce que j'ignorais si elle était venue de sa propre initiative ou si elle devait participer à une audience.

Le visage d'Eymerich se contracta sous l'effet de la concentration.

— Vous avez dit qu'elle portait un paquet vert. Était-ce une couverture ? demanda-t-il tandis que lui revenait à l'esprit l'image vivace du visage à la pâleur spectrale, entrevu dans la galerie conduisant à la citerne.

— Oui, cela ressemblait vraiment à une couverture. Ou peut-être à un rouleau de tissu, vu sa taille. Au premier coup d'œil, je l'avais prise pour une lavandière.

Les yeux d'Eymerich rencontrèrent brièvement ceux du père Arnau et du seigneur de Berjavel. Il se tourna vers le notaire.

— Je vous remercie beaucoup. Vous m'avez été très utile. Dès demain, aussitôt après la cérémonie funèbre pour le père Agustín, je compte assumer la direction effective de ce tribunal. Nous aurons beaucoup de travail dans les prochains jours.

Le notaire s'inclina, imité par tous les autres chanceliers. Eymerich se dirigea vers la sortie, suivi de Berjavel et de l'*infirmarius*.

— Je crois que nous ne sommes pas loin des vêpres, leur dit-il sur le seuil. Je dois absolument aller chez l'archevêque, ou bien il ne me recevra plus.

— Vous devez être très fatigué, observa Berjavel. Depuis quand ne vous êtes-vous pas assis ?

— Depuis ce matin. Mais je n'ai pas l'intention de me reposer tant que je n'aurai pas mené à terme ce qui me préoccupe. Vous dînez à la cour ?

— Possible, dit le notaire avec un geste vague.

— Alors, rejoignez-moi plus tard, si cela ne vous dérange pas trop. Devant le palais épiscopal, il y a une taverne. Vous la repérerez tout de suite, c'est la seule de la place et elle est fréquentée par des marchands. Attendez-moi là, je ne devrais pas tarder.

— Je viens aussi, *magister* ? demanda le père Arnau.

— Évidemment.

Sans rien ajouter, d'un bref mouvement de tête, Eymerich prit congé de Berjavel et de l'*infirmarius* et descendit au premier étage. Il arrêta un serviteur qui passait en tenant un paquet de bougies.

— Une chaise à porteurs devant l'entrée du château. Immédiatement.

L'homme, un vieillard à barbe blanche, le regarda, interdit :

— Mais vous, mon père, vous êtes autorisé à...

— J'ai dit immédiatement, répondit l'inquisiteur, sur un ton tranquille.

Le serviteur l'observa un instant puis s'inclina et s'en fut au pas de course.

Eymerich s'attarda un peu au rez-de-chaussée, à contempler les décorations vertes, rouges et or qui trahissaient l'appartenance passée de ce lieu à une civilisation désormais vaincue. Il resta quelques instants à l'entrée du couloir menant à la citerne, respirant, pensif, les odeurs de salpêtre qui en émanaient. Puis il sortit dans la cour, et de là sur l'esplanade de pierre au pied du château.

La chaise à porteurs arriva presque aussitôt, tenue par deux robustes serviteurs. Sur les côtés était incrusté un écusson nobiliaire inconnu de lui, mais semblable à celui des souverains d'Aragon. Un jeune homme courut lui ouvrir la portière, pendant qu'un autre serviteur prenait place devant le véhicule avec une torche éteinte, qu'il allumerait durant la course, au coucher du soleil. Eymerich entra et se laissa tomber sur le siège. Il s'installa sur les coussins en émettant un bref soupir de satisfaction, puis passa la tête entre les rideaux de la fenêtre de droite.

— À l'archevêché, ordonna-t-il.

Le soir tombait et, avec lui, une légère fraîcheur, fort plaisante. L'inquisiteur ferma les yeux et se laissa bercer par le balancement de la litière.

RAPIDE COMME LA PENSÉE — 3

Frullifer traversa le hall du département d'astrophysique de l'Université du Texas rempli d'orgueil, mais aussi d'embarras. Enfin, il mettait les pieds dans cet institut avec des fonctions officielles, et cela seul représentait le couronnement d'un rêve désormais très ancien. En même temps, il n'avait toutefois qu'une idée très vague de ce que seraient ses nouvelles activités ici. C'était un de ses traits de caractère typiques de ne jamais éprouver aucune certitude quant au degré d'acceptation que pouvaient lui octroyer les autres. Selon ses idées latentes, il se voyait comme un personnage désagréable, avec qui nul n'aurait pu spontanément souhaiter avoir affaire.

L'accueil de l'employé de la réception, un homme à la peau noisette et aux cheveux d'une blancheur éclatante, ne fit rien pour dissiper ses soupçons.

— Vous désirez ? lui demanda-t-il en le toisant avec méfiance.

— Eh bien... En fait...

Frullifer fouilla dans les poches arrière de son jean à la recherche de sa lettre de nomination. Il y trouva quantité de petits papiers de nature disparate, quelques pièces de monnaie et un bon paquet de fils de coton. De la lettre, en revanche, pas trace.

— J'ai reçu la charge de chercheur associé, expliqua-t-il, se sentant rougir. Si vous avez un peu de patience, je vais vous retrouver la lettre...

— Aucune importance. Quel est votre nom ?

— Frullifer. Marcus Frullifer.

Le réceptionniste rentra dans sa cage de verre et tapa son nom sur un clavier. Il regarda son moniteur et sourit.

— Vous voilà. Bienvenue parmi nous, docteur Frullifer. Un petit instant, je vais vous remettre votre carte.

Il sortit de sa guérite en brandissant une carte en plastique à laquelle était fixée une petite pince en métal.

— Là-dessus, il y a votre nom et le résultat de vos analyses sanguines. Avec l'anémie falciforme qui fait rage dans le Nord, cette donnée-là aussi nous est devenue indispensable. (Il tapota la carte du bout des doigts.) Veuillez y appliquer vous-même votre photo, avant de monter.

Frullifer se mit à batailler pour accrocher la carte à son pull à grosses côtes, sans grand succès. Le réceptionniste dut venir à son aide. Frullifer en profita pour lui demander :

— Vous savez à qui je dois me présenter ? La lettre était signée par le professeur Tripler, mais...

— Non, non. La responsable de votre secteur est le docteur Cynthia Goldstein. Deuxième étage, salle 25.

Cynthia ! Exactement ce que Frullifer avait espéré ! Tout en grimpant dans l'ascenseur, bondé d'une petite foule d'étudiants et d'enseignants, il chercha à se remémorer quelques passages du manuel qu'il avait lu durant une semaine entière : *Le jeu de la séduction.*

Communiquer avec le langage du corps. Il ne lui vint à l'esprit aucun passage précis, mais les photos, ça oui, il s'en souvenait.

Avant de franchir le seuil de la salle 25, tout au fond d'un corridor aux parois de verre ponctuées de panneaux d'ébène, il fut obligé de déglutir deux ou trois fois. Cynthia se tenait là, assise à un bureau, une pile de feuillets posés devant elle. Pourtant, elle ne se donna pas la peine de le saluer.

— Ah, Marcus. Je t'attendais. Assieds-toi où tu veux. Je jetais justement un coup d'œil à ton travail.

Frullifer se laissa choir sur un siège. Il s'éclaircit la gorge, puis commença à parler :

— Je sais que c'est à toi que je dois ma nomination ici. Tu ne peux savoir à quel point je t'en suis reconnaissant. Je n'aurais jamais osé espérer...

Cynthia l'arrêta d'un geste.

— Inutile de perdre notre temps en remerciements. Le gouvernement semble s'intéresser à tes recherches. Cependant, il reste certains points qu'il va nous falloir clarifier.

— Mais volontiers.

Vêtue de sa blouse blanche, la doctoresse était peut-être encore plus attirante qu'en chemisier et en jean. Frullifer se l'imagina en train d'ouvrir un bouton puis un autre, puis lui-même qui approchait ses lèvres des siennes, tout en lui caressant la nuque, puis laissait sa main s'insinuer à la recherche d'un sein, puis... Mais il sentit une rougeur lui monter aux oreilles et chassa au loin ces fantasmes.

— Demande-moi ce que tu veux, dit-il d'un ton discrètement compassé.

Cynthia ramassa une feuille et la parcourut.

— Il me semble comprendre, d'après tes écrits, que

ce que tu avances au sujet des réseaux neuroniques destinés à la capture et à l'excitation des psytrons n'est que la transposition de phénomènes qui se produisent couramment à l'intérieur du cerveau. Un cerveau ordinaire, comme le tien ou le mien.

Frullifer n'apprécia guère de voir son propre cerveau défini comme « ordinaire », mais il décida de passer outre.

— Chez la majeure partie des individus, les psytrons excités s'égarent dans la sphère de l'imaginaire, en dispersant leur charge d'informations au milieu de l'ensemble d'informations que contient cette sphère, expliqua-t-il en joignant l'extrémité de ses doigts.

Cynthia leva un sourcil.

— La sphère de l'imaginaire ?

— Oui. Plus ou moins celle que Jung a définie sous l'appellation d'« inconscient collectif ». La chaîne de toutes les intelligences que les Anciens appelaient *esprit*, ce qui est différent de l'âme, qui était l'intelligence individuelle.

— Mais cette sphère relève justement de l'inconscient. »

Frullifer haussa les épaules.

— Il a toujours existé des individus capables d'instiller, d'une manière certes inconsciente, un nombre plus élevé d'informations à leurs psytrons, suffisamment pour les diriger vers une destination voulue, au terme de leur indispensable transit au sein de l'imaginaire. Parce que l'on ignorait l'existence des psytrons, on a attribué aux personnes de ce type des pouvoirs exceptionnels, surnaturels même. Voilà l'origine des fantômes, des ectoplasmes, des expériences médiumniques, et de tout le reste des manifestations du même genre.

La mine renfrognée de Cynthia s'accentua.

— J'espère que tu ne crois pas à ces choses-là.

— Certes pas. Mais la physique psytronique que j'ai inventée, après avoir bien étudié Dobbs, réussit à redimensionner à leurs justes proportions aussi bien les excès de crédulité que ceux de scepticisme. Théoriquement, chaque individu est en mesure de « créer » n'importe quelle chose, du moment qu'il maîtrise ses propres psytrons et se révèle capable de les diriger à sa guise. Toi qui as lu mes écrits, tu sais que l'entrée des psytrons dans l'imaginaire advient parce que leur vitesse supralumineuse multiplie leur énergie, au point de la rendre infinie, tant en masse qu'en densité, et parvient à les déplacer hors des paramètres de cet univers.

— Et même si j'admettais que tout cela est vrai, qu'arrive-t-il aux psytrons lors de leur rentrée dans l'univers ?

Frullifer écarta les lèvres en un sourire triomphal.

— La masse infinie a diminué la vitesse des psytrons, et l'a abaissée en dessous de la vitesse de la lumière. C'est justement cette baisse qui leur permet de rentrer dans l'univers que nous pouvons observer. Mais l'énergie produite par une vitesse à peine inférieure à celle de la lumière est encore si élevée qu'elle leur fournit une masse plus importante que celle qu'ils possédaient à l'origine. La rentrée des psytrons dans l'univers connu advient donc sous forme d'agglomérat de matière. Et si l'information qu'ils recèlent comprend la description d'une forme, cette matière se façonnera sous cette forme donnée.

Le regard brillant de Cynthia s'assombrit un peu. Frullifer, qui pendant un instant avait entretenu l'illusion de pouvoir la séduire sur le seul plan intellectuel, comprit qu'il était temps de recourir aux indications du livre qu'il avait étudié avec tant de soin. Il attendit la question suivante.

— Mais de quelle matière s'agit-il exactement ? demanda la jeune femme, avec une vague insouciance.

Ce disant, elle croisa ses jambes galbées et fuselées, que sa blouse ne couvrait que jusqu'à une quinzaine de centimètres au-dessus du genou.

C'était le signal que souhaitait Frullifer. Il parla sur un ton volontairement neutre.

— Certes, il s'agira d'une matière instable, destinée tôt ou tard à retrouver une masse normale, à moins qu'elle ne soit alimentée par un flux incessant de nouveaux psytrons porteurs du même *imprinting*. Mais cette vie éphémère durera suffisamment pour créer une réplique, aux yeux des observateurs, du modèle matériel décrit par l'ensemble d'informations des psytrons réduits par le transit à travers l'imaginaire.

Tandis qu'il terminait sa phrase, il glissa le pouce sous sa ceinture, à proximité de la boucle. Le manuel était très clair. Une allusion évidente au pénis, qui laissait entendre que celui-ci était en érection. Peu de femmes étaient en mesure de résister à une suggestion d'une telle force.

Cynthia, néanmoins, devait appartenir à cette minorité insensible à la suggestion. En vérité, elle parut même n'accorder aucune attention à son geste. Il retira son doigt de sa ceinture et reprit d'un ton monocorde :

— Nous tous, ainsi que je te l'ai déjà dit, sommes théoriquement à même de donner forme à des ectoplasmes plus ou moins durables et plus ou moins consistants. En réalité, très peu de gens sont véritablement capables de tels actes, et encore la majeure partie de ce petit nombre ne peut-elle y parvenir qu'en agissant en groupe.

Le manuel recommandait, parvenu à ce point, de toucher un objet d'apparence phallique. Il conseillait une cravate, mais Frullifer ne portait pas de cravate. Il empoigna un texte relié qui gisait sur le bureau, le roula sur lui-même et se mit à le caresser sur toute sa longueur.

— Disons que nous avons réussi à « créer » un objet complexe tel que celui-ci...

Cynthia, un peu alarmée, lui arracha des mains le rouleau de papier.

— Mais qu'est-ce que tu fais ? C'est la thèse d'un de mes étudiants !

Du plat de la main droite, elle s'efforça de lisser les plis de la couverture.

En tant que message sexuel, c'était là un acte qui ne laissait nulle équivoque. Frullifer, transporté, vint se coller contre le bureau. Il reprit la parole avec une euphorie mal maîtrisée.

— Si l'on veut espérer « créer » des formes très complexes, il est nécessaire de disposer d'une quantité de psytrons qui excède celle normalement retenue dans les neurones d'un individu unique. Celui qui va imprimer les psytrons doit disposer d'une quantité remarquable de Psyché, en la recueillant auprès d'un ensemble d'esprits. C'est pour cela que les soi-disant médiums rassemblent leurs fidèles en cercle autour d'eux : en agissant ainsi, ils concentrent une zone de Psyché sur laquelle, s'ils sont véritablement doués, ils réussissent à graver l'information souhaitée. L'excitation simultanée de tous les psytrons donnera ensuite lieu aux prodiges les plus variés, parfois attribués aux défunts.

Le choix du terme « excitation » n'était pas le fruit

du hasard. Frullifer était désormais certain que la froideur de Cynthia, toujours occupée à lisser la thèse, n'était qu'une apparence. La partie la plus secrète du corps de la jeune femme, à laquelle il rêvait depuis des mois, devait ruisseler à la manière d'un pré recouvert de rosée. Afin de précipiter un peu la situation, il lui fit un clin d'œil, symbole explicite comme nul autre.

Cynthia parvint étonnamment bien à masquer son attirance, car elle ouvrit tout grands les yeux comme si elle s'était trouvée en présence d'un malade mental. Elle repoussa de côté la thèse et se borna à demander :

— Mais tout cela, qu'est-ce que ça a à voir avec ton projet d'astronef, qui semble tellement intéresser les autorités ?

Frullifer tenta un autre clin d'œil, de l'œil droit cette fois, mais le résultat ne fut qu'une grimace horrible à voir. Il se concentra à nouveau sur son travail.

— L'hypothétique astronef devra être actionné par des réseaux neuronaux qui simuleront, non pas un unique cerveau, mais tout un ensemble de cerveaux ; et cela alors même que le stimulus capable de faire passer la Psyché au stade quantique pourra provenir d'un seul individu. Un *médium*, pourrais-je dire, si ce mot ne me répugnait pas autant. En tout cas, un individu capable de fournir un *imprinting* à une masse de psytrons excédant celle qui forme son propre esprit.

Cynthia ouvrit la bouche pour laisser échapper un bâillement, qu'elle étouffa du revers de la main.

— Je crois bien ne pas avoir compris un seul mot de tout ce que tu as dit, déclara-t-elle, expéditive. Mais peu importe, dans les hautes sphères il y en a qui croient en toi et qui veulent que tu sois des nôtres. Présente-toi au laboratoire, à l'étage au-dessus. Bon travail.

Refroidi d'un seul coup, Frullifer décida de se lancer sur la voie désespérée de l'attaque directe.

— Tu sais que tu as des yeux extraordinairement lumineux ? s'écria-t-il d'une voix cassée.

— Ce doit être à cause de mes verres de contact.

Cynthia décrocha le téléphone et composa un numéro. Il ne restait plus à Frullifer qu'une seule alternative : quitter la pièce.

CHAPITRE IV

NUMEN INEST

L'archevêque Lop Fernandez de Luna leva sur Eymerich des yeux gris aux paupières pesantes, ourlées de rouge. Son visage était d'une pâleur impressionnante, renforcée par la totale absence de poils et par la couleur exsangue des lèvres, qui faisait ressembler sa bouche à une simple fente mal taillée. Quoiqu'il eût quasiment le même âge que l'inquisiteur, son aspect était celui d'un masque sans âge, échappé de quelque lointain cauchemar.

— Le *Justicia* m'a écrit à votre sujet, dit-il dans un mince filet de voix à peine audible. Il vous juge ambitieux mais capable, et me recommande d'approuver votre nomination d'inquisiteur général du royaume.

Eymerich s'inclina.

— Jacme de Urrea est trop généreux. Je ne mérite pas sa bienveillance.

L'archevêque eut un geste désinvolte.

— Il ne s'agit pas de bienveillance. Le *Justicia* est un homme pragmatique. (Il esquissa un sourire avant d'ajouter :) Je m'en remets à son jugement. J'approuve votre nomination, même en dépit de votre très jeune âge. Mais moi aussi, j'étais bien jeune, quand on m'a élevé à cette charge que je ne désirais pas. Et certains croient que je le suis encore trop.

Eymerich contempla cette créature filiforme, contrainte d'assumer des tâches trop lourdes uniquement parce que la politique le voulait ainsi. Il se demandait comment l'amener sur l'autre thème qui le préoccupait.

— Je ne sais comment vous remercier, monseigneur. Dès demain, je reprendrai en main les affaires que la disparition du père Agustín avait laissées en suspens. Aviez-vous l'habitude de les suivre ?

— Non. Jamais.

— Je comprends.

Eymerich se demanda si l'archevêque lui mentait. En vérité, il n'en avait pas l'air. L'inquisiteur décida de hasarder une demande directe.

— J'ai cependant entendu parler d'une intervention de votre part en faveur d'une malheureuse sage-femme...

Sans crier gare, l'archevêque se leva brusquement, une certaine animation sur le visage. Il montra un grand crucifix qui pendait au-dessus de sa tête, contre les parements en velours rouge de Flandres qui recouvraient les murs.

— Vous voyez cela, père Nicolas ?

— Oui, répondit Eymerich, ébahi.

— La ville entière est pleine de crucifix, d'images sacrées, d'églises, de rappels évangéliques. Un jour, quelque chroniqueur examinera ces signes et pensera que notre siècle a été tout entier voué à la contemplation de Dieu. Alors que nous savons fort bien que seules les femmes vont à l'église, et pas toutes, que la plus grande partie des moines se consacre au libertinage, que presque tous les curés ont des maîtresses, que le haut clergé soutient la noblesse ou bien le roi, et néglige tranquillement ses propres devoirs. Vous en convenez ?

Eymerich se demandait où l'autre voulait en venir. La prudence lui suggéra de ne répondre que par un léger mouvement de tête, ni affirmatif ni négatif.

— Eh bien, poursuivit l'archevêque sans attendre de réponse plus explicite, dans une situation de ce genre, mes interventions ne sont pas toutes dictées par la charité, comme le voudrait ma fonction. J'aimerais tellement prier, seulement prier. Pas vous ?

— Je crois, monseigneur, qu'agir pour la puissance et la gloire de l'Église est en soi une prière, répondit Eymerich avec assurance.

— La puissance, la gloire. Je vois que vous adhérez aux comportements courants. C'est pour cela que vous avez tant plu au *Justicia*.

L'archevêque se laissa retomber sur le siège, comme si le peu d'énergie dont il disposait s'était dispersé dans un souffle.

— Je répondrai à votre demande. C'est vrai, je fis interrompre le procès d'une sage-femme de la cour, dont j'ai oublié le nom. Mais ce fut sur ordre du roi. Oui, vous avez bien compris. Le roi me donne des ordres.

Il pressa ses doigts sur ses paupières.

— Oh, si vous pouviez me laisser en paix, tous.

Eymerich éprouva une répugnance instinctive, comme chaque fois que quelqu'un lui révélait ses faiblesses. Il décida de couper court à cette scène.

— Je vous remercie, monseigneur. Je ne vous dérangerai pas davantage. Je vous prierai seulement de mettre par écrit l'aval que vous m'avez si généreusement concédé. Deux lignes suffiront, rien de plus.

— Que devrai-je écrire ?

— Si vous voulez, je peux vous dicter le texte.

L'archevêque tira sur un cordon qui pendait dans son dos. Presque aussitôt, au fond de la pièce, parut un jeune prêtre.

— Plume, encrier et une feuille de parchemin, ordonna le prélat. Et de la cire à cacheter chaude.

Tandis qu'ils attendaient l'arrivée du matériel, l'archevêque fixa avec intensité Eymerich.

— Soyez sincère, père Nicolas. Que pensez-vous de moi ?

Un peu surpris, l'inquisiteur ravala sa salive, à la recherche des mots justes.

— Si je puis me permettre, monseigneur, je dirais que votre vocation se serait idéalement réalisée dans la vie monastique.

— Vous avez raison, mais vous ne me dites pas toute la vérité. Vous me méprisez.

Eymerich sentit une onde d'irritation lui monter dans la gorge. Qui était-il, ce pâle fantôme, pour lui demander de dévoiler ses sentiments, juste au moment où il s'apprêtait à concrétiser un projet si délicat ? Pour ne pas trahir sa colère, il parla d'une voix très basse.

— Vous m'attribuez un état d'esprit qui n'est pas le mien, monseigneur.

— Je vois que vous ne voulez pas vous découvrir. Dites-moi, alors : quelle tâche attribuez-vous à l'Église, outre le soin des âmes ?

— Imposer son ordre propre, répondit Eymerich à brûle-pourpoint.

Puis, s'apercevant qu'il avait été trop impulsif, il ajouta :

— À notre époque, l'anarchie règne partout. L'Église catholique, apostolique et romaine est restée le seul véritable empire. Le seul capable de changer les hommes et de les mener hors de cette époque de folie.

L'archevêque ébaucha un sourire.

— Tous ceux qui ont prétendu modifier les hommes ont toujours fini par les tuer parce qu'ils ne se conformaient pas à leur modèle.

Il s'interrompit car le petit prêtre venait de rentrer, apportant le matériel pour écrire et un petit vase fumant. L'archevêque le fit approcher, plongea la plume dans l'encrier et regarda Eymerich.

— Allons, dictez-moi.

Après un instant d'hésitation, Eymerich commença :

— *Nous, Lop Fernandez de Luna, archevêque de Saragosse par la miséricorde de Dieu, ayant constaté que la mort de notre cher fils, le père Agustín de Torrelles, inquisiteur général du royaume d'Aragon et des vice-royautés de Catalogne, Valence et Sicile, nous impose la nécessité...*

Pendant quelques instants, l'archevêque transcrivit avec diligence les formules rituelles, en faisant grincer la plume d'oie sur le parchemin. Puis il relut ce qu'il avait écrit, en scandant bien les derniers mots :

— *Nous te nommons, toi, Nicolas Eymerich de Gérone, de l'ordre de Saint-Dominique, nouvel inquisiteur général, avec tous les pouvoirs que le Siège apostolique t'accorde, en t'exhortant, par les entrailles de notre Seigneur Jésus-Christ, à exercer cette grande charge avec toute la diligence, la charité et la justesse qu'elle requiert.*

Au bas du décret, il apposa une signature élaborée, puis ayant pris le sceau de bronze dans le vase que lui tendait le prêtre, il laissa couler la cire et lui donna forme d'un coup sec. Quelques instants plus tard, il tendit la feuille enroulée à Eymerich, qui la prit d'un geste avide, comme s'il craignait presque que l'archevêque ne se ravise.

— Je vous remercie de la manière la plus vive, monseigneur. Je m'efforcerai d'être à la hauteur du devoir que vous me confiez.

L'archevêque eut un geste distrait pour indiquer que l'entretien était terminé. Mais quand Eymerich s'inclina pour lui baiser l'anneau, il le fit se redresser d'une tape sur l'épaule.

— Écoutez-moi bien, père Nicolas. Je ne doute pas que vous serez un grand inquisiteur. Mais n'oubliez pas que les hommes ne changent pas si facilement.

— Je garderai à l'esprit, monseigneur, votre...

— Non. Ce n'est pas une phrase rituelle. Aujourd'hui, il semble que nous sommes tous chrétiens, hormis les infidèles. Mais croyez-moi, les anciens cultes, les antiques croyances ne meurent pas si vite. Si vous vous heurtez à eux, ne croyez pas tout résoudre par la mort physique de ceux qui les pratiquent.

Eymerich plissa le front.

— Je ne comprends pas, monseigneur.

— Peut-être allez-vous comprendre. Il y a quelque chose d'insolite dans cette ville. Comme disait Ovide, *numen inest*. Un dieu plane.

— Je continue à ne pas comprendre.

— Peu importe. Allez, et remplissez les devoirs de votre charge. Que Dieu soit avec vous.

Très perplexe, Eymerich s'inclina et se dirigea vers la porte.

Ce n'est que lorsqu'il fut sur les marches du palais qu'il sentit toute la fatigue accumulée durant la journée s'abattre de nouveau sur lui. D'un pas traînant, il traversa la place à présent déserte et éclairée par la lune, mais encore pleine des effluves plaisants ou déplaisants d'une journée animée. Les porteurs, conformément aux instructions reçues, attendaient à l'entrée d'une taverne qui était à présent près de fermer ses battants, à la lueur d'une torche tenue par le plus jeune et le plus robuste d'entre eux.

— Attendez encore un peu, ordonna-t-il.

— Oui, mon père.

Eymerich écarta le rideau qui pendait à l'entrée et pénétra dans les lieux. Des nombreuses tables, seules deux étaient encore occupées. Autour de la plus proche de la porte, se tenaient assis quatre hommes revêtus de manteaux d'étoffes de prix, aux ourlets brodés. Ils avaient sur la tête des turbans ornés de plumes qui retombaient de côté, sur leurs épaules. L'un d'eux portait une courte épée, bien que la loi de la ville interdisît de porter des armes ; signe que sa condition l'autorisait à ne pas craindre une altercation avec les gardes.

Le père Arnau et le seigneur de Berjavel étaient assis plus loin, près de la grande cheminée où la flamme arrachait aux broches vides quelques grésillements sporadiques. Eymerich les rejoignit et se laissa tomber sur le banc.

— C'est fait, annonça-t-il sans préambule. J'ai le brevet signé de l'archevêque.

— J'en étais sûr, *magister,* dit en souriant le père Arnau. Je ne voudrais pas être dans la peau de quiconque se dresserait sur votre chemin.

Eymerich lui décocha un coup d'œil sévère.

— Nous avons des choses très sérieuses à discuter. Avez-vous dîné ?

— Non, fit le seigneur de Berjavel en secouant la tête d'un air mélancolique. Quand nous sommes arrivés, le feu était déjà presque éteint et la cuisine allait fermer. La patronne n'a tenu ouvert que pour nous et ces marchands là-bas. Il y a du pain et un petit vin très mouillé.

— Cela me suffira, rétorqua Eymerich avec un regard vers l'autre table pour s'assurer que ses paroles ne pouvaient arriver jusque-là, puis il s'empara d'une miche et se mit à en détacher distraitement des morceaux. Deux choses m'ont frappé, dans les discussions d'aujourd'hui. L'une d'entre elles vous concerne, vous, père Arnau. Vous souvenez-vous de ce que vous avez dit, tandis que nous nous trouvions dans la pièce où le petit monstre se liquéfiait ?

— Non. À quoi faites-vous allusion ?

— Vous avez dit : « *Numen inest* », « Il y a un dieu ». Vous vous en souvenez ?

— Oui, bien sûr. C'est une expression d'Ovide.

Le sourire de l'*infirmarius* fut traversé par une ombre d'embarras.

— Je sais que je ne devrais pas, mais de temps à autre, je m'occupe à des lectures profanes.

Eymerich le fixa intensément.

— Voilà peu, l'archevêque a prononcé la même phrase. Comment l'expliquez-vous ?

Le père Arnau parut ébahi, puis éclata de rire.

— On voit que le saint homme partage mes goûts. Mais tranquillisez-vous, la phrase ne provient pas d'un texte contestable. C'est un poème parfaitement innocent, même si je ne me rappelle pas lequel.

— Ce n'est pas cela qui me préoccupe. Comment est-il possible que l'archevêque et vous ayez prononcé, à quelques heures de distance, des paroles aussi inhabituelles ?

Le visage du père Arnau se fit sérieux.

— C'est moins étrange que vous ne le croyez. Cette

phrase fut prononcée par le roi aux funérailles de sa fille, durant la grande peste. Le roi Pierre faisait allusion à la malédiction qui semblait peser sur toute sa famille. J'étais présent, l'archevêque aussi. Par la suite seulement, je découvris qu'il s'agissait des vers d'un poème. Depuis lors, il m'est arrivé plusieurs fois de la répéter.

— À l'évidence, votre roi aussi lit Ovide, commenta le seigneur de Berjavel.

Eymerich resta pensif quelques instants.

— Qu'entendiez-vous, exactement, par cette expression ?

— Que dans la chambre du père Agustín planait une présence inquiétante, comme si une divinité inconnue nous eût observés, répondit le père Arnau. Je crois que vous aussi avez eu cette sensation.

— Oui, je l'ai eue, répondit Eymerich en saisissant la cruche de vin, puis il appela l'hôtesse, une femme maigre et revêche qui apparaissait de temps à autre sur le seuil de la cuisine, dans l'espoir que les clients attardés se décident à partir.

— Bonne femme, un verre ! lança-t-il, puis, comme se parlant à lui-même, il ajouta : Il y a une deuxième phrase qui m'a frappé, aujourd'hui. C'est le *Justicia* qui l'a prononcée. En réponse à une de mes observations générales, avancée au hasard pour me sortir d'un moment difficile de notre dialogue, il a dit : « Comment une mère peut-elle continuer à mettre au monde des enfants monstrueux, quand elle est morte depuis quatre ans ? » Eh bien, qu'en pensez-vous ?

Le père Arnau fut parcouru d'un frisson :

— Faisait-il allusion aux enfants à deux visages ?

— Je crois vraiment que oui. Et je vous dirais qu'à

ce moment-là, le discours portait sur la part que la couronne peut avoir dans cette histoire infernale.

Le seigneur de Berjavel secoua la tête.

— Ce sont des paroles incompréhensibles. Je n'envie pas votre tâche.

Le père Arnau regarda Eymerich par en dessous.

— Vous avez votre idée. Parlez-nous-en.

L'inquisiteur secoua la tête.

— Elle est encore trop vague. Mais rappelez-vous que voilà quatre ans, il y a eu la grande épidémie de mort noire. Et le roi perdit toutes les femmes de sa famille.

Il s'interrompit parce que l'hôtesse était arrivée avec le verre, une expression exaspérée sur le visage.

— Brave femme, vous avez des chambres ? lui demanda-t-il.

— Oui, cinq. J'en ai deux de libres.

— J'en prends une.

Et, voyant l'expression stupéfaite de ses interlocuteurs, Eymerich ajouta :

— Je sais qu'il est inhabituel qu'un homme d'Église prenne un logement dans une auberge. Mais vous avez vu vous-mêmes que l'Aljaferia n'est plus très sûre. Vous pouvez rentrer avec ma chaise.

La conversation dura encore un peu. Puis, après que le groupe de marchands s'en fut allé, Eymerich prit congé du père Arnau et du seigneur de Berjavel qui devait repartir le lendemain.

— Je vous souhaite bonne chance, père Nicolas, dit le notaire en prenant place dans la litière. Si vous réussissez à faire la lumière sur ce complot diabolique, on entendra résonner votre nom aux quatre coins de l'Europe.

— J'espère que cela n'adviendra pas. Il me suffit qu'y résonne le nom de l'Inquisition.

Le véhicule parti, Eymerich retourna auprès de l'hôtesse pour la payer et se faire donner une chandelle pour la nuit. La femme l'accompagna dans un édifice étroit et haut, en pierre et bois, qui jouxtait l'hostellerie, à côté des écuries.

— Votre chambre est au dernier étage, mon père, là où se trouve la terrasse. Si vous voulez, je peux vous accomp...

Elle s'interrompit parce que Eymerich s'était incliné pour ramasser quelque chose à terre.

— Vous avez trouvé une pièce ? s'enquit-elle.

L'inquisiteur ouvrit la main.

— Non, c'est un bout de charbon, dit-il, puis, sans plus fournir d'explications, il prit la chandelle des mains de l'aubergiste. Allez dormir. Je trouverai seul ma chambre.

La baraque était sale, et l'escalier glissait dangereusement sous ses sandales. Eymerich dépassa deux paliers constitués de petits perchoirs de bois aux parapets délabrés, et il s'arrêta au dernier, où une tenture en lambeaux donnait accès à son logis. La pièce ne contenait qu'un galetas à même le sol et recevait la lumière de la lune par une porte sans battant, qui donnait sur une longue terrasse couverte par un toit de paille. Par chance, il ne faisait pas froid.

Il se sentait vraiment épuisé, au point d'être incapable d'avoir une vision lucide de toutes les émotions, de l'euphorie à la peur, qui avaient peuplé sa journée. Il sortit un instant sur le balcon pour contempler l'étendue des toits devant lui, plongée dans un silence profond. Un léger bruit dans la rue capta son attention. Il lui sembla apercevoir l'hôtesse qui tournait en courant le coin de la rue, chose vraiment étrange à cette heure de la nuit, risquant ainsi de se heurter à une ronde. Mais la vision fut si fugace qu'il l'attribua à sa propre fatigue et la repoussa aussitôt. Un coup de vent éteignit la bougie.

L'idée de dormir sur la paillasse certainement infestée de colonies de poux lui répugnait. Il préféra s'étendre sur la terrasse, emmitouflé dans sa cape, la tête sur l'avant-bras. Il commença de murmurer une prière, mais presque immédiatement le sommeil le prit, réparateur et profond.

Il fut réveillé par une cloche qui sonnait la première heure tout près de lui. Il se mit debout, le corps endolori, les yeux encore mi-clos. Le soleil brillait déjà, mais ne répandait aucune chaleur. Un frisson le parcourut, qu'il atténua un peu en se battant les flancs. Ce fut en exécutant ce geste qu'il sentit sous sa main le bout de charbon dans sa besace, et qu'il se rappela ce qu'il avait en tête en le ramassant.

S'approchant du galetas, il en retira l'unique drap. Une pluie de poux lui démontra que ses craintes de la nuit précédente étaient fondées. Une expression de dégoût sur le visage, il arracha un lambeau d'étoffe à peu près carré et l'agita longuement par-dessus le parapet de la terrasse, pour le débarrasser des derniers parasites. Puis il s'agenouilla sur le sol, ôta quelques bouts de paille sèche et, avec le charbon, commença à dessiner sur le chiffon.

Plus tard, quand il sortit dans la rue, il aperçut l'hôtesse qui, lui tournant le dos, parlait avec une jeune femme humblement vêtue. Se souvenant de ce qu'il avait vu durant la nuit, il se renfonça vivement sous le porche et s'efforça d'écouter. Mais il ne perçut que des bribes de la conversation.

— Nous étions au moins deux cents, dans le bois. Ç'a été magnifique, disait l'hôtesse.

— Et elle ? Elle est apparue ? demanda la jeune femme, d'une voix un peu tremblante.

— Oui. Et un peu plus claire que la dernière fois. Elle était grande comme une montagne, et sa tunique couvrait la ville. Mais nous sommes encore loin du résultat.

À ce moment, l'hôtesse baissa la voix, et Eymerich ne perçut plus qu'un murmure étouffé. Sans se faire remarquer, il quitta le porche et s'en fut sans bruit.

Mille pensées se bousculaient dans sa tête, tandis qu'il parcourait les ruelles déjà animées qui le séparaient de l'Aljaferia. Tracas personnels, comme cette barbe de quatre jours qu'il n'avait pas trouvé le temps de raser ; hypothèses sur le comportement de l'hôtesse, sur la forme gigantesque aperçue dans le ciel, sur les enfants bifaces, sur le rôle de la sage-femme ; plans d'action pour consolider sa position, conquise grâce à des trésors de finesse. N'importe qui d'autre se serait affolé devant un tableau si complexe, mais l'esprit d'Eymerich était hautement rationnel, et au fur et à mesure qu'il évoquait les problèmes, il les replaçait dans le canevas des choses à faire et des questions à examiner. Du reste, il avait ainsi surmonté la crainte envers les phénomènes horribles auxquels il avait assisté : en leur ôtant leur âme pour les placer dans les cases logiques où il classait les suppositions, les recoupements et les indices. Mais quelle fatigue mentale, de s'imposer tant de rigueur !

Cette matinée fut sans histoire. Arrivé à l'Aljaferia, il s'informa avant tout sur la cérémonie prévue pour le début de l'après-midi. Il eut une rapide conversation avec le père Arnau, qu'il laissa ensuite libre de se consacrer à ses tâches de médecin, et se mit à la recherche de quelques-uns de ses frères : le maître du chœur, le prieur, le groupe des novices. La conversation la plus curieuse, il l'eut avec le dominicain qui s'occupait de la couture et du linge, un petit homme chauve et bossu aux yeux humides comme ceux d'un faon.

— Réussirez-vous à me broder ceci pour la neuvième heure ? demanda Eymerich en s'expliquant grâce au bout de tissu griffonné de charbon.

— C'est un dessin plutôt complexe, *magister*, dit l'autre en prenant une expression perplexe. Je ne sais si...

— Votre habileté est bien connue, assura Eymerich avec un petit sourire, et aussi votre rapidité. Allons, au travail. Je le veux noir sur une toile blanche.

— De quelle taille ?

— Oh, de la moitié d'un drap. On le hissera sur une hampe, et je veux qu'on le voie de loin.

Le tailleur s'inclina.

— Ce sera fait.

Eymerich chercha le charpentier et eut avec lui un conciliabule qui risqua plusieurs fois de dégénérer en altercation ; puis il rendit une visite au tribunal, où il se fit donner par les notaires la liste des prisonniers. Ensuite, il descendit aux cuisines, qui étaient installées près du patio et servaient aussi bien la cour que l'Inquisition. Il grignota du pain et de la viande d'agneau salée, but un peu de vin. Quand il sortit de nouveau dans le patio, il constata, à travers l'arche en fer à cheval qui le reliait à la cour adjacente, que les préparatifs pour la cérémonie de l'après-midi battaient leur plein. La façade de l'église de Saint-Martin de Tours était à demi recouverte de parements noirs et une petite foule de gentilshommes de cour, de fonctionnaires des Comptes et de clercs de tous les ordres attendait déjà devant le porche en brique de l'entrée.

Il était encore tôt. L'inquisiteur sortit du château pour se promener sans but le long de l'allée réservée, et s'attarda sous les frondaisons pelées d'un petit arbre rougi par la brûlante canicule de l'été à peine terminé. Il sentait que, d'ici une heure, se jouerait son avenir entier, y compris la charge conquise à grand-peine grâce à l'activité déployée la veille. Mais il se savait fort, et d'autant plus fort qu'il était seul. La puissance qu'il tirait de cette conscience était telle qu'elle lui faisait oublier ce ténu sentiment de désespoir qui, depuis toujours, rongeait subtilement son orgueil.

La vue d'une paysanne qui, dans le lointain, recueillait le peu de verdure que le sol brûlé laissait pousser lui rappela l'étrange comportement de l'hôtesse. Il l'avait vue s'éloigner en catimini et, plus tard, faire allusion à une forme gigantesque comme celle qu'il avait aperçue dans le ciel. Bien, il avait sous la main quelqu'un à partir de qui il pouvait commencer son enquête. Mais, pour l'instant, il avait bien autre chose à penser.

Il fut arraché à ses réflexions par les cloches qui sonnaient la neuvième heure, comme toujours annoncée par tous les clochers de la capitale. Il se leva, ajusta sa tunique et, après un bref soupir, se mit en marche d'un air décidé vers l'Aljaferia.

Le père Arnau l'attendait à côté de l'entrée principale du château.

— La cérémonie est déjà commencée, *magister*, annonça-t-il quand il le vit. J'ai eu peur que vous ne tardiez encore.

— J'ai tardé volontairement, répondit brusquement Eymerich. Le roi est-il présent ?

— Oui, et aussi le *Justicia* et l'archevêque.

— Alors, c'est le moment d'agir.

Le porche passé, au lieu de se diriger à l'est, vers la cour de l'église, il prit en direction de l'ouest, où se dressait la tour de l'Inquisition. Une vingtaine de dominicains attendaient devant l'entrée en compagnie des notaires, en regardant autour d'eux avec inquiétude. Quand l'inquisiteur parut, le maître de chant vint à sa rencontre, passablement agité.

— Vous êtes en retard, *magister,* s'exclama-t-il, hors d'haleine. Nous ne pourrons pas entrer.

Eymerich le considéra d'un air sévère.

— Le maître de cérémonie sait déjà qu'il devra interrompre l'office à l'instant où nous apparaîtrons sur le seuil. Dites-moi plutôt où est mon étendard.

— Voilà, mon père, dit le jeune dominicain aux membres robustes. Il est très beau.

Il se baissa puis se releva en brandissant une haute hampe en forme de croix, à laquelle était accroché un ample drapeau de toile blanche qui se déroula en ondulant. Au centre, un ovale contenait le dessin d'une croix, avec des aspérités qui simulaient le bois brut, et à droite et à gauche, les profils d'un rameau d'olivier et d'une épée. Tout autour, une inscription disait : *Exurge Domine et iudica causam tuam. Psalm 73.*

— Très bien, murmura Eymerich, satisfait. Puis il fit un signe au jeune homme : Toi, va à l'église et viens m'avertir dès qu'on sera sur le point de commencer le sermon. Mais ne tarde pas un instant.

— Ainsi en sera-t-il fait, mon père.

Le garçon parti, Eymerich croisa les bras et garda le silence, une tension croissante se peignant sur son visage. Son expression était si concentrée que, d'abord, le père Arnau n'osa l'interrompre. Puis il s'approcha et lui dit, prudent :

— Êtes-vous vraiment sûr de ce que vous faites ? Vous avez encore la possibilité de renoncer.

— Trop tard, répondit Eymerich. Vous avez d'autres conseils ?

Sur le visage du père Arnau réapparut l'habituelle expression ironique.

— Oui. La prochaine fois, n'oubliez pas de vous raser.

Interdit, Eymerich se passa la main sur le visage ; puis il se reprit et recroisa les bras, sourcils froncés.

Du temps passa encore. Enfin, le jeune homme apparut à l'entrée du patio, faisant de grands gestes.

L'inquisiteur se redressa.

— C'est le moment. Allons-y, ordonna-t-il, et il se mit en chemin à grands pas.

Derrière lui se disposèrent les notaires, puis, en double file, les dominicains, guidés par le maître chanteur. Le jeune homme qui tenait l'étendard vint en courant se placer derrière Eymerich, à côté du père Arnau.

Les soldats et les serviteurs attroupés devant l'entrée de l'église contemplèrent, ébahis, le cortège qui s'approchait, mais ils ne firent rien pour l'arrêter. En proie à une fébrile tension, Eymerich se plongea, comme dans un rêve éveillé, dans la pénombre humide de l'édifice. C'est à peine s'il aperçut les deux ailes pleines de nobles richement vêtus, l'orgie de candélabres, le cercueil ouvert du père Agustín au centre de la nef et les frères de tous les ordres assis dans le chœur derrière l'autel. Il vit seulement l'archevêque officiant qui s'interrompait à leur entrée et sur la droite, l'estrade ornée des insignes de la couronne, sur laquelle étaient installés le roi, l'Infant Pere, son oncle et le *Justicia.* Immédiatement derrière, dans un nuage de dentelles, trônait Éleonore de Sicile, que Pierre IV avait épousée en 1349 en secondes noces. Mais Eymerich la remarqua à peine.

Il sentait dans son corps une agitation indescriptible, brûlante, qui se calma un peu seulement lorsque, dans son dos, le chœur des dominicains, avec des voix d'abord hésitantes puis de plus en plus sûres, entonna :

Salve Regina, mater misericordiae, vita, dulcedo et spes nostra salve !

À cause, peut-être, de l'émotion des choristes, le chant s'éleva un peu plus rapide que nécessaire, au point de prendre une cadence puissante, guerrière. Sans regarder autour de lui, Eymerich marcha vers l'autel comme s'il devait le conquérir. Arrivé là, il en gravit les marches, se plaçant presque devant l'archevêque. Alors seulement, il croisa le regard étonné et inquiet de Pierre IV et celui tout autant stupéfait du *Justicia.* Mais il ne s'y attarda pas. D'un instant à l'autre, on pouvait l'emmener et il aurait perdu pour toujours.

— *In nomine Patris,* s'exclama-t-il en s'imposant par-dessus les dernières voix du chœur qui s'éteignaient, *et Filii, Spiritus Sancti.*

Il y eut une brève hésitation, puis tous les présents se signèrent. Mais pas le roi, nota-t-il du coin de l'œil, ni le *Justicia.* Il devait se hâter.

Sans crier gare, il se retourna vers l'archevêque qui le fixait, abasourdi, lui prit la main en exécutant une sorte de révérence et lui baisa l'anneau. Puis il se retourna de nouveau vers la nef, le cœur battant la chamade et la voix pressante et nerveuse.

— Du fond du cœur, je remercie monseigneur de

Luna, qui a permis à l'humble serviteur de Saint-Dominique que je suis de prononcer l'oraison funèbre pour notre saint frère le père Agustín.

Dans son dos, comme il l'avait prévu, ne s'éleva aucun démenti. Il se sentit un peu plus assuré.

— Mais moi, je ne vous parlerai pas du père Agustín, une personne discrète qui, dans le lieu divin où il se trouve à présent, n'a nul besoin de mes louanges. Je vous parlerai plutôt du glaive effilé qu'il sut brandir avec la même énergie que Salomon. Je vous parlerai de la Sainte Inquisition.

Là, Eymerich observa une brève pause. C'était une vérification indispensable, décisive. Il vit que tous les présents se montraient maintenant très attentifs. Pour la première fois, il s'arrêta un instant sur le roi qui fronçait encore les sourcils, mais semblait curieux d'entendre la suite. Même la reine paraissait le fixer avec intérêt. Encourageant. Le père Arnau, au centre du petit groupe des choristes, lui souriait.

— Oui, l'Inquisition ! reprit-il en haussant délibérément le ton. Jamais Dieu, dans son infinie sagesse, ne suggéra aux hommes un instrument plus noble pour la réalisation de ses volontés. La charité ne peut jamais être faiblesse, ni la piété se transformer en complaisance. Que serait devenu le peuple élu si le grand Josué n'avait pas chassé de leurs montagnes les Anaqim, en les tuant du premier au dernier ? Et s'il n'avait pas livré aux flammes la ville de Haçor en passant au fil de l'épée tous les survivants ? C'est un Dieu infiniment bon, celui que nous servons, mais aussi un Dieu terrible envers ses ennemis. Et l'Inquisition est un instrument terrible. Même si elle ne l'est point encore assez.

Eymerich fit une nouvelle pause. Maintenant, il se

sentait extraordinairement calme et lucide, ainsi qu'il en advenait toujours lorsqu'il laissait s'exprimer sa propre violence intérieure. Il fixa le roi sans crainte aucune. Rapidement, il détailla son visage olivâtre, entouré d'une cascade de cheveux, son nez busqué, ses yeux légèrement en amande. Il poursuivit comme s'il parlait pour lui.

— Il ne peut y avoir nulle trêve quand l'infidèle érige au cœur même de la chrétienté ses sanctuaires, quand il tourne ouvertement en dérision l'unique Église, quand il trafique et s'enrichit sous nos yeux. Combien de temps encore Dieu pourra-t-il retenir sa main, combien de temps pourra-t-il tolérer le scandale ?

D'un coup, il baissa la voix, la rendant rauque de colère, tandis que son doigt montrait un point imprécis devant lui.

— Peu de temps encore, je vous le jure. L'arme effilée que le père Agustín a forgée avec tant de soin va sortir du fourreau. Le scintillement de sa lame aveuglera les hérétiques, son fil fauchera les ennemis. Je te le jure, peuple chrétien, je te le jure, père Agustín. Mais surtout, je vous le jure à vous, sire, qui avez su porter avec tant de courage la couronne qui fut celle de Jacques le Conquérant et qui, avec la même détermination, vous préparez à renvoyer dans l'enfer les ennemis du Christ qui aujourd'hui encore osent salir votre règne !

À ce point, Eymerich se plaça devant la stalle royale et plia le genou. Durant un instant qui lui parut interminable, il ne vit que le velours noir, brodé d'argent, de l'habit du roi. Puis il sentit une main se poser sur son épaule. C'était l'investiture.

Il bondit sur ses pieds et retourna devant l'autel, où

l'archevêque, à présent, lui adressait un mince sourire. Il contempla la foule en gonflant la poitrine. Il parla avec emportement, avec fureur, avec une sorte de sinistre euphorie, qui dissimulait l'exultation qu'il ressentait.

— Qu'en cette terre d'Aragon, si chère au Seigneur, en cet instant où elle est sur le point de s'unir à nouveau à lui, résonnent les paroles immortelles du Psalmiste. Souviens-toi, ô Seigneur, l'ennemi t'outrage, un peuple stupide raille ton nom. Ne donne pas la tourterelle en pâture au milan ! Regarde ce qu'ils ont fait de ton pacte, en chaque lieu de la terre règne la violence. Alors, lève-toi, ô Seigneur, et défends ta cause !

Puis, plus fort :

— Lève-toi, ô Seigneur, lève-toi et défends ta cause !

Dans la nef, une foule enthousiaste et conquise répéta d'une seule voix :

— Lève-toi, ô Seigneur !

Eymerich se tut, tandis que la voûte amplifiait le cri. Puis il s'inclina de nouveau en direction du roi, baisa la main de l'archevêque et, à grands pas, se dirigea vers la sortie. Après une brève hésitation, le groupe des dominicains lui emboîta le pas, entonnant spontanément le *Salve Regina,* cette fois d'une voix plus aiguë. L'étendard de l'Inquisition flottait haut au-dessus du petit cortège.

À l'extérieur, Eymerich eut le plus grand mal à se soustraire à l'enthousiasme de ses frères qui le submergeaient de louanges et d'embrassades. Quand il réussit à s'en défaire, il se trouva devant le visage souriant du père Arnau.

— Compliments, *magister,* dit l'*infirmarius* avec

une profonde révérence. Encore un discours de ce genre, et on vous donnera la couronne d'Aragon.

Eymerich haussa les épaules.

— C'est une couronne d'épines, et d'ici peu, elle le sera encore plus. Puis, brusquement, il déclara : Allons, nous avons du pain sur la planche.

Sans rien ajouter, il se dirigea vers la tour qui, sous le soleil de l'après-midi de Saragosse, brillait d'une lumière rosée plus que jamais inadaptée à l'activité qu'elle abritait.

Ce fut justement à ce moment qu'une gigantesque forme féminine, aux longs cheveux noirs et au regard absent, se détacha quelques instants sur le ciel azur. Mais à l'Aljaferia, personne ne la remarqua.

Sur le pont, je pus observer, pour autant que l'éternelle pénombre le permettait, les expressions de mes compagnons. Même les plus aguerris d'entre eux me parurent secoués, et certains étaient franchement bouleversés. À l'évidence, la traversée de l'imaginaire était une expérience qui marquait, si rodé que l'on fût.

Je fus tiré de mes réflexions par M. Holz, apparu sur le château en compagnie de l'abbé. Un grand silence se fit.

— Vous aurez entendu dire, commença le premier officier avec son assurance de toujours, qu'après le passage dans l'imaginaire, on entre dans un autre univers. Mais en fait, ce n'est pas vrai. Nous sommes toujours dans le même univers, mais à une énorme distance de la terre, et très en arrière dans le temps. À présent, nous sommes en l'année...

Il regarda l'abbé, comme pour le consulter. Sweetlady hocha la tête.

— ... 36 après Jésus-Christ, et nous nous trouvons dans le système de *Gamma Serpentis,* près d'une planète qui n'a pas de nom mais que, par commodité, nous nommerons Olympe.

Sweetlady fit retentir un de ces mauvais rires que j'avais désormais appris à connaître, et qui me plongeaient dans l'inquiétude.

— Olympe ! Elle est bonne, celle-là ! Bravo, Holz !

Le premier officier ne lui prêta pas attention.

— On vous aura aussi dit que votre corps s'est dédoublé. Voilà qui est déjà plus exact que l'histoire de l'univers différent. Effectivement, dans l'année d'où nous sommes partis, un astronef identique à celui-ci, avec à son bord des hommes comme vous, orbite autour de la lune.

Du pont s'éleva une rumeur étouffée que Holz éteignit d'un coup d'œil.

— Mais vous voyez que vous êtes bien réels. Si nous le voulions, une fois notre mission remplie, nous pourrions retourner en arrière une minute après le départ, et nous unir à nos « doubles ». Dans ce cas, seule une poignée de souvenirs nous signalerait qu'il s'est passé quelque chose. Si nous ne le faisons pas, c'est seulement parce que, durant tout le temps où nous resterons ici, nous serons alimentés par les pensées que les « doubles » nous transmettent à travers l'imaginaire. S'il n'en était pas ainsi, nos corps se dissoudraient et s'évanouiraient en peu de temps.

Une autre rumeur s'éleva, cette fois plus alarmée. Ceux qui ne comprenaient pas l'anglais cherchaient à se faire traduire par leurs compagnons les paroles de Holz ; mais les concepts étaient difficiles, et l'on voyait de nombreuses expressions perplexes.

Sweetlady fit signe d'abréger. Holz hocha la tête. Il agrippa la rambarde.

— Maintenant, tous au travail. Nous commençons l'approche d'Olympe, qui durera environ seize heures.

Du regard, il chercha l'officier en second, perdu au milieu de l'équipage.

— Monsieur Dickson, vos équipes prendront le premier quart. Dans quinze minutes exactement.

Nous quittâmes le pont en conversant avec animation. Schenoni, le seul de mon groupe avec lequel je pouvais parler, se déroba à mes questions avec un air ennuyé.

— Jette un coup d'œil aux armoires, se limita-t-il à dire. J'ai transmis vos protestations. Ça devrait être arrangé.

En effet, je remarquai avec étonnement qu'il n'y avait plus la moindre trace de rouille, et que les portes avaient cessé de grincer. Même les couvertures semblaient neuves et propres. Mais nous n'avions pas le temps de nous attarder sur ces détails.

Nous prîmes une douche rapide. Tandis que je m'essuyais, je vis qu'un Philippin, assis à côté de moi, était en train de faire quelque chose à sa jambe droite. D'abord, je ne compris pas, puis je l'entendis lancer un petit cri joyeux, tandis que des gouttes de sang tombaient sur le sol. Entre ses doigts, il serrait une lame. *¡Es verdadera sangre, amigo!* s'exclama-t-il en me montrant une longue blessure. Je compris qu'il avait voulu s'assurer qu'il était encore en possession de son corps.

La cloche sonna. Cette fois, je fus affecté au nettoyage des bobines Frullifer, dans la partie supérieure de l'astronef. C'était une tâche délicate. Il s'agissait de sécher les gouttes qui tombaient des minuscules réservoirs, appelés « synapses », placés à la connexion des fils contenus dans les bobines.

Outre Schenoni, nous étions aussi surveillés de près par Dickson, le responsable du quart. Je soupçonnais que ses tâches accessoires comprenaient celle de nous empêcher de boire ces gouttes, probablement imprégnées des liquides organiques si appréciés par le commandant Prometeos. Mais il ne s'agissait que d'un soupçon.

Nous étions tous impatients de jeter un coup d'œil sur la planète Olympe, qui devait désormais se profiler devant nous. Quand je vis Thorvald, qui, avec son équipe de mécaniciens, travaillait lui aussi aux bobines, je lui demandai s'il en avait eu l'occasion.

Il ignora ma question.

— Les synapses ne devraient pas fuir comme ça, dit-il, préoccupé. Il y a quelque chose qui ne va pas.

— Quelque chose de détraqué ? demandai-je, un peu inquiet.

— Si ce n'était que ça ! C'est tout le *Malpertuis* qui est une ruine. Mais c'est mieux comme ça, beaucoup mieux comme ça.

— Pourquoi dis-tu que c'est mieux ?

Il jeta un coup d'œil alentour, pour vérifier que Dickson était loin. Puis il m'agrippa par un bras et me tira dans un angle obscur, entre les bases de deux bobines.

— J'ai appris quel est le but de cette expédition, dit-il à mi-voix. Connaissant l'abbé, je m'attendais au pire, mais pas à une chose aussi horrible, aussi... *diabolique*.

La grande forme rouge et ricanante que j'avais aperçue dans l'imaginaire envahit un instant mon esprit.

— Mais quel est ce but ? balbutiai-je.

— Mieux vaut que tu l'ignores, répondit Thorvald, sombre. Sweetlady a dû vendre son âme au diable et il veut nous entraîner tous en enfer avec lui. J'espère seulement que cette antiquité tombera en morceaux avant, comme c'est probable.

Après ces allusions, le Norvégien se tut, et il n'y eut pas moyen de lui en faire dire davantage. Jusqu'à la fin du quart, je restai sur l'impression que m'avaient causée ses paroles. Seule put m'en distraire l'annonce, faite tandis que nous descendions dans l'entrepont, qu'Olympe était visible depuis le hublot du pont, et que l'on nous autorisait à y monter quelques minutes.

Nous nous entassâmes autour de la vitre, nous poussant et jouant des coudes. La planète nous apparut comme une boule jaunâtre, striée d'obscurs filaments de nuages. Aux pôles éclataient de temps à autre des taches de lumière rouge, ourlées d'azur, comme si une puissante tempête magnétique s'y déroulait. Mais le coup de sifflet de M. Holz, sorti avec ses équipes, nous empêcha de nous faire une idée plus précise.

Au quart suivant, je fus affecté au nettoyage du carré des officiers, tâche très redoutée parce que la cabine de Prometeos donnait sur cette zone. Nous entendîmes tout de suite la grosse voix arrogante du commandant, occupé à invectiver quelqu'un qui semblait ne pas répondre. Schenoni interrogea du regard Dickson, qui nous avait escortés jusque-là, mais le second haussa les épaules.

— Faites comme si de rien n'était, murmura-t-il. Ça ne vous regarde pas.

Tandis que nous lavions le sol, le ton monta. Alors, nous découvrîmes l'identité de l'interlocuteur de Prometeos. C'était l'abbé Sweetlady, furieux au point qu'il en avait la voix cassée. Je tendis l'oreille en m'approchant, sans la regarder, de la porte de la cabine.

— Moine de malheur ! hurlait Prometeos. Qu'est-ce

que j'en ai à foutre de ton argent ? Si nous revenons en arrière sans cargaison, je réussirai tout juste à couvrir mes frais.

— Moi, je voulais un vrai vaisseau, répondit Sweetlady, que j'imaginai livide de colère. Toi, tu m'as procuré une ruine et c'est un pur miracle si elle ne s'est pas désagrégée. Ce sera déjà beaucoup si nous réussissons à revenir en arrière.

— Revenir en arrière ? Fais attention ! Toi, tu n'y retourneras pas, en arrière, si tu ne me trouves pas une cargaison quelconque. Il t'appartenait de calculer la route, et regarde où on se retrouve !

— Infect soûlard, tu sais très bien qu'un tiers des bobines étaient déjà hors d'usage avant le départ !

— Ridicule. J'ai voyagé avec la moitié des bobines hors d'usage sans jamais avoir de problème. Maintenant, trouve-moi quelque chose sur cette planète, quelque chose qui vaille la peine, ou je te largue dans l'espace.

— On trouvera peut-être quelque chose, mais je ne sais pas si ce sera ce que nous cherchons. Je ne peux pas le garantir. Tu ne comprends pas ? À cette époque, plus personne n'y croyait...

L'abbé Sweetlady prononça ces dernières paroles, pour moi incompréhensibles, d'une voix un peu plus incertaine. Mais je ne pus écouter davantage. Dickson s'était aperçu que je m'étais trop approché de la cabine du commandant. Il m'en éloigna d'une violente poussée, plus inquiet qu'irrité, et me montra du doigt le coin opposé du carré.

À la fin du quart, tandis que nous passions devant lui pour retourner dans l'entrepont, Dickson me retint et me fit signe d'entrer dans sa cabine. Il s'assit sur le lit qui, avec une tablette, deux sièges et quelques étagères, constituait tout l'ameublement de cette espèce de cellule.

— Qu'est-ce que tu as entendu ? me demanda-t-il d'une voix neutre.

Je n'osai mentir.

— Il m'a semblé comprendre que nous nous sommes égarés. Le commandant accuse l'abbé, qui à son tour en rend responsable le vaisseau.

Dickson hocha la tête.

— Tu as bien compris, mais « égaré », dans notre cas, ne veut pas dire que nous n'avons pas rejoint le lieu vers lequel nous nous dirigions. Cela signifie que nous sommes tombés dans une époque différente de celle prévue. C'est un concept difficile à saisir.

Je devinai que Dickson, tenu par tous à l'écart, avait grand besoin de bavarder.

— Monsieur, pouvez-vous me l'expliquer avec des mots simples ?

Le jeune homme m'observa un peu, puis fit signe que oui. Sur la table, il prit une feuille et un stylo et dessina une abscisse et une ordonnée.

— Suppose que l'abscisse représente le temps et l'ordonnée l'espace.

Il pointa le stylo en haut de la ligne du temps.

— Au début de notre voyage, sur une brève longueur, nous avons avancé aussi bien dans le temps que dans l'espace.

Il dessina un court segment en diagonale, qui, du point de départ, montait vers la droite.

— Puis, une fois dépassée la vitesse de la lumière, quand nous sommes entrés dans l'imaginaire, nous avons été projetés loin dans l'espace et en arrière dans le temps.

Le stylo traça un second segment en diagonale, très

long, qui descendait vers la droite, en s'arrêtant à peu de distance de l'ordonnée de l'espace.

— Que vois-tu ?

— Je vois que, comme vous dites, le point d'arrivée est plus en arrière sur la ligne du temps, et plus à droite sur la ligne de l'espace.

Dickson soupira.

— Eh oui. Sauf que si le point dans l'espace est effectivement celui qu'on visait, la planète que Holz appelle Olympe, l'époque à laquelle nous avons accosté n'est pas celle prévue.

— Et l'écart est grand ?

— Oui. Nous devions sortir en un point du temps qui serait parallèle, sur la terre, c'est-à-dire sur l'axe de l'abscisse, en l'an 36 après Jésus-Christ. En fait, nous avons échoué en l'année terrestre 1352 après Jésus-Christ. Et il n'y a aucun moyen d'y remédier.

— Mais tout cela, qu'est-ce que ça entraîne, comme conséquences ?

— Oh, c'est simple. Prometeos et Sweetlady comptaient trouver sur Olympe quelque chose qui était encore là en 36, mais qui n'y est plus en 1352.

Dickson me fixa d'un air grave.

— Et pour l'amour de Dieu, ajouta-t-il, ne me demande pas quoi.

CHAPITRE V

LE ROI MASQUÉ

Impatient, Eymerich observa le geôlier qui, avec un lourd trousseau de clés, ouvrait la troisième des grilles qui fermaient l'accès aux prisons, au premier étage de la tour de l'Inquisition. Deux jours étaient passés depuis qu'il s'était lui-même investi inquisiteur général sous les yeux de Pierre IV, et depuis ce moment, il n'avait pas perdu son temps. Maintenant, il se préparait à récolter l'un des fruits de son activité.

La prison se composait d'un petit nombre de cellules, adjacentes à la salle des audiences et à la chancellerie. Seule une des cellules était spacieuse, et les poulies et les cordes qui pendaient du plafond, en même temps que les poids et les instruments hérissés de pointes disposés le long des murs, révélaient le triste usage auquel on la destinait. Les autres étaient des réduits sans fenêtre, où l'on enfermait seulement les prisonniers en procès. Les détenus normaux de l'Inquisition subissaient les longues attentes de l'instruction dans les prisons ordinaires, guère plus accueillantes, mais ressemblant moins à des tombes.

Eymerich tint la torche pendant que le geôlier actionnait la serrure de la dernière cellule du corridor, la plus petite et la plus lugubre de toutes. De l'intérieur lui parvint une faible plainte qui s'éteignit d'un coup quand l'inquisiteur illumina la pièce.

La patronne de l'auberge située face à l'archevêché gisait enveloppée dans une masse de chaînes fixées à la muraille. La femme, qui fermait ses yeux rougis comme si elle ne réussissait pas à supporter tant de lumière, était méconnaissable. Ses cheveux ébouriffés disparaissaient sous les lambeaux de toiles d'araignée, ses vêtements étaient souillés d'excréments. Dans l'écuelle à ses pieds, on ne voyait pas trace d'aliments ; du reste, l'hôtesse n'aurait pu les atteindre, car ses chaînes serraient les poignets jusqu'à l'os, et déchiraient son habit.

Eymerich éprouva un élan de compassion qu'il réprima aussitôt. Selon sa ferme conviction, les premiers jours d'emprisonnement devaient être les plus cruels, afin que le coupable puisse aussitôt deviner quel sort l'attendait s'il ne se repentait pas. Un si pitoyable spectacle ne lui causait donc aucun sentiment de culpabilité, mais plutôt une vague inquiétude, dont il n'aurait pu expliquer rationnellement l'origine.

— Vous vous appelez Theresa Prieto ? demanda-t-il avec brusquerie.

La femme le regarda de ses yeux rougis, comme si elle ne comprenait pas. Puis, après une pénible déglutition, elle réussit à articuler :

— L'ignorez-vous ?

— Cela ne vous concerne pas. Répondez à mes questions sans plus de commentaires. Savez-vous pourquoi vous êtes ici ?

La réponse coûta un effort douloureux à la prisonnière, et fut à peine audible :

— Non, je ne sais pas.

Puis, après un soupir rauque, elle réussit à ajouter :

— J'ai soif.

Eymerich leva un doigt.

— Vous boirez le moment venu. En attendant, préparez-vous à une confession complète.

Il se tourna vers le geôlier.

— Faites laver cette misérable et amenez-la dans la salle des audiences à la troisième heure. Mais ne lui donnez rien à manger ni à boire. Mettez-lui simplement une tunique.

— À vos ordres.

Eymerich détacha une torche éteinte de la muraille, l'alluma, laissa l'autre au geôlier et sortit des prisons. Sur la chancellerie brillait la lumière du matin, qui faisait scintiller sur les tables et les besaces gonflées de paperasses des tourbillons de fine poussière. Le plus vieux des notaires interrompit la petite leçon particulière qu'il donnait à un apprenti et vint à la rencontre de l'inquisiteur.

— Vous m'avez dit, *magister*, que vous comptiez tenir une audience.

— Oui, messire Sanxo. Je veux interroger cette femme que j'ai fait incarcérer hier matin, Theresa Prieto. D'ici une heure au maximum.

— J'aurai le privilège de remplir les fonctions notariales. Qui voulez-vous à vos côtés ?

— Le père Arnau Sentelles, si vous réussissez à le trouver.

— L'*infirmarius* ? Mais il n'a aucune expérience, et puis il n'est pas...

— Je l'ai nommé inquisiteur moi-même, voilà trois jours. Du reste, vos sages conseils suffiront à lui faire surmonter toute incertitude.

Messire Sanxo s'inclina, flatté. Eymerich sortit de la

chancellerie, où déjà commençaient à se présenter les premiers postulants. La veille, il avait jeté un coup d'œil aux affaires en cours. Un chrétien accusé d'avoir favorisé le culte de son serviteur arabe, deux juifs surpris à maudire le pape dans une taverne, cinq novices franciscains qui avaient fait de la propagande pour le retour de l'Église à la pauvreté, un hérétique prussien aux croyances imprécises. Peu de chose, en somme.

Tandis qu'il montait l'escalier, il se remémora la dizaine d'interrogatoires qu'il avait conduits aux côtés du père Agustín. Questions sommaires, poids excessif accordé aux témoins, recours fréquent à la torture du bras séculier. Le problème majeur : le défaut de normes précises susceptibles de guider la conduite des inquisiteurs. Il entendait agir différemment, même s'il ne savait pas exactement comment. L'audience qui allait se dérouler tiendrait lieu de première vérification des hypothèses qui se bousculaient dans sa tête.

Il passa la demi-heure suivante à faire arranger la salle des procès pour l'adapter à son propre goût. Avant tout, il fit barrer les fenêtres, de manière que la lumière du soleil ne puisse en aucune façon filtrer à l'intérieur. Puis il ordonna de recouvrir de grands draps noirs les décorations arabes des murailles, dont la vue l'offensait. Le plafond, finement historié, restait découvert mais il remédia à cela en concentrant l'illumination de la pièce sur un unique candélabre, disposé sur la table devant les sièges des juges, et en réservant à la table du notaire la seule chandelle, placée dans un bougeoir. Ainsi la salle demeura-t-elle en grande partie enveloppée d'ombre, dissimulant l'écriture élégante et serrée des infidèles. En dernier lieu, il fit remplacer par un prie-Dieu le siège réservé aux inculpés et disposer derrière les juges un crucifix aux énormes dimensions.

Il compléta le tout en laissant pendre de la table centrale l'étendard avec la croix, le rameau d'olivier et l'épée, déjà exhibé en présence du roi.

Quand le père Arnau mit pied dans la salle, il ne put retenir une exclamation.

— Mais c'est une chapelle funèbre !

— Vous l'avez dit, répondit Eymerich, satisfait. Ah, voilà le notaire. Venez, venez messire Sanxo. Voici le moment du serment.

Comme le rite l'exigeait, il fit jurer aux autres de maintenir le silence le plus rigoureux sur ce qu'ils verraient et entendraient. Puis il appela un garde et lui ordonna d'introduire la prisonnière.

— Quelle est exactement l'accusation ? demanda le notaire, en plongeant sa plume d'oie dans l'encrier.

Eymerich réfléchit un instant.

— Sorcellerie, je dirais. Oui, écrivez sorcellerie.

— Témoin ou accusée ?

L'inquisiteur haussa les épaules.

— Coupable.

Une rumeur de chaîne annonça l'arrivée de Theresa. On avait revêtu la femme d'une tunique bleue, qui ne réussissait pas à dissimuler les signes des souffrances auxquelles elle avait été soumise. Les poignets, libérés des fers, continuaient à saigner, et elle perdait aussi son sang aux chevilles, toujours enserrées dans de fins anneaux. L'extrémité de la chaîne était tenue par le geôlier, que suivait le frère consolateur, un capucin à l'air vaguement hébété, tenant un petit crucifix en main. Un soldat qui fermait la marche demeura sur le seuil, tirant la porte derrière lui.

Le serment de la détenue ne prit que quelques instants. Puis, comme elle articulait à grand-peine, Eymerich lui fit porter un peu d'eau, tout juste assez pour humidifier les lèvres et la gorge. La femme se laissa tomber sur le prie-Dieu dans un bruit sec d'os.

— Ne vaudrait-il pas mieux lui faire manger quelque chose ? demanda le père Arnau, sur le siège à côté de celui d'Eymerich.

Celui-ci lui lança un coup d'œil sévère.

— Un prisonnier faible est un prisonnier malléable, dit-il à voix basse. Puis il se sentit obligé d'ajouter : Ne vous laissez pas apitoyer. Cette femme n'est pas innocente, et elle est moins démunie qu'il ne le paraît. D'ici peu, vous vous en rendrez compte.

Le père Arnau ne répondit pas. Eymerich dicta au notaire les rituelles formules préliminaires puis, regardant ailleurs, s'adressa directement à l'inculpée.

— Theresa Prieto, je vais vous répéter la question que je vous ai déjà adressée dans la cellule. Savez-vous de quoi vous êtes accusée ?

La femme hésita mais répondit ensuite d'une voix assez ferme :

— Non, monseigneur, mais je crois qu'il s'agit d'une erreur. Je ne suis qu'une pauvre aubergiste.

Eymerich poussa un grand soupir puis posa sur Theresa un regard bienveillant, vraiment inhabituel chez lui.

— En vérité, moi aussi, je me suis convaincu qu'il s'agit d'une erreur, et je vous ai convoquée, brave femme, pour vous présenter les excuses de ce tribunal.

Du coin de l'œil, il remarqua le sursaut de stupeur du père Arnau et il lui effleura rapidement la manche, dans l'espoir qu'il se taise.

— L'équivoque vient avant tout de mon propre fait, continua-t-il. Lorsque je suis venu dans votre taverne, il y a deux jours, j'ai cru reconnaître en vous une femme que nous cherchions depuis longtemps, coupable de sacrilège. Mais ce matin justement, la sacrilège a été arrêtée. Vous voici libre.

Le notaire resta la plume en l'air, et se tourna vers l'inquisiteur avec un air de profond étonnement. Même le geôlier semblait abasourdi.

— Je dois la libérer, *magister* ?

— Oh oui, oui. Mais je veux entendre comment on se sent quand l'innocence est reconnue et qu'un mauvais cauchemar prend fin. Que me dites-vous, Theresa ?

D'abord aussi stupéfaite que les autres personnes présentes, la femme sembla vite récupérer ses forces. Elle ébaucha un sourire puis éclata en sanglots irrépressibles.

— Oh, comme je vous remercie, seigneur... Je l'avais compris, que vous êtes bon, que vous ne pouviez... Je craignais de ne plus sortir de cette cellule...

Eymerich leva la paume de la main comme s'il voulait se protéger.

— Non, non, ne me remerciez pas. L'Église sait se montrer dure avec les pécheurs, mais elle est charitable avec les innocents. Vous serez généreusement dédommagée des souffrances subies. Geôlier, ôtez-lui les chaînes.

Puis, comme si à cet instant il s'était rappelé quelque chose, il ajouta :

— Non, un instant. J'oubliais la formalité de la garantie. Je n'ai pas de mémoire, mais vous non plus, monsieur le notaire !...

Messire Sanxo allait parler, mais Eymerich fut plus rapide.

— Vous voyez, bonne dame, une vieille loi nous impose de faire souscrire votre acte d'élargissement à une personne fiable, qui se porte garante pour vous... Vous ne connaissez personne qui pourrait le faire ?

Theresa s'essuya les yeux de ses poignets encore ensanglantés. Elle parut réfléchir.

— Parmi mes clients, il y a des personnes importantes. Des marchands, des *criados*...

— Non, non. Avant de les trouver, nous devrons vous retenir encore et cela, nous ne le voulons pas. Connaissez-vous quelqu'un dans ce palais ? Peut-être à la cour ?

Le visage creusé de Theresa s'illumina.

— Oh, oui. Je connais bien certaines des demoiselles de notre pauvre princesse Maria, et puis aussi la sage-femme, la gouvernante du petit prince Johan, beaucoup de dames.

— Je vois que vous avez des relations vraiment intéressantes. La sage-femme, ce sera très bien. Comment s'appelle-t-elle ?

Tout à coup, une ombre de réticence passa dans l'expression de la femme. Mais elle répondit :

— Elisen Valbuena. Mais je ne sais si...

— Vous ne savez quoi ?

— Je ne sais si elle est à la cour en ce moment.

— Et où pourrons-nous la trouver ?

Theresa se mordit les lèvres, dans un mouvement rapide mais visible.

— Je ne sais pas. Vous pourriez appeler une autre des...

— Comment faites-vous pour savoir qu'elle ne se trouve pas à la cour ? demanda Eymerich, séraphique. Voilà deux jours que l'on vous garde en cellule. Elle serait venue vous trouver ?

— Non.

— Ah. C'eût été un peu difficile.

Peu à peu, l'expression bienveillante disparaissait du visage de l'inquisiteur, les yeux se durcissaient, la voix se chargeait de tension.

— Elle ne se trouverait pas à Piedra, par hasard ?

À présent, Theresa était visiblement troublée et effrayée.

— Peut-être, balbutia-t-elle.

— Donc, vous savez qu'elle a été recluse au monastère de Piedra. Quand l'avez-vous vue pour la dernière fois ?

— Oh, il y a longtemps.

— À Piedra ou à la cour ?

Eymerich se dressa soudain. Il traversa la salle et alla se placer tout contre la prisonnière, en contournant le geôlier. Il la fixa d'un regard aiguisé comme un poignard.

— Et pourquoi donc vous admettait-on à la cour ? Ce n'est pas donné à tout le monde. Répondez-moi, et essayez d'être convaincante, si vous voulez vraiment sortir.

À présent, la confusion de la femme devenait totale. Dans son regard, de nouveau voilé par les larmes, on lisait une crainte qui se transformait en peur, mais aussi une opiniâtre lueur d'espoir, l'espoir que les questions de l'inquisiteur fussent innocentes. Elle déglutit à plusieurs reprises, puis répondit :

— Je rendais aux dames certains services, je leur faisais des plaisirs...

— Comme aubergiste ?

— Je m'y connais aussi un peu en médecine, dans les simples... J'aidais la sage-femme.

Eymerich lança un coup d'œil entendu au père Arnau qui l'écoutait avec admiration. Puis il croisa les bras et commença à aller et venir en silence, formant lentement un cercle autour de la femme agenouillée. D'un coup, il s'arrêta derrière Theresa.

— Tu cherches à nous tromper, dit-il d'une voix basse, en scandant chaque mot. Tu crois ne pas avoir été vue, l'autre nuit, pendant que tu courais dans le bois avec tes amies ? Tu crois que nous ne savons rien des enfants à deux visages ? Tu crois que nous ignorons que même celle qui est morte depuis quatre ans peut encore accoucher ?

Le corps de Theresa fut traversé d'un sursaut de terreur, si fort que le prie-Dieu en fut secoué. Elle se tordit pour voir l'inquisiteur, et finit assise à terre. On eût dit qu'une attaque de fièvre avait dévasté ses traits, les contractant en une masse effrayée.

— Qui vous l'a dit ? hurla-t-elle, dilatant ses yeux rouges voilés de larmes.

Eymerich la regarda calmement, comme s'il contemplait un objet au loin.

— Elisen Valbuena est entre nos mains depuis hier. Quand le bourreau lui a brûlé les mains jusqu'aux poignets, elle n'a pas tenu. À présent, nous savons tout, même ce que tu ignores.

À sa grande surprise, Theresa éclata de rire, d'un rire aussi aigu que pouvait le lui permettre le peu de salive qui lui restait.

— Tu mens, prêtre ! Elisen ne ferait jamais cela, à quelques jours de la fête de la Vierge ! Et puis, le roi ne l'aurait pas permis.

— Le roi ? demanda Eymerich, interdit. Que veux-tu dire ?

— Et puis, tu dis que tu sais tout ! s'exclama la femme en continuant à rire. Pas le roi auquel tu crois toi, idiot. Le vrai roi, le roi masqué ! Le roi du lac ! Pauvre prêtre ignorant.

Eymerich ne savait que répliquer. Ce fut le père Arnau qui, à l'improviste, se leva et se plaça près de la femme. Il la plaqua contre le sol en lui pressant sa sandale contre la gorge. Puis il la contempla avec des yeux chargés d'ironie.

— Oh, nous savons cela aussi, ma brave aubergiste. Nous savons qui est le *rex nemorensis* et sur quel lac il règne. Comme tu vois, ajouta-t-il d'une voix douce, tu n'as aucun espoir.

Le rire s'évanouit d'un coup dans la bouche de Theresa. Comme assommée, elle fixa les inquisiteurs puis, se réveillant d'un coup, cria d'une voix rauque :

— Maudits ! Mais nous ne sommes pas encore perdues. Le 12 octobre, la déesse reviendra et alors...

— Il n'y a pas de déesse, il n'y a qu'un seul Dieu, juste et vrai, répliqua le père Arnau en passant de l'ironie à un accent sardonique. Tu as encore le temps de te rendre à lui et de sauver ton corps et ton âme. Quant à ton roi, moi, je n'y compterais guère. Ariccia est loin.

— Loin ? C'est tout près, prêtre. Mais tu ne sauras jamais à quel point.

À ce moment, Theresa fit une chose étrange et horrible. Elle tira complètement la langue, comme pour faire une grimace, puis serra d'un coup les dents. Un flot de sang lui sortit de la bouche, accompagné d'une sorte de barrissement terrifiant. Horrifié, Eymerich lui agrippa le visage et essaya de lui écarter les mâchoires ; mais elle les tenait si contractées qu'il ne réussit en aucune manière à les bouger. La langue, tranchée, tomba à terre dans une petite mare sanglante. Du sang dégoulinait aussi des lèvres, pourtant si serrées qu'on entendait le bruit des dents qui cassaient.

Les inquisiteurs reculèrent d'un pas, le dégoût peint sur le visage. La femme émit une série de geignements, puis s'évanouit. Eymerich fut le premier à surmonter le choc. Il s'en approcha, la toucha puis se tourna vers le geôlier, lui aussi paralysé d'horreur.

— Emmène-la. Et emmène aussi cela, ajouta-t-il en montrant la langue.

— Il vaudrait mieux que j'essaie de la soigner, dit le père Arnau, d'une voix altérée.

— Non, quelqu'un d'autre s'en occupera, répondit Eymerich. Et si elle meurt vidée de son sang, elle l'aura voulu.

Tandis que le geôlier, aidé du soldat, emmenait Theresa en la tirant par les jambes, Eymerich s'approcha du notaire, debout derrière sa tablette.

— Jusqu'où avez-vous verbalisé, messire Sanxo ?

— Jusqu'à la dernière scène. Dois-je l'écrire ?

— Oui, il n'y a pas de raison de ne pas la citer dans le procès-verbal.

Eymerich parcourut rapidement les feuillets couverts d'une écriture élégante et fine, puis lança au père Arnau un coup d'œil pénétrant. Il éprouvait une inavouable irritation envers l'*infirmarius*, qui lui avait volé le rôle principal.

— Vous me devez des explications, dit-il, agressif.

Le père Arnau s'inclina à demi.

— À votre disposition, *magister*. Mais il vaudrait mieux aller dans une pièce où il ne se trouvera pas de langue par terre.

Eymerich hocha la tête et se dirigea vers la sortie. Tandis qu'il montait l'escalier, il réfléchit que sa brillante maîtrise de l'audience avait été mise en échec non par le père Arnau, mais par l'incrédulité de Theresa face à l'hypothèse que la sage-femme eût avoué. Irrité, il chassa ces pensées. Il devait contenir sa propre ambition, et se concentrer uniquement sur la solution de l'affaire. Malheureusement, l'humilité ne lui venait pas naturellement, et la conscience de cela l'indisposait, car cela équivalait pour lui à une forme de faiblesse.

Arrivé au dernier étage, il ouvrit la porte d'une cellule vide, contiguë à celle qu'avait occupée le père Agustín, et fit signe au père Arnau de le suivre. Il s'assit sur le lit, tandis que l'*infirmarius* s'installait sur un tabouret. Une étroite meurtrière projetait un faisceau de lumière poudreuse.

— Alors, demanda-t-il en posant les mains sur ses genoux. Qu'est-ce que c'est que cette histoire d'Ariccia, du roi du lac et de la déesse qui doit venir ?

Le père Arnau eut un petit rire.

— Je voudrais le savoir moi aussi, dit-il, puis voyant que son interlocuteur s'assombrissait, il se hâta d'ajouter : Je vous dirai le peu que je sais. Vous vous rappelez, quand vous m'avez demandé d'où j'avais tiré la phrase *Numen inest* ?

— Oui, et je me souviens de la réponse. D'Ovide et d'un discours du roi Pierre à la mort de sa fille Maria.

— Exact. Mis en éveil par vos questions, je suis allé relire ce passage d'Ovide. C'est un poème de peu de valeur, appelé *Les fastes.* Le connaissez-vous ?

— Non. De quoi s'agit-il ?

— Des fêtes des Romains. En particulier, là où figure cette phrase, le poème parle des célébrations en l'honneur de Diane... Mais qu'y a-t-il ?

Eymerich avait tressailli. Il secoua la tête.

— Rien. continuez.

Le père Arnau le regarda par en dessous mais poursuivit :

— Selon Ovide, Diane, déesse de la fécondité, de la nature et de la chasse, avait un temple à Ariccia, en Italie, près du lac de Nemi, appelé aussi *Speculum Dianae.* Sur le temple veillait un roi, le *rex nemorensis,* qui conservait la charge aussi longtemps qu'il réussissait à la défendre à la force de son bras. Celui qui réussissait à le tuer prenait sa place.

— Comment avez-vous imaginé que cette femme faisait allusion justement à cette histoire ?

— Je suis intervenu au hasard. Quand elle a fait allusion à un « roi du lac », il m'est revenu à l'esprit mes lectures des jours précédents. Mais je n'étais nullement assuré que ma tentative fasse mouche.

Eymerich le contempla d'un air soupçonneux, mais il dut se rendre devant la lueur bizarre qui brillait en permanence dans les yeux de l'*infirmarius.* Avec un soupir, il dit :

— J'ai moi aussi quelque chose à vous raconter. Avant de mourir, le père Agustín m'a dit de chercher dans sa chambre certains textes. Trois d'entre eux concernaient les prérogatives de l'Inquisition. Le quatrième, en revanche, est l'instruction donnée aux évêques par le concile d'Ancira. Elle s'intitule *Canon Episcopi.* Je vous en lis un passage.

Eymerich fouilla dans sa besace et en tira le mince manuscrit. Il se leva pour se rapprocher du fenestron. Puis il commença à lire :

— *Certaines femmes corrompues, qui se sont données à Satan et se sont laissé emporter par des illusions diaboliques, croient et affirment qu'elles montent la nuit d'étranges bêtes à la suite de Diane, déesse des païens, et d'une foule innombrable de femmes ; qu'elles traversent des espaces sans limites dans le silence de la nuit profonde et qu'elles obéissent aux ordres de Diane, leur maîtresse, qui certaines nuits les convoque à son service. Et plût au ciel que seules celles-là se fussent perdues dans leur fausse croyance ! Un très grand nombre d'autres se sont laissé entraîner dans la perdition de leur âme et sont convaincues, comme les païens, qu'il existe d'autres divinités que le seul et vrai Dieu.*

— Eh bien, qu'en dites-vous ? demanda Eymerich, le regard pensif.

— Le récit de Theresa, murmura le père Arnau, impressionné. Vous l'avez entendue parler d'une course dans les bois avec d'autres femmes.

— Exact. Maintenant, nous savons à quoi nous avons affaire. Theresa, Elisen et qui sait combien d'autres pratiquent l'antique culte de Diane, déesse de la fécondité.

— Et accouchent des enfants à deux visages.

Eymerich leva la main.

— Cela, nous ne le savons pas encore. Comme nous ne savons pas qui est le *rex nemorensis,* si l'on admet l'existence de ce roi masqué, ni en quoi la maison royale est impliquée, ni ce qui doit arriver le jour de la Vierge du Pilar, désormais imminent. Mais nous savons que dans une autre aile de ce même château, il y a des femmes de haut rang, des gouvernantes et des servantes qui pratiquent impunément le paganisme. Voilà qui suffit pour le moment.

— Que comptez-vous faire ?

Le visage austère d'Eymerich eut une grimace farouche.

— Faire la guerre à tout prix à ces horreurs. Disperser la secte et étouffer son culte dans la fumée des bûchers. Dans cette ville, la perversion est telle que j'ai vu moi-même se dessiner dans le ciel le profil de Satan...

— De Diane, probablement, corrigea le père Arnau.

— De Satan ! Diane n'a jamais existé, c'est seulement le nom que quelques misérables créatures donnent au démon qu'elles tentent d'invoquer. La première chose à faire est de mettre la main sur Elisen Valbuena. Mais je crois que ce ne sera pas chose facile. Il faudra ruser.

— Puis-je vous demander comment ?

— Je ne sais pas encore, mais je trouverai. Je veux aller à Piedra.

Le père Arnau eut une expression étonnée.

— Mais ce n'est pas votre tâche, *magister*. On n'a jamais vu un inquisiteur général...

— J'en ai décidé ainsi, trancha Eymerich avec un geste sec. Je partirai aujourd'hui même, et seul. Si je me faisais accompagner, je ne pourrais passer inaperçu.

Il reposa le manuscrit du *Canon Episcopi* et se dirigea vers la porte.

— Si l'on s'enquiert de moi, répondez que je suis parti pour Carcassonne et que vous ne savez pas quand je reviendrai.

Sans laisser au père Arnau le temps de répliquer, Eymerich traversa le rez-de-chaussée et descendit en hâte l'escalier, en relevant les pans de sa tunique. Il dut échapper à de nombreux importuns qui voulaient lui soumettre on ne sait quels problèmes, mais à la fin, il réussit à traverser le patio et à sortir de l'Aljaferia. Un vent puissant s'était levé, qui traînait dans le ciel des grappes de nuées légères. Il appela le commandant du corps de garde, un géant au profil aigu et aux tresses crasseuses.

— Vous me reconnaissez ?

— Oui, mon père, dit le soldat en retirant son casque rond pour se le mettre sous le bras.

— Faites-moi seller et amener un bon cheval. J'attends ici.

Le géant le regarda d'un air perplexe.

— Peut-être une chaise à porteurs serait-elle plus adaptée...

— J'ai dit un cheval. Et je veux aussi des habits civils, et un béret quelconque. Vous pouvez me les procurer ?

— Certainement, mon père.

Moins d'une heure plus tard, Eymerich laissait derrière lui la masse élégante de l'Aljaferia, en lançant au galop un splendide cheval pie. Il jouissait avec une sorte de volupté du vent impétueux qui lui giflait le visage et gonflait le court manteau de forme wisigothe dans lequel il était enveloppé. C'était le commandant de la garde qui le lui avait donné, en même temps qu'une tunique de lin, un pantalon collant de coton bleu, des jambières serrées par une longue série de boucles et un béret vert attaché sous la gorge, du type dit *cofia.* Des vêtements adaptés à un bourgeois ou à un petit marchand, qui valaient plus pour la qualité des tissus que pour l'élégance de l'ensemble.

On approchait de la sixième heure et le soleil, déjà haut, tirait de l'Èbre des lueurs rosées. Mais Eymerich ne suivit le fleuve que sur une courte distance. Presque tout de suite, il tourna vers le sud et prit une route à peine visible qui se perdait dans une steppe sans limites, aride et plate. Les tonalités rougeâtres dominaient de toute part, interrompues seulement par endroits par des taches de broussailles plus obscures et par le vert opaque de rares oliviers. Le paysage était dépeuplé, proche de la désolation. De temps en temps, il arrivait de voir dans le lointain une de ces grandes maisons campagnardes qu'on appelait *alquerías* ou *bordas,* autour desquelles paissaient des mules et des vaches, ou bien d'apercevoir au loin quelque pasteur prématurément descendu des Pyrénées avec son troupeau de moutons. Mais il s'agissait de visions isolées, qui n'interrompaient pas la monotonie de cette étendue brûlante et nue.

Eymerich aimait l'Aragon pour sa nature dépouillée et sans apprêts, pour la simplicité de ses lignes. Mais surtout, il en aimait la rareté des établissements humains, accentuée par la grande peste, qui permettait de parcourir des lieues et des lieues sans rencontrer âme qui vive. Cette cavalcade solitaire entre des terres abandonnées, et peut-être jamais contaminées par un habitat humain, lui redonnait donc de la vigueur et lui apportait ce calme intérieur auquel, à la ville, il aspirait sans cesse, sans jamais parvenir à l'atteindre.

À présent, il contemplait avec un esprit plus tranquille la bousculade des derniers événements. Son enquête prenait un tour imprévu, lui laissant deviner un arrière-plan de mystères et d'horreurs dont le grouillement l'ahurissait. Cependant, l'inquiétude qui, de temps à autre, l'assaillait, ne réussissait pas à se traduire en un véritable effroi. D'un côté, il avait, depuis l'âge le plus tendre, nourri sa propre imagination de formes sombres et tragiques tirées des images sacrées, de la cruauté des exécutions publiques, des échos des guerres impitoyables et du spectacle continu et répugnant de la maladie. Sa brève et foudroyante carrière dans l'Inquisition n'avait été qu'un condensé de toutes ces expériences, mêlé de l'obsession ultérieure d'une présence diabolique planant sans cesse et jamais tout à fait vaincue.

Mais d'un autre côté, son naturel et la rigueur de l'école dominicaine l'avaient conduit à soupçonner toujours, derrière les événements les plus déconcertants, la présence d'un dessein mauvais mais cohérent, que l'Église aurait pu défaire et détruire, une fois son tracé mis en lumière. C'est pourquoi les mouvements de peur suscités en lui par des phénomènes incroyables et terrifiants, comme la découverte du cadavre biface et l'apparition dans le ciel des contours d'une femme colossale (Diane ?), avaient une existence fugace. À la première frayeur, succédait un besoin presque exaspéré de ramener l'ordre divin là où le mal avait introduit le désordre, en cherchant à revivifier les certitudes qui apparaissaient essentielles à la vie même.

La neuvième heure s'annonçait, quand la canicule et les premières morsures de la faim commencèrent à se faire sentir. Il se reprocha de ne pas avoir emporté avec lui une flasque d'eau. Mais il n'y pouvait pas grand-chose. Il bifurqua à travers l'étendue de mottes desséchées, en quête d'une route un peu plus fréquentée.

Il la trouva après un long détour. C'était une voie large et bien dessinée, qui portait les traces d'un ancien pavage de pierres dévasté par le passage des chariots. Bientôt, il croisa de temps à autre quelque *lligalo* en route pour la ville avec sa charge de grains, ou, plus fréquemment, des métayers musulmans au travail dans des champs qui, autrefois, avaient été à eux. Mais on n'apercevait aucune auberge, et Eymerich, encore ivre de solitude et peu désireux de susciter la curiosité, n'avait aucune intention d'interroger un autre voyageur.

Enfin, il se résolut à descendre de cheval pour demander du pain et de l'eau dans une *alquería* proche du bord de la route. C'était une construction plus large que haute, entourée d'une prairie pelée sur laquelle s'ébattaient deux cochons. Le paysan, un vieillard voûté et mal fagoté, écouta sa demande sans dire mot puis fit signe à un garçonnet arabe qui s'affairait autour du four. Celui-ci, comme s'il avait compris un ordre inexprimé, revint avec une cruche pleine d'eau et un paquet.

Eymerich but avidement, laissant l'eau courir dans sa gorge.

— Je vous remercie, braves gens, dit-il ensuite. Auriez-vous aussi à boire pour mon cheval ?

Toujours sans parler, le vieillard lui indiqua un abreuvoir de bois, posé contre le mur de la maison. Eymerich comprit, en voyant le peu d'eau boueuse, qu'ils devaient y donner à boire aux cochons. Mais le cheval ne fit pas de difficulté et vida le bassin avec un gargouillis satisfait.

Eymerich remonta en selle.

— Le monastère de Piedra est encore loin ? demanda-t-il.

Le vieux fit un geste vague, indiquant la direction du sud-ouest. Puis il retourna à ses occupations, aussitôt imité par le serviteur.

Eymerich haussa les épaules et retourna sur la route, chevauchant au petit trot dans la direction indiquée. Quand l'*alquería* disparut dans son dos, il souleva le paquet, avec l'intention de mordre dans ce qu'il pensait être une miche. C'était en fait un chiffon vert, enroulé sur plusieurs épaisseurs. Quand il eut fini de le défaire, il lâcha d'un coup les rênes et poussa un cri.

Le chiffon contenait une langue humaine, tranchée net. Et cette langue bougeait, comme si elle prononçait des paroles silencieuses et dépourvues de sens.

RAPIDE COMME LA PENSÉE — 4

Marcus Frullifer transpirait abondamment tout en dévalant au pas de course l'escalier qui conduisait au deuxième étage du Robert Lee More Building. Parvenu au palier, il manqua heurter deux ouvriers qui, tout juste sortis de l'ascenseur, soulevaient avec précaution un énorme crucifix de bois. Le Christ extrêmement maigre sembla le gratifier à l'improviste d'un clin d'œil, avec ses grandes pupilles désespérées.

Frullifer s'élança le long du couloir jusqu'à la porte du bureau de Tripler, bizarrement laissée grande ouverte. Le savant se tenait debout devant son bureau, en manches de chemise. Dans son fauteuil avait pris place un homme en complet noir, aux traits grossiers, occupé à fouiller dans les tiroirs. Un individu vêtu de manière identique restait planté à quelques pas, les bras croisés sur la poitrine.

Tripler semblait exaspéré.

— Dans cet institut, on enseigne la physique, pas la biologie, disait-il d'une voix agitée. Aucun de nos cours ne traite de l'évolutionnisme. Et, d'ailleurs, pour ce que j'en sais, la pensée de Darwin n'a pas encore été mise hors la loi. La communauté scientifique...

L'homme derrière le bureau suspendit un instant son exploration des tiroirs.

— Je n'ai rien à faire de la communauté scientifique, répliqua-t-il sèchement, en levant des yeux ronds et un peu trop bleus. Il y a eu des élections régulières et le révérend Mallory est devenu gouverneur de cet État. Cela signifie que la majorité des citoyens approuvent son programme, y compris les points qui concernent l'éducation. Vous n'êtes pas d'accord ?

La protestation de Tripler sonna faux.

— Si la majorité des citoyens croyaient que les éléphants ont des ailes, ce n'est pas pour autant que nous autres scientifiques devrions...

L'autre haussa les épaules.

— Une belle conception de la démocratie. Et ensuite, vous dites que c'est nous, les fascistes.

Frullifer avait vaguement entendu parler d'élections en cours, et de la victoire d'un prédicateur de la télévision, qui attribuait l'anémie falciforme au démon, aux homosexuels et aux féministes. Mais il n'avait pas le temps de suivre de près de telles questions. En ce moment même, il aurait voulu s'en retourner à ses équations, car il s'était interrompu à un moment délicat.

— Professeur Tripler, vous m'avez fait appeler ?

Tripler ne le regarda même pas. En revanche, l'homme en noir qui était resté debout le dévisagea avec une stupeur hargneuse.

— Et celui-là, qui est-ce donc ? Un autre communiste ?

— Pardon, je m'appelle Frullifer, docteur Marcus Frullifer.

Le personnage assis derrière le bureau tordit son faciès aux traits vulgaires en un sourire.

— Docteur Frullifer ! s'exclama-t-il. C'est moi qui vous ai convoqué ! (Il se retourna vers Tripler et son collègue.) Laissez-nous, s'il vous plaît. Je dois parler à ce monsieur.

Les deux hommes obéirent. Frullifer se sentit vaguement flatté, mais aussi un peu inquiet. Il se laissa tomber sur un canapé.

— Je me nomme Matthew Hopkins, expliqua l'homme vêtu de noir. Matthew Francis Hopkins, avocat. Je suis un inspecteur affecté à l'éducation pour le compte du bureau du gouverneur.

— Enchanté, bredouilla Frullifer avec indifférence.

— Le nouveau gouverneur du Texas, le révérend Mallory, s'intéresse beaucoup à vos recherches. Il a lu vos écrits et les a trouvés originaux et novateurs. Savez-vous que vous êtes un véritable génie ?

Il en aurait fallu bien moins pour réussir à conquérir Frullifer. D'un coup, le jeune homme tomba en adoration devant l'individu assis derrière le bureau, malgré ses traits déplaisants et ses manières de bureaucrate.

— Je ne sais si le professeur Tripler serait d'accord, dit-il avec une feinte timidité, s'abandonnant à la rancœur. Depuis que je suis arrivé ici, tous se moquent de mon travail. Je crois bien qu'ils vont me licencier d'ici peu.

Hopkins fit un geste sec mais éloquent.

— Personne ne vous licenciera. Sous le précédent gouverneur, cela aurait pu se produire, mais désormais cela n'arrivera plus. (Il baissa un peu la voix.) À présent, je dois vous demander certaines choses. Peut-être que la clique qui donne les ordres à Washington vous a interdit de répondre à des questions de ce genre. Considérez cependant que ceux de là-bas n'ont jamais eu le moindre égard pour vous, tandis que le révérend

Mallory vous tient pour l'un des plus grands savants en activité.

— Demandez-moi ce que vous voulez ! déclara Frullifer.

Au fond de son cœur, il avait déjà embrassé la cause de ce Mallory et de son gouvernement, quelle qu'elle fût.

— Bien. Très bien.

Hopkins, satisfait, s'adossa confortablement contre le dossier du fauteuil.

— Vous avez émis le projet d'un astronef actionné par l'énergie psytronique. On n'avait jamais entendu parler d'une chose semblable.

Frullifer secoua la tête en un geste de fausse modestie.

— Eh bien, ce n'est pas tout à fait vrai. Dès 1906, l'ingénieur français Robert Darvel a conçu l'idée de voler jusqu'à la planète Mars à bord d'un projectile en métal actionné par l'« énergie psychique » de plus de dix mille fakirs hindous, dirigés par le brahmane Ardavena. Aujourd'hui, nous savons qu'il n'existe pas d'« énergie psychique » d'une telle sorte, mais le précédent existe bel et bien.

— Soit, mais tout cela, c'est de l'archéologie, murmura Hopkins d'un timbre chaud et bienveillant. Expliquez-moi un peu plus en détail le fonctionnement de votre véhicule spatial. Les principes de base, je les connais déjà. Il me manque le reste.

Frullifer plissa le front, en cherchant les mots les plus simples.

— Eh bien, les réseaux neuronaux de mon astronef... vous savez déjà de quoi il s'agit, n'est-ce pas ?... recevront de leurs synapses artificielles les informations nécessaires au sujet du véhicule, de sa charge et de sa destination, et les transmettront à la Psyché qu'ils contiennent. Puis, un ou plusieurs individus dotés d'une activité cérébrale supérieure — des *médiums*, si vous voulez — projetteront leurs propres psytrons à l'intérieur de ce même champ de Psyché, en y transmettant des informations supplémentaires. En activant leur propre faculté volitive, qui ne peut être simulée par des neurones artificiels, ils plongeront la Psyché en état d'excitation.

— Vous êtes on ne peut plus clair ! s'exclama Hopkins, mais nul n'aurait pu deviner s'il disait la vérité ou s'il mentait.

Frullifer poussa un soupir.

— Ce qui se produira alors est difficile à décrire. En apparence, l'astronef restera immobile au point où il se trouvera. En réalité, la *pensée* de l'astronef, sa *représentation psychique*, entrera instantanément dans l'imaginaire. En ce lieu, l'équipage embarqué à bord du véhicule et entré dans la condition « fantasmatique » pourrait éprouver les sensations les plus diverses, parce qu'il aura échappé à la dimension temporelle. Pour un hypothétique observateur extérieur, en revanche, qui se trouverait à l'endroit de l'arrivée de l'astronef, celui-ci apparaîtrait à l'instant même où il serait entré dans l'imaginaire. Mais la réapparition se produirait en un point de l'espace et en un temps différents de ceux du départ.

Hopkins acquiesça, quoique sans grande conviction.

— Dans les grandes lignes, je parviens à vous suivre. Mais si j'étais un observateur placé au point d'arrivée ?

— Vous auriez devant vous non pas l'astronef originel, resté là où il se trouvait, mais bel et bien la pensée de l'astronef, traduite en matière sur la base des informations contenues dans les psytrons. Une pensée solide et concrète, du moins pour un certain temps, identique au modèle qui l'aurait inspirée, et composée des mêmes métaux. Et l'équipage lui aussi conserverait les mêmes corps et les mêmes comportements. La subjectivité de ses membres se verrait en fait relayée par les synapses des neurones artificiels, gravée dans les psytrons emprisonnés dans les réseaux et projetée avec eux au-delà du seuil de l'imaginaire.

À présent, il était clair que Hopkins peinait à suivre le raisonnement. Pour un motif inconnu, cependant, il ne tenait pas à le montrer, parce qu'il ne posait aucune des questions auxquelles Frullifer s'était attendu. Au contraire, il l'exhorta :

— Continuez, je vous en prie. La pensée qui devient de la matière. Jusque-là je vous suis.

Frullifer douta pour la première fois de la sincérité de son interlocuteur, mais désormais il était lancé.

— L'existence de cette matière d'origine psychique serait évidemment très brève, à moins qu'elle ne soit alimentée par un flux constant de psytrons. Et c'est justement là la fonction que devra avoir l'astronef resté dans le temps et l'espace d'origine, pour toute la durée prévue de l'expédition. Mais le véhicule et l'équipage sortis de l'imaginaire auront tout autant leur propre autonomie, du moment qu'ils auront emporté avec eux leur bagage psytronique. Ce bagage ne serait toutefois pas amoindri dans le lieu et le temps d'origine, dès lors qu'une autre Psyché serait restée à l'intérieur des réseaux de l'astronef d'origine, et qu'une autre Psyché encore se serait substituée à celle projetée, en reproduisant le même *imprinting*. N'oublions pas, du reste, que les psytrons sont présents dans l'univers tout entier en quantité suffisante pour en constituer l'essentiel de la masse.

Le regard de Hopkins restait décidément absent. Il fit un geste circulaire de la main.

— Mais votre astronef « fantasmatique » pourra-t-il jamais revenir en arrière ?

— La réponse est oui. Mais ici intervient la question sous-jacente de la distorsion du temps. À ce propos...

Frullifer dut s'interrompre. Cynthia Goldstein venait de faire irruption dans la pièce. L'indignation perceptible sur son visage la rendait encore plus belle.

— Marcus ! s'écria-t-elle. Pourquoi collabores-tu avec ces gens ? Tu ignores donc qui ils sont ?

Frullifer, interdit, ne sut que répondre. Hopkins se leva d'un bond et appuya les poings sur le bureau.

— Docteur Goldstein, je suppose ?

— En effet, répondit la jeune fille, fixant l'avocat d'un regard furibond.

Hopkins fit la grimace.

— Vous êtes juive, n'est-ce pas ?

— Et alors ?

Au lieu de répondre, Hopkins laissa lentement glisser un regard torve sur le corps de Cynthia, mis en valeur par une blouse trop ajustée et trop courte.

— Vous avez une certaine réputation en tant que scientifique, dit-il alors, d'une voix légèrement grinçante. Mais autorisez-moi une question. Si vous êtes réellement une scientifique, pourquoi vous promenez-vous habillée comme une putain ?

Frullifer se retrouva face à un choix difficile. Embrasser la cause de Mallory, qui reconnaissait son talent, ou choisir Cynthia. Il s'abandonna à son instinct. Il assena à Hopkins une violente gifle, en y mettant toutes ses forces.

L'avocat retomba assis dans son fauteuil. Tout en se tenant la joue, il murmura :

— Sachez que nous avons beaucoup d'estime pour vous, en dépit de ce détail.

Mais déjà Frullifer et Cynthia avaient quitté la pièce.

CHAPITRE VI

LE MONASTÈRE DE PIEDRA

Eymerich lança loin de lui cette langue obscène, avec tant de fureur que le cheval se cabra. En un certain sens, ce fut une chance, car l'effort nécessaire pour maîtriser sa monture atténua l'émotion qui l'avait envahi. Mais ce fut d'une main tremblante que, une fois l'animal calmé, il traça en l'air un grand signe de croix, dans l'espoir d'éloigner la présence maléfique qu'il sentait vibrer alentour.

Après une longue hésitation, il se décida à descendre de selle et à se rapprocher du paquet vert, tombé au bord de la route. Quand, le cœur battant la chamade, il trouva le courage de poser les yeux sur la langue coupée, ce qu'il vit ne l'étonna pas trop. Le morceau de chair rouge s'était transformé en une matière blanchâtre et informe, en train de se dissoudre rapidement.

— Mensonges, comédie, murmura-t-il. Ces choses sont faites d'une substance unique, modelée pour tromper.

Du bout de la chaussure, il se hasarda à toucher le petit tas, mais à présent l'évaporation était presque achevée. Il remonta alors en selle et regarda la steppe plate et rosâtre qui se prolongeait dans toutes les directions. Il se demandait s'il fallait poursuivre, ou bien retourner à l'*alquería* interroger le vieux paysan et son serviteur. Il choisit la première solution : même si l'on admettait que le vieillard connaissait le contenu du paquet qu'il lui avait remis, une simple discussion ne suffirait pas à le faire avouer. Il reprit donc la cavalcade vers le sud, conscient pourtant du fait que les forces du mal étaient au courant de son voyage « incognito ».

Il rejoignit des zones plus peuplées. De temps en temps, il traversait un *lloc* de quelques maisons au toit de paille rassemblées autour de la petite église paroissiale, au centre des terres cultivées en commun. Il découvrit aussi des auberges, flanquées de leur écurie et entourées de coursives découvertes. Mais après la répugnante surprise de quelques instants auparavant, il n'avait plus trace d'appétit.

Vers le milieu de l'après-midi, le paysage commença de changer. Les mottes brûlantes et l'herbe sèche cédèrent la place à une végétation luxuriante et sauvage, qui s'étirait sur les bords d'un fleuve pour s'étendre au fur et à mesure que le terrain montait. Même la canicule s'atténua, vaincue par les frondaisons des arbres qui s'entrecroisaient sur le sentier, oscillant sous un souffle de vent ténu chargé de fragrances.

Tout à fait insensible à cet épanouissement de verdure, si insolite dans le stérile Aragon, Eymerich allait au pas en scrutant d'un œil soupçonneux les quelques voyageurs en chemin vers le monastère. C'étaient des pèlerins, des paysans qui portaient la dîme, des femmes chargées de paniers de fruits ou de corbeilles de fleurs, des mendiants en quête d'aumône. Seuls ces derniers, des Gitans, cherchaient à attirer son attention.

Les autres lui lançaient un regard indifférent, aussitôt distrait par la fatigue de la montée.

Le monastère apparut d'un coup au-dessus de la végétation, imposant et massif. C'était un impressionnant édifice de style gothique, sans trace de ces contaminations *mudejar* qui infectaient une bonne partie de l'architecture chrétienne du royaume. Dans les proportions énormes des constructions se lisait la faveur dont les moines de l'ordre des cisterciens jouissaient auprès de la cour. Eymerich savait que les donations de Pierre IV avaient fait de Piedra un des monastères les plus riches du royaume ; et cela suffisait à le pousser à chevaucher vers l'entrée avec la méfiance de rigueur quand on s'aventure en territoire ennemi. Du reste, c'était dans cet état d'esprit que l'inquisiteur s'approchait de tout ce qu'il ne connaissait pas.

Avant de passer le seuil de la porte principale, à côté de laquelle se dressait l'hospice, il jeta un regard sur les pentes de la colline que, de ce point, on dominait entièrement. Le fleuve Piedra, à peine plus qu'un torrent, scintillait dans les rares lieux où la végétation s'éclaircissait, bondissant entre les roches et glissant, sinueux, vers l'aval. De loin parvenait le bruit d'une cascade, qu'on devinait très haute et accidentée. Elle devait se jeter dans un lac de grandes dimensions, visible par portions vers le septentrion, aux eaux si bleues qu'on eût dit un miroir posé dans les fougères.

Eymerich descendit de cheval et se dirigea vers le moine qui, devant le portail grand ouvert, accueillait les étrangers. C'était un homme de stature imposante, avec une grande barbe noire qui lui descendait jusqu'au cordon serré à sa taille. En conversation avec un paysan musculeux, il lui donnait des ordres d'une voix sèche en soupesant du regard une chèvre qui broutait non loin de là.

Eymerich attendit son tour, derrière deux veuves venues retirer leur nourriture quotidienne, puis s'avança en souriant. Le moine hospitalier aperçut le cheval et atténua son air renfrogné.

— Dieu soit avec vous, seigneur, dit-il avec déférence. En quoi puis-je vous être utile ?

— Dieu soit avec vous, mon frère, répondit Eymerich. Je voyage vers la Castille. Je vous demanderai l'hospitalité pour moi et mon cheval.

Le moine se caressa la barbe.

— Les hôtes sont nombreux en cette période. Néanmoins, le gîte et le couvert ne se refusent à personne, ici, à Piedra. Seulement, je vous rappelle que, passé cette porte, vous serez un pénitent, et vous devrez vous conformer aux obligations de notre règle.

Eymerich s'inclina.

— C'est juste, et je ne demande pas mieux que de prier avec vous dans ce saint lieu.

— Alors, suivez-moi. Je vais voir ce que je peux faire.

Le moine appela un de ses frères de l'hôtellerie et le laissa à la porte. Puis il montra le chemin à Eymerich à travers une vaste cour, sur un côté de laquelle se reposaient à l'ombre une dizaine de vieillards mal vêtus, dont beaucoup privés d'un bras ou d'une jambe.

— Oh, ne vous inquiétez pas, dit le moine, prévenant une objection inexistante. Ce sont nos pauvres, qui habitent en permanence le monastère. Les autres pauvres de passage, nous les gardons à l'hospice, à côté de l'entrée. Mais les visiteurs à cheval sont les hôtes personnels de l'abbé et pour eux nous avons un autre hébergement.

Les écuries occupaient toute l'aile méridionale de la cour. Le moine confia le cheval d'Eymerich aux palefreniers, puis l'accompagna dans une autre cour, entourée d'un portique. Au centre, entre des parterres bien ordonnés, on voyait un puits où deux cisterciens puisaient de l'eau. Sur la droite, une petite porte donnait accès à un édifice austère, au toit en pointe.

Le moine précéda Eymerich à l'intérieur de l'édifice, constitué d'une unique nef très haute. À la base de chaque arc, des sortes de stalles, semblables à de minuscules chapelles, étaient closes d'un simple drap. Certains hôtes montrèrent leur visage curieux. D'autres, qui se promenaient en bavardant sous l'ample voûte, s'arrêtèrent pour observer le nouveau venu.

— Nous avons quarante stalles, dit l'hospitalier, avec un certain orgueil. Chacune est munie d'une paillasse et de latrines individuelles. Je pourvois moi-même à la propreté.

Eymerich lança un coup d'œil critique à la paillasse qui lui avait été assignée, mais ne fit pas de commentaire.

— Et pour le dîner ? demanda-t-il plutôt.

— Il est servi aux vêpres, c'est-à-dire dans peu de temps. Le réfectoire pour les hôtes d'honneur est juste à côté. L'abbé viendra en personne vous saluer.

Cela dit, le moine prit congé et retourna à ses occupations. Eymerich posa ses affaires à terre, jeta un coup d'œil aux latrines — un grand vase, couvert d'une planche trouée et dissimulé par un petit paravent — et élimina de la paillasse tous les poux qu'il réussit à débusquer. Tandis qu'il s'occupait à cette opération, il s'entendit interpeller par une voix éraillée.

— Êtes-vous un pèlerin ou bien un hôte de passage ?

Eymerich se redressa brusquement, aussitôt sur la défensive. Il se trouva devant un jeune homme d'une vingtaine d'années, qui portait une cape verte semi-circulaire, avec une boucle sur l'épaule droite, du type dit *redondel,* et une *cofia* analogue à la sienne, mais de couleur bleue. À l'évidence, il s'agissait d'un *criado* de rang peu élevé, probablement un page.

— Je suis un hôte, répondit-il sur le ton le plus amical qu'il réussit à prendre. Je me préparais à aller dîner.

— Alors, venez avec moi, dit le jeune homme. Mon seigneur est déjà à table et, si nous tardons, nous risquons de perdre les meilleurs morceaux.

Eymerich le suivit de bon gré, poussé par le long jeûne. Le jeune homme lui apprit qu'il s'appelait Garcia Manzanos, appartenant à une branche cadette de la grande famille de Toledo, et qu'il servait de toutes les manières possibles l'amiral Enriquez de Castille, en voyage pour affaires vers Saragosse. De tous ces détails, l'inquisiteur se moquait éperdument mais il fut content d'avoir trouvé un cicérone, même un peu envahissant.

— Voilà, l'abbé est déjà présent, annonça le *criado* en le guidant dans le réfectoire. Il ne mange pas avec nous, mais il est venu s'assurer que l'hospitalité que nous recevons reste à la hauteur des traditions du monastère.

La salle dans laquelle ils avaient pénétré était immense, éclairée par une incroyable quantité de chandelles. Deux rangées de tables, d'un bout à l'autre de l'unique très longue voûte, étaient déjà occupées par des dizaines de commensaux, parmi lesquels de nombreuses dames provenant de l'hospice qu'on leur réservait. Des serviteurs versaient le vin dans des brocs d'argent, tandis que d'autres commençaient à porter les plateaux chargés de victuailles. L'impression générale était celle d'un grand luxe, tout à fait excessif pour un lieu de culte. Eymerich sentit croître en lui l'hostilité qu'il éprouvait déjà pour les cisterciens.

Un condensé de ses aversions semblait s'incarner dans l'abbé, assis dans un fauteuil de bois éclairé par deux cierges. Il lisait un passage biblique, mais distraitement, d'une voix monotone. Du reste, la salle ne semblait lui prêter aucune attention.

Eymerich l'observa attentivement. Il avait le teint rubicond et des joues rebondies que les années ne semblaient pas avoir égratignées. Quand il fut parvenu à la fin de sa lecture, il fit un signe à la petite armée de valets, de cuisiniers et de gâte-sauce qui se tenaient dans son dos. Aussitôt, le vin jaillit dans une coupe, dans laquelle il trempa ses lèvres d'un air pénétré. Puis il goûta les plats de volaille et de viande destinés aux hôtes. Enfin, il hocha la tête en soulevant gracieusement sa main baguée.

Alors seulement, le repas commença.

Eymerich vit se poser devant lui un petit plateau divisé en compartiments, dont chacun contenait une sauce ou un morceau différents. Mais son attention était tout entière captée par l'assistance, pour l'heure occupée à louer la qualité et la variété des mets. Un peu plus loin, au-delà d'un rideau de chandelles parfumées, siégeait un marchand d'âge avancé, portant un grand turban de soie jaune et une chaîne d'or sur la poitrine ; il semblait chercher un interlocuteur sans le trouver. À ses côtés, il avait en fait un prêtre taciturne et une dame un peu fanée qui conversait à voix basse avec un chevalier à l'air penaud. Eymerich remarqua qu'il portait des vêtements plutôt râpés ; il nota aussi que, tandis qu'au bout de la table la plus proche de l'abbé banquetaient des gentilshommes de rang et des dames aux mantilles riches de dentelles, à sa propre table se concentraient les bourgeois et la petite noblesse.

Comme le siège à sa droite était vide, il dut subir le bavardage du *criado* qui lui avait servi de guide, assis à sa gauche.

— La richesse de ce monastère se remarque à chaque détail, lui disait Manzanos, sans se préoccuper de savoir si on l'écoutait. Depuis qu'il a perdu sa femme, sa fille et une petite-fille, votre roi ne cesse de couvrir de dons l'abbé cistercien. Voilà pourquoi vous voyez tant de voyageurs. À Piedra, une petite obole suffit pour obtenir un traitement princier. Dommage que ce soit si loin...

À ce moment, l'abbé se levait et prenait congé de ses hôtes les plus illustres. Ce fut alors qu'Eymerich remarqua un personnage, jusque-là resté dans la pénombre, caché à sa vue par la foule des valets. Il s'agissait d'un moine maigrichon, de taille moyenne, qui paraissait se mouvoir d'une manière hésitante, presque vacillante. Mais le plus frappant chez lui, c'était le fait que, sous sa cape blanche, il portait un capuchon rouge qui lui descendait jusqu'au menton, avec trois fentes étroites pour les yeux et la bouche.

Dans l'esprit d'Eymerich surgit le « roi masqué » de Theresa, et cela lui causa un frisson. L'impression s'accentua parce qu'il lui sembla que le personnage lui lançait un coup d'œil rapide mais intense, le regard pénétrant de deux yeux bleus franchissant d'un coup le large espace qui les séparait.

— Qui est cet homme encagoulé ? demanda-t-il à

Manzanos, interrompant brutalement sa dissertation. Un pénitent ?

Ce fut le marchand assis en face de lui qui répondit, heureux d'avoir trouvé un sujet de conversation avec ses voisins.

— C'est le père Ot, le gardien des bois, dit-il sans cesser de ronger une aile de poulet. Il semble que la peste d'il y a quatre ans l'ait épargné mais lui ait laissé un visage si dévasté que le voici contraint de le cacher à la vue.

— Gardien des bois ? s'étonna Eymerich, sans perdre de vue l'encagoulé qui à ce moment sortait à la suite de l'abbé. Je n'ai jamais entendu parler d'un monastère cistercien qui disposât d'une telle charge.

— Piedra est un monastère particulier, expliqua le marchand. Comme vous l'aurez vu en venant, le fleuve dont il prend le nom a créé un site enchanteur, le plus beau de tout l'Aragon. Les moines y tiennent beaucoup. C'est pour cela qu'ils ont pensé nommer un père gardien, qui dirige les travaux des jardiniers et préserve les eaux du lac Miroir de la contamination des purins.

— Le lac Miroir ?

— Oui, c'est le nom du petit lac qui se trouve au nord, formé par la cascade dite *Cola de Cavall*. Malheureusement, le père Ot ne permet pas qu'on en approche, ni du lac ni de la cascade.

— Et pourquoi donc ?

Mécontent d'avoir été supplanté dans la conversation par un étranger, Manzanos saisit l'occasion d'intervenir.

— Le père Ot est un personnage curieux. Il est taciturne et toujours méfiant. On raconte des choses très étranges sur son compte.

— Par exemple ?

— Qu'il change à volonté de stature et de corpulence. Il y a quatre ans, il était très grand, au point qu'il devait se courber pour entrer dans la salle ; et qu'ensuite, il aurait pour ainsi dire rapetissé, pour grandir de nouveau un an plus tard. De pures sottises, c'est clair, des superstitions de voyageurs.

— Des superstitions, peut-être bien, l'interrompit le marchand sur un ton irrité, mais moi, je me souviens très bien qu'il y a deux ans, la première fois que je suis venu ici, les yeux du père Ot semblaient noirs, alors que maintenant ils sont bleus. Plusieurs fois, j'aurais eu le soupçon qu'il s'agissait d'une autre personne, s'il n'avait pas eu la même façon de marcher.

— Seigneurs, vous offensez un saint ! lança la dame âgée, à gauche du marchand, d'une voix aiguë et scandalisée. Tout le monde sait que la peste continue à dévorer le visage et le corps du père Ot et qu'elle est en train de le rendre presque aveugle. C'est pour cela que ses yeux se sont éclaircis. Il paie les fautes de tous les pécheurs d'Espagne au prix de douleurs continues qui souvent le contraignent à marcher courbé et d'un pas incertain.

À ce point, la conversation perdit tout intérêt pour Eymerich. Il se consacra distraitement au repas, en se demandant si cet Ot pouvait vraiment être le *rex nemorensis* dont avait parlé le père Arnau. Il en écarta aussitôt l'hypothèse. Comment le prêtre d'un culte païen pourrait-il opérer impunément dans l'un des principaux centres de la chrétienté aragonaise ? C'était extravagant, même pour un complot aussi diabolique que celui qu'il cherchait à dévoiler. Cependant, il sentait que l'encagoulé devait avoir sa part dans tous ces mystères.

L'important restait de trouver la sage-femme, et au plus tôt.

— Il y a des femmes dans le monastère ? demanda-t-il à Manzanos, vers la fin du dîner.

— Oh non ! Seulement les voyageuses, qui ont leur dortoir bien distinct. Elles non plus, du reste, n'ont pas accès au cloître, à l'église et aux édifices centraux.

— Et qui pourvoit à leurs besoins ? L'hospitalier ?

Le jeune homme rougit légèrement.

— Certes pas. Il y a des servantes, qui vaquent aux soins du ménage du dortoir pendant la journée et rentrent à leur village le soir.

— Leur village ? Je n'ai pas vu de village, dans les alentours.

— Il y en a, mais un peu plus loin. Les femmes domestiques viennent presque toutes d'Ariza, qui est un bourg à l'occident d'ici, sur une colline.

Eymerich tressaillit.

— Comment avez-vous dit qu'il s'appelle, cet endroit ?

— Ariza. Oh, il ne s'agit que de quelques maisons et d'une église. Il y a aussi un château, propriété des seigneurs de Cetina, mais abandonné depuis longtemps.

Un nuage passa sur le front d'Eymerich. Serait-il possible qu'Ariza fût une déformation d'Ariccia ? Et pourquoi pas ? En ce cas, les phrases de Theresa sur la proximité d'Ariccia auraient un sens. En outre, il y avait un lac, qui ne s'appelait pas le lac de Nemi, mais... Comment avait dit le marchand ? Ah oui, lac Miroir. Un moment...

Le jeune Manzanos poursuivait ses bavardages qui à présent portaient sur les affaires de son seigneur, l'amiral Enriquez. Il ne s'aperçut donc pas qu'Eymerich avait sursauté, foudroyé par une idée inattendue. Miroir ! Le lac de Nemi était appelé *Speculum Dianae* ! Le miroir de Diane !

Eymerich fut aussitôt convaincu d'avoir pris la bonne route. Cette assurance réveilla la part féroce de sa nature. Ses sens s'aiguisèrent, ses yeux se plissèrent, ses nerfs se contractèrent. Il humait la bataille imminente, et tout son être se préparait à l'affrontement. Mais maintenant, il fallait de la prudence, beaucoup de prudence. Il en savait encore trop peu sur l'identité et les intentions de l'ennemi. Cependant, il en avait découvert la tanière.

La sonnerie légère d'une cloche annonça la fin du dîner. Eymerich se lava les doigts dans une coupe d'argent puis se leva, imité par Manzanos.

— Je voudrais faire quelques pas, dit-il au jeune homme, en espérant s'en débarrasser.

— Mais on ne peut pas ! Après les vêpres et le dîner, tous les hôtes doivent se retirer dans le dortoir, qui est fermé de l'extérieur. C'est la règle.

— Et si je voulais prier avec les moines ?

— Cela aussi est interdit. Mais beaucoup de voyageurs prient ensemble avant de dormir. Vous pouvez vous unir à eux.

Eymerich ne répondit pas et regagna le dortoir de mauvaise humeur. Là, enfin, le jeune homme prit congé pour rejoindre sa paillasse. L'inquisiteur tira soigneusement le drap pour clore la stalle qui lui était réservée. Il éteignit la bougie qui l'éclairait et, assis sur le bord du lit, écouta les bruits qui venaient de la vaste salle.

Il entendit la voix de l'hospitalier qui souhaitait la bonne nuit, puis le brouhaha des autres voyageurs qui s'installaient pour dormir. Certains, en effet, se réunirent pour réciter le rosaire à voix basse. La prière dura longtemps. Enfin, quelqu'un éteignit les torches et sous la voûte, le dernier écho se tut.

Eymerich attendit dans le noir durant au moins une heure, attentif au moindre grincement. Puis il écarta avec précaution un pan du drap ; la seule lumière éclairant la salle était celle de la lune qui passait par d'étroites lucarnes sur le côté opposé au sien. À présent, toutes les stalles étaient fermées et on n'entendait qu'un léger ronflement diffus dans toute la salle.

Il sortit, s'arrêta à quelques pas du compartiment le plus proche, le cœur battant à se rompre. Puis, après s'être assuré que personne ne l'avait remarqué, il traversa, rapide et silencieux, la salle entière, en s'arrêtant près d'un des soupiraux. De nouveau, il demeura immobile comme une statue, conservant cette position durant un temps exagérément long. Puis il s'inclina et approcha son visage de l'ouverture.

D'abord, il n'aperçut rien, sinon une lumière lunaire très intense. Au bout de quelques instants, il commença à distinguer le flanc de la colline, la végétation très dense, le lac qui scintillait dans le lointain. Il lui sembla aussi entendre, très vaguement, le bruissement de la cascade appelée *Cola de Cavall.* Mais il n'eut pas le temps de s'appesantir sur ce bruit, car presque aussitôt, son attention fut attirée par un phénomène déconcertant.

À côté de la lune, les étoiles commençaient à se multiplier, apparaissant tout à coup dans l'obscurité. Puis elles formèrent un véritable essaim, qui bougeait, rapide et silencieux, en direction du lac. Mais il ne pouvait s'agir des étoiles. Malgré la distance trop grande, il sembla à Eymerich voir des formes lointaines, aux bras ouverts, qui planaient, silencieuses, vers la surface de l'eau. Presque aussitôt le lac revêtit une lueur argentée, comme si une gigantesque colonie de lucioles s'était posée sur sa surface tranquille. Il distingua aussi une sorte de chœur, qui sortait avec entrain de centaines de gosiers féminins, aigu et harmonieux.

Envoûté et horrifié, il contemplait cette scène quand toutes les lumières s'éteignirent et ne demeura plus que la froide clarté lunaire sur le paysage. Alors, comme sur un miroir trouble, quelque chose se refléta à la surface du lac. De son poste d'observation, Eymerich ne pouvait en apercevoir que quelques détails. Mais il vit, sans erreur possible, deux yeux immenses et noirs dans un visage très pâle, surmontés d'une chevelure d'un noir encore plus intense. Cela ne dura qu'un instant. Les eaux du lac redevinrent obscures, ne luisant encore que par endroits, tandis que le chant s'élevait avec une force redoublée. Puis le silence retomba sur la scène, ramenant brusquement Eymerich à la réalité.

— Je vois que vous non plus n'avez pas sommeil, murmura soudain une voix dans son dos.

Eymerich sursauta et pivota d'un coup, prêt à saisir l'inconnu à la gorge. Il se retint en découvrant qu'il s'agissait du marchand assis en face de lui au repas.

— J'ai vu une lumière... commença-t-il pour se justifier.

— Il y en a toutes les nuits, répondit l'autre en approchant son visage du soupirail. Ce sont les femmes de ces vallées qui se préparent pour la fête de la Vierge du Pilar. Cette année, elle sera impressionnante comme jamais.

L'inquisiteur dévisagea le marchand d'un air soupçonneux.

— Vous avez assisté à ces répétitions ?

— Oh non, il n'est pas permis de sortir du monastère, durant la nuit. Je les ai vues d'ici parce que je souffre d'insomnie. Je ne sais pas de quoi il s'agit mais il s'agit certainement d'un spectacle très beau, plein de lumières et de prodigieux trucages.

Eymerich comprit que l'autre ne savait rien. Craignant qu'il ne veuille l'attirer dans de vains bavardages, il lui souhaita sèchement bonne nuit et retourna à sa paillasse, cette fois avec moins de précautions. En son for intérieur, il se reprochait d'avoir cédé à la fascination de la scène, abandonnant sa prudence habituelle. Cela le tint un moment éveillé, mais ensuite la fatigue eut le dessus et il s'endormit profondément.

À l'aube du lendemain, quand il s'éveilla, il découvrit que la porte du dortoir avait été rouverte et que de nombreux hôtes étaient déjà sortis. Le père Ot boitillait en direction du puits. Après de rapides ablutions dans un lavoir, Eymerich chercha l'hospitalier et se fit amener son cheval. Il laissa une petite obole et chevaucha sur les pentes de la colline, pressé d'enquêter sur quelques-uns de ces mystères.

Son plan originel était de descendre jusqu'au lac et de chercher les traces de l'assemblée nocturne, mais il s'aperçut tout de suite que la tentative s'avérerait impossible. Il avait à peine tourné dans un des sentiers qui conduisaient de la route principale vers le miroir aquatique quand deux serviteurs, armés de bâtons noueux, sortirent du bois.

— Où allez-vous ? lui demanda l'un des deux.

— Je voudrais descendre au lac.

— Il faut un parchemin avec le sceau du père gardien. Vous l'avez ?

— Non.

— Alors, seigneur, vous devez retourner en arrière,

répondit le plus vieux sur un ton respectueux mais ferme. Il n'est permis à personne de s'approcher du lac.

— Et pourquoi donc ?

— Là-bas, dans quelques jours, il y aura la procession de la Vierge. Il y a des ors et des tapisseries précieuses partout. Vous comprenez bien...

Eymerich n'insista pas. Il fit faire demi-tour à son cheval et reprit la grand-route. Au bout d'un moment, il bifurqua dans un nouveau sentier, mais presque aussitôt, un vilain armé d'une bêche surgit de nulle part pour l'inviter à revenir sur ses pas. L'inquisiteur obéit mais demanda :

— Connaissez-vous la direction d'Ariza ?

— Oh, oui. Vous devez descendre la colline et prendre vers le ponant à la première bifurcation. Vous ne pouvez pas vous tromper, il n'y a qu'une seule route.

— Je ferai comme vous dites. Le Seigneur vous protège.

La matinée était ensoleillée mais encore fraîche. Dans cet état d'âme proche de l'optimisme, qui était toujours le sien à la perspective d'une chevauchée solitaire, Eymerich atteignit le croisement et tourna à droite. À cet endroit, la végétation s'interrompait brusquement, laissant de nouveau la place au brûlant paysage aragonais. Cependant la tonalité dominante n'était plus la teinte rougeâtre du voyage de la veille, mais plutôt un gris sale, qui, là où l'horizon se perdait dans une impalpable nuée, prenait des nuances blanches.

Pas de village en vue ; seulement quelques maisons de temps en temps, dont l'état d'abandon rappelait les ravages de la peste dans ces populations. Pour le reste, rien, ni cultures, ni hommes, ni animaux. Même le ciel était vide d'oiseaux, comme si la mort noire avait projeté ses invisibles ramifications jusque vers le ciel.

Entouré d'un silence absolu, Eymerich chevauchait plongé dans ses propres réflexions. Il n'avait certes pas renoncé à son intention d'explorer le lac ; mais il comprenait que, seul, il ne réussirait pas grand-chose, ne fût-ce que parce que sa présence était connue des ennemis. Mais il y avait la possibilité qu'il y eût à Ariza quelque chose à découvrir dans des conditions de plus grande sécurité, à condition du moins que l'assonance avec Ariccia ne fût pas un hasard. Oui, où donc était Ariza ?

La question devint pressante deux heures plus tard, quand le paysage gris et plat qu'il traversait commença de lui paraître lancinant. Comment se pouvait-il, si la distance était si longue, que les femmes du village se rendissent chaque jour au monastère pour rentrer ensuite chez elles chaque soir ? La certitude d'avoir pris le mauvais chemin se mettait à poindre en lui. Le paysan aussi faisait donc partie du complot ? De toute façon, il ne lui restait pas d'autre choix que de continuer.

Il fallut encore une demi-heure de poussière et de soif pour qu'Eymerich découvre qu'il était sur la bonne route. En fait, le terrain recommençait à monter, tandis qu'autour de lui se profilaient des collines couvertes de végétation, pas abondante comme celle de Piedra, mais cependant vigoureuse. À une hauteur considérable, il trouva un petit village, dominé par une roche minuscule. Mais ce n'était pas Ariza.

Un paysan musulman, qui se rendait au travail chargé d'outils, lui expliqua que c'était là Cetina, demeure d'une famille de petite noblesse propriétaire de ces terres ; et il lui dit qu'Ariza était effectivement au-delà, mais pas tout près.

Toujours plus étonné, Eymerich poursuivit sa chevauchée. Si les femmes de ces parages voulaient rejoindre Piedra à pied, elles devaient se mettre en chemin au minimum au lever de la lune. Manzanos lui avait donc menti ? Et pourquoi ?

Enfin, une fois franchie une forêt de chênes, lui apparurent les maisonnettes de pierre d'un *lloc* minuscule, installé sur la cime de la colline, entre une église gothique et un château quadrangulaire d'aspect puissant. Aussitôt, il fut certain d'être à Ariza. Il regarda le ciel : il avait quitté Piedra à la première heure, et le soleil lui disait que la troisième heure était largement passée. Il descendit de cheval et se dirigea à pied vers le bourg.

Il remarqua tout de suite quelque chose de très étrange dans l'air, mais le frisson qui le parcourut fut aussitôt emporté par la stupeur. Les rues du *lloc* étaient envahies par une petite foule bruyante qui s'écoulait dans toutes les directions, sans but apparent. Le plus surprenant, c'était qu'on ne voyait que des femmes : des femmes arabes, des femmes juives, des femmes gitanes, des femmes chrétiennes. Toutes portaient le vêtement de leur peuple, en une fête de brocarts, de velours, de corsages brodés, d'étoffes multicolores ; mais toutes avaient un trait commun : leurs yeux rieurs, impudents, scintillaient d'une malice ingénue. Elles fixaient l'étranger en ricanant, en murmurant des commentaires, comme si elles voyaient un homme pour la première fois. Quelques-unes poussaient la hardiesse jusqu'à effleurer ses vêtements ou à piquer les flancs du cheval en s'amusant beaucoup de ses hennissements.

Eymerich se trouvait à la fois embarrassé, furieux et exaspéré. Son amour de l'anonymat se voyait défié et tourné en dérision ; son culte de la dignité succombait devant le cercle des dents éblouissantes de blancheur, qui semblaient trouver son allure comique.

Pour se donner une contenance, il marcha tête haute vers l'église mais la trouva barricadée. Alors, il se dirigea vers le château, unique symbole d'austérité dans ce gynécée. Du coin de l'œil, il nota que, dans le village, il n'y avait ni boutiques ni auberges ; mais son regard était gêné par le défilé incessant de femmes qui, continuant à rire, cheminaient à ses côtés, couraient devant lui, formaient dans son dos de joyeux cortèges. Et pas un homme en vue.

Il parvint au château le front ruisselant de sueur, tandis que ce cortège si irritant continuait de l'accompagner, implacable dans sa désinvolture. Quand il leva les yeux sur l'édifice, une terreur glacée lui gela le sang. Précisément devant la porte principale, se tenait le gardien des bois, ce frère au masque écarlate qu'il avait laissé quelques heures auparavant à Piedra, et qui maintenant se trouvait là, comme s'il s'était déplacé en volant. Eymerich s'arrêta, secoué par les battements violents et désordonnés de son cœur dans la cage thoracique.

— Pauvre inquisiteur ! s'exclama l'encagoulé d'une étrange voix de fausset, tandis que les femmes autour d'eux se taisaient. Pauvre petit inquisiteur !

Un instant plus tard, il retirait son capuchon, et le pourquoi de sa voix apparut. Ce qui se découvrait là, c'était le visage d'une femme d'âge très avancé, entouré de cheveux blancs ébouriffés et creusé de deux yeux d'un bleu indescriptible.

Sous ce regard, Eymerich récupéra une partie de son

assurance, comme toujours quand la lutte entreprise atteignait un point de non-retour.

— Qui es-tu, la vieille, pour t'apitoyer sur moi ? réussit-il à articuler. Si tu es Elisen Valbuena, la sage-femme, sache que je viens t'apporter ton châtiment.

Il y eut autour de lui une explosion de rires cristallins, aussitôt interrompus par un geste de la femme.

— Nous sommes plus puissantes que toi, prêtre. Quel châtiment peux-tu me donner ?

Il y avait dans sa voix une légère nuance hystérique, qui la cassait, la rendait un peu haletante.

— Ce château est sous la protection de ton roi, et nous sommes protégées par le nôtre, qui est encore plus fort que le tien. Mais nous ne voulons pas te faire de mal. Retourne d'où tu es venu.

— Votre roi, c'est Satan ! hurla Eymerich, furieux. Tu brûleras sur le bûcher, sorcière immonde !

— Tu ne vois pas que tu n'as rien compris, pauvre petit inquisiteur ? Satan est l'autre face de votre Dieu, qui a cessé de régner sur nous depuis longtemps.

Elisen abaissa le regard sur la foule de femmes qui s'était faite plus dense.

— Sœurs, faisons comprendre à cet homme quel pouvoir a sur nous le Dieu chrétien et ses lois !

Dans le même instant, toutes les femmes commencèrent à courir dans les rues du village. Stupéfait, impuissant, Eymerich sentit une force irrésistible l'attirer à leur suite, sans qu'il réussisse à se retourner vers Elisen pour lui décocher une ultime malédiction. Il courait, courait à perdre haleine et chaque fois qu'il trébuchait et tombait, la même force qui le tirait le remettait sur pied et le poussait en avant. Il s'aperçut que le cheval, à ses côtés, lançait les pattes à une vitesse forcenée ; il eut l'impression de saisir du coin de l'œil l'ombre d'un énorme chien noir qui passait rapidement sur les façades des maisons. Il se sentait terrorisé mais aussi enivré, comme les femmes qui couraient et riaient près de lui.

Puis le soleil disparut, et des lames d'obscurité alternèrent avec une cape gélatineuse, couleur de lait. À présent, sa course ne semblait plus s'appuyer sur rien, comme s'il foulait un nuage. Mais cela ne dura que quelques instants et cette vision à son tour disparut d'un coup, s'évanouissant dans une sorte d'éclair.

Il se retrouva essoufflé mais non épuisé, à côté de son cheval qui se cabrait et hennissait, courant en cercles au milieu des champs. Le profil massif de l'Aljaferia et le scintillement de l'Èbre lui firent comprendre qu'il se trouvait à quelques lieues de Saragosse. Il ne pouvait distinguer les maisons brûlées par le soleil, planant haut dans le ciel.

Confus, bouleversé, il se laissa tomber sur une dalle de pierre, comme si le contact avec la terre pouvait lui restituer la maîtrise de ses sens. Mais il y eut un second éclair, et il fut de nouveau à Ariza, juste à la sortie du village. Les femmes avaient disparu. Le cheval errait non loin de là, lui aussi comme assommé.

Eymerich se prit le visage dans les mains.

— Mon Dieu, mon Dieu, murmura-t-il, donne-moi la force de vaincre ces monstres !

Puis, sans se retourner, il rejoignit sa monture, monta en selle et repartit au galop.

Il ne savait pas que, en vue de Saragosse, sa silhouette et celle du cheval étaient en train de se dissoudre en une flaque de matière blanche poreuse.

Moins d'une heure après, nous fûmes de nouveau rassemblés sur le pont pour les opérations de débarquement. Holz communiqua que le gros de l'équipage resterait à bord, sous son commandement et celui de Prometeos, tandis qu'une seule équipe de manœuvres descendrait sur Olympe, guidée par Dickson et par l'abbé. J'avais espéré me retrouver parmi les exclus, mais je vis Schenoni inviter d'un geste notre groupe, de retour de son quart, à se rassembler.

— Maintenant, on va vous donner une combinaison, expliqua-t-il. Vérifiez qu'elle est bien scellée et essayez de respirer avec régularité, même durant les travaux pénibles. Toutes les combinaisons sont munies de radios ; s'il y avait des problèmes, prévenez-moi de suite.

Nous faisions la queue pour recevoir nos combinaisons quand Prometeos apparut sur le château, furieux. Il marcha droit sur Sweetlady, qui suivait avec attention nos préparatifs.

— J'ai appris que tu as ordonné aux trois Guides de réserve de descendre sur la planète, hurla-t-il. Il n'en n'est pas question.

Les trois personnages mentionnés, qui se tenaient en silence dans un coin du château, se portèrent en avant tous ensemble et se rangèrent derrière l'abbé. Leurs yeux énigmatiques scintillaient, menaçants. Sweetlady éclata de rire.

— Comme tu vois, ce sont eux qui ne veulent pas rester avec toi. Essaie de les convaincre, si tu le peux.

Prometeos dévida une litanie d'horribles blasphèmes, puis, sur un ton qui n'admettait pas de réplique :

— Très bien, dit-il. Alors, je descends avec vous.

L'abbé haussa les épaules.

— Fais comme tu veux, animal. Si tu te sens de courir le risque...

— Le risque est pour toi, répliqua Prometeos en détachant d'une paroi un gros harpon, de ceux qu'on utilise sur tous les vaisseaux pour les opérations d'arrimage. Tu vois ça ? Si, sur cette planète, nous ne trouvons rien, je te le planterai dans le cœur, prêtre. Tu es prévenu.

Sweetlady ne cilla pas.

— Et toi, rappelle-toi qu'une partie de la cargaison me revient. Tu ne pourras en faire ce que tu veux.

— Souhaite seulement qu'il y ait une cargaison.

Nous avions assisté à l'altercation, muets et épouvantés, ne comprenant qu'en partie ses motifs. Nos compagnons qui restaient sur l'astronef manifestaient un soulagement évident, et nous regardaient avec un mélange de sympathie et de commisération, comme s'ils ne devaient plus jamais nous revoir. Faisant contre mauvaise fortune bon cœur, nous endossâmes les combinaisons — des tenues très malcommodes, dotées de casques deux fois plus gros que nos têtes — d'un air indifférent.

Peu après, nous prîmes place sur les deux seules navettes dont disposait le *Malpertuis,* rétif là encore aux conventions internationales, qui prescrivaient un nombre de navettes de débarquement suffisant pour l'équipage entier. Au moment où nous nous détachâmes, je vis Holz nous faire un vague signe d'adieu. Puis la descente vers la planète Olympe commença.

Sur ma navette, nous étions une cinquantaine, avec Dickson et Schenoni. Je m'étais délibérément tenu à l'écart de l'autre navette, sur laquelle avaient pris place Prometeos, qui continuait à brandir avec ostentation son arme, l'abbé et les trois Guides de réserve.

La descente fut brève et sans histoire. Nous tournâmes deux ou trois fois autour de la planète, à la recherche d'un lieu adapté pour l'atterrissage. À travers les hublots, nous vîmes une zone débarrassée de nuages, et nous crûmes que nous allions y débarquer, au point que Dickson demanda des instructions. Mais la voix de Sweetlady résonna sèchement à travers le haut-parleur, répercutée dans toute la navette.

— Non, ce n'est pas là que nous devons aller. Contentez-vous de nous suivre et ne posez pas de questions.

Pour finir, nous descendîmes en planant vers une vallée à peine visible à travers les nuages, entre de très hautes montagnes rongées par le vent. Par deux fois au moins, nous craignîmes de nous écraser sur les roches aiguës qui s'élevaient des deux côtés, mais le pilote automatique fonctionnait correctement et nous nous posâmes sur le sol sans secousses excessives. Puis la porte postérieure externe s'ouvrit, et nous sortîmes deux par deux à travers la chambre de décompression, vacillant dans nos combinaisons.

L'autre navette était à peu de distance et pourtant, nous parvenions à peine à la distinguer sous la pluie battante qui percutait nos visières. La surface d'Olympe, pour le peu que nous pûmes en saisir, était d'une désolation absolue. Gamma Serpentis était masquée par l'épaisse couche de nuages bas et obscurs qui voilaient le ciel, et seule une vague lueur permettait d'en deviner la présence. Mais même ce faible reflet était par moments obscurci par des bancs de brume si épais qu'on eût dit d'énormes flocons d'ouate. La pluie cinglante, le froid intense, les rafales de vent, les roches pointues : tout semblait conseiller un rapide retour sur le *Malpertuis*.

Dans les microphones des casques, nous entendîmes la voix rauque de Prometeos.

— Tu es sûr, l'abbé, que c'est bien l'endroit ?

— Sûr et certain, répondit Sweetlady. Je sens des présences vivantes. *Vivantes !* Nous devons simplement les chercher.

Nous nous joignîmes à l'équipage de l'autre navette. Les hommes défaisaient avec difficulté les liens qui serraient étroitement un gros paquet, semblable à un rouleau de fil de fer. Quand nous réussîmes à le desserrer complètement et à l'étendre sur le terrain accidenté, nous vîmes qu'il s'agissait d'un grand filet, d'une quinzaine de mètres de diamètre, muni sur les bords de lourds crocs d'acier.

— Ramassez le filet, ordonna Dickson dans le microphone. Disposez-vous autour, de manière qu'il reste ouvert et tendu.

L'ordre ne fut pas facile à exécuter. Le filet pesait lourd et les combinaisons gênaient nos mouvements les plus élémentaires. En outre, les rafales de vent étaient si violentes que, de temps à autre, un homme finissait à terre, déséquilibrant tous les autres. Néanmoins, au prix de gros efforts, nous réussîmes à tendre le filet, en formant autour de lui un cercle à peu près régulier.

— Très bien, hurla, joyeux, l'abbé Sweetlady. En avant, mes fils, la chasse commence.

Nous le vîmes avancer en chancelant devant nous, dans sa combinaison informe et ridicule, suivi par Prometeos, Dickson et les trois Orientaux. Nous voulûmes les suivre mais, d'abord, cela parut une entreprise au-dessus de nos forces. Le terrain était hérissé de roches pointues et glissantes, sur lesquelles les semelles avaient du mal à trouver prise. En outre, la visibilité précaire, aggravée de l'impossibilité d'essuyer la visière du casque de la pluie limoneuse qui le fouettait, nous dispersait et nous faisait trébucher sans cesse. Après des tentatives répétées, nous réussîmes enfin à donner à notre pas une cadence régulière et à entamer une marche très lente et très pénible à travers ces montagnes.

Nous poursuivîmes ainsi, à peu près à l'aveuglette, durant un temps incalculable, stimulés par les blasphèmes de Prometeos, les exhortations de Dickson ou les petits cris joyeux de l'abbé, qui semblait le seul à n'éprouver aucune fatigue et à se montrer sûr de son fait. Pas après pas, les membres nous pesaient toujours davantage et la vue se brouillait, tandis que le filet devenait à nos yeux un absurde instrument de torture, qui nous meurtrissait les doigts et les poignets.

Je ne sais combien de temps passa. Je sais seulement qu'à un certain moment, la voix de Dickson explosa dans le micro, aiguë à nous assourdir.

— J'ai vu quelque chose ! Là-haut !

— Moi aussi ! s'exclama l'abbé. Vite, posez le filet !

Nous ne nous fîmes pas répéter l'ordre. Bien que n'ayant rien vu et ignorant ce que nous aurions dû voir, nous étions tous excités, comme si ce succès aussi nous appartenait. Nous nous regroupâmes derrière nos chefs, scrutant les parois rocheuses grisâtres qui nous surplombaient.

— Là ! cria Dickson, derrière ce banc de brume !

J'aiguisai mon regard. En effet, à travers une brume filandreuse, il me sembla voir en hauteur une petite créature qui glissait entre les roches, effrayée peut-être par notre présence.

— Mais comment faire pour arriver là-haut ? demanda Dickson.

Prometeos s'avança avec son harpon.

— Je m'en occupe.

— Non, imbécile ! hurla Sweetlady en agitant les bras vers lui.

Mais à présent, personne ne pouvait plus arrêter cette brute. Il soupesa le harpon deux ou trois fois puis le lança vers le haut, avec une force telle qu'il risquait de déchirer sa combinaison. L'arme dessina une parabole, puis se fixa dans le dos du petit être. La créature se débattit, lança un cri et tomba en arrière, dégringolant d'une roche à l'autre.

Nous nous précipitâmes tous vers le point où elle était tombée. Dickson fut le premier à se pencher sur le petit cadavre.

— Mais c'est un enfant ! s'exclama-t-il.

Sweetlady le repoussa sans ménagement.

— Laissez-moi voir.

Il s'inclina à son tour, puis se releva, exultant, indifférent à la pluie qui le fouettait.

— Ce n'est pas un enfant ! Regardez ! Nous y sommes ! Nous y sommes !

Nous fîmes cercle, émus, en laissant éclater notre surprise. Le corps était assurément humain, aux proportions d'un enfant très petit, mais avec une tête tout à fait anormale. Elle se composait en fait de deux visages, identiques mais opposés, dont l'un était tourné du côté de la poitrine, l'autre vers le dos.

Prometeos, fulminant, marcha sur l'abbé et le secoua violemment par un bras.

— Et tu m'as emmené ici pour *ça* ? hurla-t-il.

Au comble de l'allégresse, Sweetlady se contenta de se dégager de son étreinte.

— Tu es vraiment un âne. Là, il n'y en a qu'un. Mais s'il y en a un, cela veut dire qu'il y en a d'autres. Ils y croient encore. Tu ne comprends pas ? En 1352, ils y croient encore !

CHAPITRE VII

LE MASSACRE

Cette fois, le *Justicia* reçut Eymerich sans lui faire tenir antichambre. L'inquisiteur le trouva comme la première fois à demi étendu au milieu de coussins brodés et entouré de l'habituelle nuée de dames. Il y avait encore la jeune femme aux cheveux roux et à la carnation pâle qu'il avait déjà remarquée. Cette fois, elle lui parut arborer une expression très sévère, mais elle quitta la salle avec les autres sans faire d'histoires.

Eymerich limita son salut à une courbette à peine ébauchée. Sans tarder, il entra dans le vif du sujet.

— Je dois vous parler de questions très graves.

Les yeux languides de Jacme de Urrea furent traversés d'un sursaut de colère.

— Graves ? J'espère qu'elles le sont vraiment. Voilà des jours que j'attends votre visite. Je vous ai vu vous nommer vous-même inquisiteur... Non, ne niez pas. L'archevêque m'a révélé que vous l'avez pris par surprise. Quant au roi, il me demande de vos nouvelles tous les jours. Et moi, que puis-je lui dire ? Je ne sais rien de vos enquêtes, en admettant que vous en meniez.

Eymerich ne se laissa pas intimider par cette réprimande. Contre toutes les conventions, il croisa les bras, se dressant de toute sa stature, et fixa le *Justicia* dans les yeux.

— Si ce sont des excuses que vous me demandez, messire, je n'ai aucune raison de m'excuser. Je vous demande seulement une chose. Avez-vous le pouvoir de vous emparer par la force d'une propriété royale ?

Le *Justicia* ferma les yeux, puis les rouvrit.

Il poussa un grand soupir.

— Je le disais bien, que vous étiez trop jeune pour cette charge. Vous rendez-vous compte que vous êtes en train de mécontenter tout le monde ? Maintenant, vous poussez l'impudence jusqu'à me demander de porter la main sur une propriété du roi. Pourrais-je en savoir le motif ?

— Je vais vous le dire, annonça Eymerich en scandant bien chaque mot. J'ai quasiment trouvé la solution de l'horrible mystère qui a entaché pendant quatre ans la vie de ce royaume. Vous savez bien de quoi je parle. Des enfants à deux visages, des apparitions dans le ciel. Un des plus atroces complots jamais tramés contre la chrétienté, et donc contre l'ordre de Dieu sur la terre. La clé de tout cela est une personne qui se cache dans un château appartenant à la couronne. Je la veux, avec ou sans votre aide.

Le comte d'Urrea ne se força pas à dissimuler l'impression que lui causèrent ces paroles. Il baissa sensiblement le ton de sa voix.

— Vous avez vraiment tout découvert ?

— Presque tout.

— Et le roi est impliqué ?

— Jusqu'au bout.

Le comte bougea, mal à l'aise, sur son siège.

— Et où serait ce château ?

— À Ariza, un *lloc* au sud-ouest d'ici. Le château était propriété des seigneurs de Cetina, mais il semble qu'à présent il soit aux mains du roi en personne.

— Les seigneurs de Cetina, murmura le *Justicia,* comme pour lui-même. Ils comptent parmi les quelques nobles qui trahirent l'*Unión,* en 1348. Quel est le personnage que vous voudriez capturer ? demanda-t-il en relevant brusquement la tête.

— La sage-femme de la cour. Celle qui a assisté à la naissance de la princesse Maria, et qui fut poursuivie par le père Agustín pour avoir protégé une femme juive.

— Ah ! Elisen Valbuena ! On dirait vraiment que vous êtes sur le point de toucher au cœur de l'intrigue. Mais elle ne se trouve donc pas à Piedra ?

— Je l'ai vue de mes yeux à Ariza, mais il semble qu'elle puisse aller où bon lui semble. J'ai besoin d'un détachement armé. Fût-ce même au monastère, je dois la capturer à tout prix.

Le *Justicia* secoua la tête.

— Piedra est intouchable. Vous ne savez donc pas que la princesse Maria y est enterrée ?

Eymerich tressaillit, mais réussit à dissimuler sa stupeur.

— Non, je l'ignorais. Je n'ai pas pu voir l'église.

— Elle n'est pas enterrée à l'église. Sa tombe est dans une grotte, sous une cascade dont je ne me rappelle pas le nom...

— La *Cola de Cavall* ?

— Ah oui, la *Cola de Cavall.*

Le comte ferma les yeux.

— Je me souviens bien de cette nuit. Nous étions très peu nombreux. Moi, le roi, l'archevêque, le médecin de la cour et Elisen, la sage-femme. Le corps de

Maria avait été enveloppé dans un suaire violet pour que personne ne voie dans quel état elle était. Le roi était bouleversé, il avait perdu toute son arrogance. Sa femme était morte à peine une semaine avant...

Eymerich buvait littéralement les paroles du magistrat. Il l'interrompit pour demander :

— Ce fut à ce moment que Pierre IV prononça les mots *Numen inest* ?

Le *Justicia* ouvrit les yeux, étonné.

— Mais ce ne fut pas le roi. Ce fut le médecin de la cour.

Il dévisagea l'inquisiteur, comme s'il craignait qu'il ne lui cache quelque chose.

— Du reste, vous le connaissez bien. Vous l'avez nommé votre assistant.

Cette fois, Eymerich ne put cacher la stupeur qui l'envahissait. Il déglutit deux ou trois fois.

— Vous voulez parler du père Arnau Sentelles ? L'*infirmarius* des dominicains ?

— Exactement. Il ne vous a jamais dit qu'il était le médecin de la famille royale, durant la grande peste ? Certes, ensuite, il a cessé d'exercer cette fonction, parce que le roi a commencé à s'entourer de franciscains. Mais ce fut lui qui assista aussi bien la reine que la princesse. Je crois même que l'idée d'enterrer Maria à Piedra émanait de lui. Il est étrange qu'il ne vous en ait jamais parlé.

Eymerich se força à surmonter son trouble.

— Nous n'avons pas eu l'occasion d'en parler. Mais revenons à nos affaires, seigneur comte. Pouvez-vous me donner les hommes que je vous demande ?

— Oui, s'il s'agit d'opérer une simple arrestation dans un château. Non, si vous avez l'intention d'attaquer Piedra.

— Je vous assure que je me limiterai à prendre la sage-femme à Ariza. Rien d'autre.

— Alors, c'est entendu.

Le comte tira un ruban bleu qui pendait au plafond. Un garçon *mudejar*, portant turban jaune et chemise brodée, se présenta à la porte.

— Du papier, une plume et mon sceau !

Le serviteur disparut dans le plus profond silence.

Tandis qu'il attendait, le *Justicia* observa Eymerich, comme s'il cherchait à pénétrer les secrets de son esprit.

— C'est curieux, dit-il ensuite. Dans cet entretien, les choses que je vous ai dites sont plus nombreuses que celles que vous m'avez dites.

L'inquisiteur se laissa aller à un petit sourire. Il s'inclina à demi.

— Cela fait partie de mon métier.

Le comte sourit à son tour.

— Je le comprends et l'apprécie. Mais soyons francs, pour une fois. Quel est le mystère qui se cache derrière toute cette histoire ?

Au lieu de répondre directement, Eymerich observa :

— Je crois que vous le savez vous aussi. Vous souvenez-vous de m'avoir dit que tout cela revenait à savoir comment il se faisait qu'une femme morte depuis quatre ans continuait à accoucher ?

— Oui.

— Que vouliez-vous dire ?

Le sourire du comte s'élargit.

— Voilà que vous m'interrogez de nouveau. Visiblement, c'est un véritable vice.

Il s'interrompit parce que le serviteur était revenu avec le matériel requis. Il écrivit quelques lignes sur une feuille et, quand la cire à cacheter fut sèche, l'enroula et la tendit à l'inquisiteur.

— Par ce mandat, j'ordonne au commandant Galcerán de mettre à votre disposition quinze hommes de sa compagnie pour effectuer une arrestation. Vous êtes satisfait ?

Eymerich, qui attendait nerveusement le moment de rajouter une pièce à la mosaïque qu'il s'efforçait de composer, se contraignit à sourire.

— Très satisfait, seigneur comte. Mais je le serai encore plus si vous avez la courtoisie de répondre à ma question.

Le comte secoua la tête, l'air décidément amusé.

— Vous êtes vraiment implacable. Bien, la première fois que vous êtes venu chez moi, vous avez fait allusion à la découverte d'un petit corps biface, et dit savoir qu'on en avait trouvé d'autres.

— C'est le père Arnau qui m'en avait parlé.

— Il vous a dit que leurs traits étaient absolument identiques ?

— Non. Il ne me l'a pas dit.

— Mais vous avez vu le dernier. Qu'avez-vous pensé des traits de son visage... ou plutôt de ses deux visages ?

Eymerich haussa les épaules.

— Des visages normaux... aux traits très délicats... Peut-être un peu trop mûrs pour l'âge, mais réguliers...

— Exact, réguliers. Une copie, mais vous ne connaissez pas l'original.

Le *Justicia* se pencha en avant, les yeux mi-clos.

— Les mêmes traits que ceux de la princesse Maria. Les mêmes traits. Je n'ai pas vu le dernier enfant, mais j'ai vu les autres. Elisen les apportait en cachette de

Piedra. Je les faisais tuer avant que le roi apprenne leur existence.

Ces paroles frappèrent tant Eymerich que, pendant quelques instants, il ne réussit plus à articuler un mot. Quand il y parvint, sa voix était rauque.

— Alors, la nuit de la mort du père Agustín...

— J'avais été averti par Elisen que, dans la grotte de Maria, un nouveau bébé était apparu. Je lui ai ordonné de l'égorger et de le faire disparaître dans la citerne de l'Aljaferia, comme les autres fois. Nous savions que, au bout de quelques heures, le cadavre se décomposerait en une sorte d'écume blanche...

— Décomposé ? Mais les cadavres des autres enfants n'ont pas été ouverts ?

— Non. Qui vous a dit cela ?

— N'en parlons plus. Revenons à la nuit de la dernière découverte.

— Cette nuit-là, Elisen fut surprise par quelqu'un, vous, je suppose. Elle dut abandonner le corps et quitter tout de suite la tour. Après tout, l'Inquisition l'avait condamnée à l'exil, même si le père Agustín, au courant de tout, fermait les yeux sur ses mouvements.

Eymerich se tut longtemps, le front plissé. Puis il demanda :

— Mais la princesse Maria est-elle vraiment morte ?

Le *Justicia* eut un geste vague.

— C'est ce qu'ont soutenu le père Arnau et Elisen. Qui le saurait mieux que son médecin et la femme qui l'a vue naître ?

Il y eut un nouveau silence. Eymerich cherchait à coordonner rapidement les faits dont il disposait, à présent si nombreux qu'ils semblaient glisser entre ses doigts.

— Je dois absolument arrêter Elisen ! s'exclama-t-il.

— Je viens de vous donner mon consentement. Il est temps que cette histoire s'achève.

Le visage du comte prit une expression sournoise.

— Mais savez-vous vraiment ce qui se cache derrière tout cela, ou s'agit-il seulement d'un de vos expédients pour m'extorquer des informations ?

Eymerich fixa le magistrat dans les yeux.

— Je connais les lignes générales de la trame. Il y a en jeu un culte qu'on croyait oublié, issu des temps anciens. Vous n'avez pas idée à quel point ses adeptes sont nombreux, surtout chez les femmes. Mais sur tout cela plane l'ombre de l'ennemi de toujours.

— Très bien, pour l'instant, je ne veux pas en savoir plus.

Le *Justicia* se mit debout avec un certain effort.

— Agissez, mais soyez prudent. Ne parlez avec personne de ce que vous avez en tête. Le père Agustín a cherché à mettre la main sur Elisen, mais il a été contraint de la relâcher presque aussitôt. Le roi ne doit rien savoir.

— Soyez tranquille. Je n'informerai que vous.

Le magistrat eut un geste ennuyé.

— Il n'en est pas question. Ce qui m'importe, c'est de remettre le roi sous le contrôle étroit de la noblesse. Je crois que cette affaire m'en donnera la possibilité et que vous êtes le seul homme capable de la débrouiller.

— Je le crois aussi.

Eymerich s'inclina profondément et sortit de la salle. Tandis qu'il descendait l'escalier du palais, après avoir placé le mandat dans sa besace, l'inquisiteur éprouva avec acuité le besoin d'un moment de solitude, qui lui permette de mettre de l'ordre dans les multiples révélations entendues. Mais il savait déjà que, sur la place, il allait trouver le père Arnau, qui était venu jusque-là avec lui. De fait, il le vit s'écarter d'une vendeuse ambulante de limonade et s'approcher de lui en souriant. Il s'imposa un comportement cordial.

— Alors, *magister*, avez-vous obtenu quelque chose ? demanda l'*infirmarius* d'une voix qui, aux oreilles d'Eymerich, sonnait faux.

— Non. Il ne veut pas prendre parti contre le roi. Impossible d'avoir les soldats.

— Mais vous lui avez raconté ce qui vous est arrivé à Ariza ? La rencontre avec Elisen, les femmes qui couraient, le vol à travers l'espace ?

— Pas en détail. Il m'aurait pris pour un fou. Mais j'ai peut-être mal fait, parce qu'il n'a pas compris la gravité de la situation. Il m'a même ordonné de ne pas m'occuper d'Elisen Valbuena.

— Quel dommage, murmura le père Arnau sur un ton penaud, tandis qu'ils quittaient la place pour emprunter une rue large et fangeuse. Naturellement, vous ne lui obéirez pas.

— Mais si, je lui obéirai. Je ne puis faire autrement, répondit Eymerich, feignant l'exaspération. En pratique, nous devons recommencer du début. Qui connaissez-vous à la cour ?

L'*infirmarius* haussa les épaules.

— Oh, des personnages mineurs. Quelques valets, quelques employés des Comptes.

— Interrogez-les. Voyez si vous réussissez à découvrir quelque chose. J'essaierai de concocter un nouveau plan. Et procurez-moi ce texte d'Ovide... Comment s'intitulait-il ?

— *Les fastes.*

— Ah oui, *Les fastes*. Vous en avez d'autres exemplaires ?

Le père Arnau parut un peu embarrassé.

— Je sais que je ne devrais pas, mais je suis un amateur de la latinité. Pendant des années, tout de suite après mon ordination, j'ai traduit des textes païens. Je ne suis pas resté insensible à leur charme.

— Le meilleur de la latinité est passé dans l'Église romaine. Vous n'avez pas à vous excuser.

Ils continuèrent à marcher ensemble un court moment, puis Eymerich demanda :

— Vous venez à l'Aljaferia ?

— En vérité, j'aurais quelques affaires à régler en ville. Il semble qu'il y ait de nouveaux foyers de peste, en particulier dans l'*Ebreria*. Mais si vous avez besoin de moi...

— Je n'ai pas besoin de vous ce matin. Allez-y donc. Nous nous verrons plus tard.

Eymerich suivit du regard le père Arnau qui s'éloignait dans la rue en tenant par la main les pans de sa tunique, pour éviter de la souiller. L'inquisiteur tourna à gauche dans une venelle, en direction de l'Aljaferia. Il se sentait fatigué, mais d'une fatigue tout intellectuelle, certes pas désagréable. Sans aucun doute, le père Arnau était un ennemi, et peut-être parmi les pires. Mais justement, les adversaires les plus terribles réussissaient à lui procurer la sorte d'excitation dont son tempérament avait besoin.

Il suivit une série de ruelles infestées de déjections de chevaux et de mules. De gros rats jouaient autour du petit canal central d'écoulement, et ils ne bougèrent qu'au passage d'un chariot grinçant sous le poids des grains qu'il emportait au port fluvial.

Beaucoup de portes et de fenêtres restaient closes,

mais en quelques points, les activités artisanales reprenaient et envahissaient la rue avec des étals assiégés par les chalands, dressés devant des échoppes si minuscules qu'il fallait se plier en deux pour y entrer.

Sur une place étroite, quatre pendus se balançaient, sans doute des serviteurs musulmans qui avaient désobéi à leur maître. Eymerich contempla ces corps, à présent proches de la décomposition, avec l'indifférence due à une longue habitude. Il méditait sur le sort à réserver aux femmes d'Ariza. Mais étaient-elles vraiment seules ? Et la dame aux cheveux roux qu'il avait entrevue chez le *Justicia* ? À l'évidence, le culte de Diane exerçait sur les femmes une attraction particulière. La littérature patristique n'avait pas tort d'attribuer aux femmes toutes les sortes de perversité. La sévérité de son jugement ne se voyait tempérée que par la conscience que la majeure partie des hommes ne valaient pas mieux.

Il arriva à l'Aljaferia par la voie principale, cette allée large et poudreuse parcourue surtout par le roi et la noblesse. Aussitôt, il se mit à la recherche du commandant Galcerán. Il le trouva dans une des cours qui précédaient le palais royal, occupé à éprouver le fil de son épée sur une bûche. C'était un homme petit et maigre, mais au regard dur sous des sourcils quasi orientaux. Il lut avec attention la lettre du *Justicia.*

— Quand voulez-vous partir ? demanda-t-il ensuite.

— D'ici une heure, c'est possible ?

— C'est possible. Dois-je venir, moi aussi ?

— Si vous le voulez.

— Je préférerais.

— Alors, ainsi soit-il. Mais je vous recommande la plus grande discrétion. Nul ne doit rien savoir de notre expédition.

— En ce cas, il vaut mieux que nous nous retrouvions en cachette à l'écart du château. Vous connaissez cette petite péninsule sur le bras occidental de l'Èbre, juste à la sortie de Saragosse ?

— Oui.

— Attendez-nous là.

La sixième heure avait sonné depuis peu quand Eymerich, monté sur un cheval noir et vêtu de l'habit dominicain, vit arriver les soldats qu'il attendait sur la petite péninsule rocailleuse entourée des eaux claires et endormies de l'Èbre. C'étaient manifestement des hommes d'origine paysanne, à la peau brûlée par le soleil, vêtus d'uniformes d'emprunt déformés par les cottes d'armes et les très lourdes épées qu'ils portaient au côté. Certains s'étaient munis d'arbalètes, d'autres de hallebardes courtes. Le commandant Galcerán, qui arriva en dernier, portait seul un haubert verni de jaune, aux manches si longues qu'elles lui couvraient les doigts et, au côté, outre l'épée, une masse ferrée à la tête cylindrique hérissée de clous.

— Êtes-vous prêt ? demanda l'officier.

— Oui, répondit Eymerich, très nerveux. Je vous informerai du but de notre mission lorsque nous serons à pied d'œuvre.

Alors commença une chevauchée sous le soleil brûlant, dans la steppe désolée que l'inquisiteur avait déjà parcourue. Des groupes de corbeaux, unique forme de vie dans cette première portion du chemin, s'élevaient en croassant à l'arrivée de la patrouille, annoncée par le fracas des armes. Eymerich venait en premier, silencieux, insensible à la chaleur et à la platitude surnaturelle du paysage. Il se concentrait sur ce qui l'attendait, en se laissant guider par une détermination d'une fermeté proche de la cruauté.

Le détachement n'arrêta sa course qu'en vue de l'*alquería* où Eymerich avait demandé à manger, lors du voyage vers Piedra. L'inquisiteur fit signe à Galcerán de s'arrêter et de le suivre, pendant que les hommes attendaient sur le bord de la route.

Le vieillard mal fagoté était occupé à plumer un poulet, tandis que le garçon arabe, sous prétexte de veiller sur les cochons, s'amusait à les tourmenter de la pointe d'un bâton. Tous deux levèrent les yeux sur les étrangers, mais ne parurent pas reconnaître Eymerich. Leurs regards, voilés d'une certaine crainte, se concentraient sur l'officier qui chevauchait derrière lui.

L'inquisiteur descendit de sa monture et marcha sur eux, plein de rage.

— Tu es muet ? demanda-t-il au vieillard.

L'homme sursauta, puis hocha la tête.

— Tu te souviens de m'avoir vu, il y a deux jours ?

Le paysan plissa les yeux, comme pour aiguiser son regard. Tout à coup, une véritable terreur se peignit sur son visage. Il laissa tomber la carcasse du poulet. Le gamin, en voyant le geste, abandonna les cochons et accourut près de lui.

— Lui aussi est muet ? demanda Eymerich en montrant le serviteur.

De nouveau, le vieillard hocha la tête.

— Je vois que vous vous souvenez de moi, poursuivit l'inquisiteur d'une voix froide. Vous savez certainement déjà qui je suis. Eh bien, je vous annonce que je suis venu vous arrêter pour sorcellerie et commerce avec le diable. Vous mourrez tous deux sur le bûcher.

Bouleversé, le vieillard agita les mains comme s'il voulait éloigner la faute de lui. Il commença à secouer la tête, dans un grand mouvement de dénégation. Le gamin arabe, probablement sourd-muet, écarquillait les yeux, comme pour chercher à comprendre ce qui se passait.

Eymerich fit un pas en avant.

— Ne cherchez pas à vous disculper. Quand je suis venu vous demander du pain, vous m'avez donné une chose satanique, infecte. Vous êtes tous deux des adeptes de Lucifer. Pour vous, il n'y a pas d'espérance, ni en ce monde ni en l'autre.

Il fit mine de chercher du regard Galcerán, comme pour lui ordonner de les capturer tous deux.

Le vieillard tomba à genoux, en pleurant en silence. Puis, frénétique, écrivit avec le doigt un mot sur le sable.

Eymerich se pencha et lut :

— *Femmes.* Que veux-tu dire ? Que ce sont des femmes qui ont jeté le sort ?

Le vieillard hocha la tête avec vigueur. Il montra le ciel, puis écarta les bras vers le haut et les abaissa à terre. De nouveau, il écrivit : *Femmes.*

— Mais quelles femmes ? demanda Eymerich, impatienté. Venues d'où ?

Encore une fois, le vieillard indiqua le ciel. Le garçon parut enfin comprendre de quoi ils parlaient. À son tour, il s'agenouilla et se mit à dessiner rapidement sur le sable. Le dessin semblait représenter des formes féminines vaguement humaines, disposées en demi-cercle.

La colère d'Eymerich reflua. Il observa l'esquisse et commenta :

— Des femmes venues du ciel. Mais si vous dites la vérité, comment se fait-il que je ne les aie pas vues ? Où étaient-elles quand je me suis arrêté ici ?

Le vieux montra du doigt la maison dans son dos.

Puis il indiqua un point lointain, sur la route et écrivit : *Ariza.*

Le commandant Galcerán s'avança :

— Nous les emmenons avec nous, *magister*?

Eymerich réfléchit un instant puis haussa les épaules.

— Non. Ils ne sont qu'un détail du mystère principal. Allons-y.

Sans un regard au paysan et à son serviteur qui le fixaient en tremblant, il remonta à cheval et rejoignit les soldats en attente. Le commandant le suivit.

Ils reprirent la chevauchée. Au bout d'un petit moment, Eymerich fit signe à Galcerán de s'approcher.

— Il est temps que je vous parle de notre mission, dit-il en essuyant sa sueur du dos de la main. Vous aurez déjà compris que nous sommes en train de pénétrer sur un terrain dangereux, où il sera difficile de distinguer entre vérité, fiction et intervention diabolique.

— Mes soldats sont courageux, mais aussi superstitieux, répondit Galcerán d'une voix non exempte d'un certain tremblement. Ils peuvent affronter dans la bataille n'importe quel ennemi, mais s'il s'agit de Satan...

Eymerich le regarda avec sévérité.

— Satan n'est pas une superstition, mais une réalité. Mais souvenez-vous que c'est moi qui guide l'expédition et que je suis un soldat de Dieu. Même Lucifer en personne ne peut avoir de pouvoir sur moi.

Il fit une pause puis reprit, sur un ton plus calme :

— De toute façon, vos hommes n'ont pas de souci à se faire. Ils n'auront devant eux que des femmes sans défense. Il m'a semblé comprendre qu'elles ne deviennent dangereuses que lorsqu'elles sont ensemble.

Sa pensée se porta sur les formes en demi-cercle dessinées par le serviteur.

— Empêchez-les de se regrouper.

— Mais si elles peuvent voler... objecta Galcerán.

— Elles peuvent faire des choses encore plus surprenantes mais, j'en suis convaincu, seulement lorsqu'elles sont unies. Du reste, ajouta-t-il après avoir réfléchi un instant, même leurs facultés semblent avoir des limites. Elles ne peuvent lire dans la pensée. Dans le cas contraire, elles auraient été au courant de cette mission et ne nous auraient pas permis de nous attarder à l'*alquería*.

— Mais j'ai cru comprendre qu'il y a quelques jours, dans cette ferme, vous avez été victime d'un de leurs enchantements. Comment pouvaient-elles prévoir que vous vous arrêteriez là ?

— Elles étaient au courant de mon voyage et savaient que je n'avais avec moi ni eau ni vivres. Cette habitation est la seule sur la route, pendant des lieues et des lieues. Il ne s'agit pas de lecture de la pensée.

Après ces mots, Eymerich se tut et chevaucha en avant. La steppe de Torrelles, tantôt grise et tantôt rougeâtre, céda la place aux premiers éléments de végétation. Cependant, le détachement ne prit pas la route qui montait vers Piedra mais se tourna vers le ponant, en direction de Cetina et d'Ariza.

À peu près oublieux des hommes qui venaient derrière lui, Eymerich était absorbé dans la contemplation de cette désolation sans fin. Il n'avait pas mangé depuis longtemps et pourtant, il ne ressentait pas les sollicitations de l'appétit. Il en était distrait, non seulement par le projet qu'il avait conçu pour la prise d'Ariza mais aussi par la pensée angoissante que dans deux jours, le 12 octobre, commenceraient les célébrations de la Vierge du Pilar. Il n'avait que deux jours pour écraser la totalité du complot. Ensuite arriverait quelque chose qu'il n'osait imaginer, mais dont il commençait à deviner la nature.

Au lieu de traverser Cetina, la patrouille entra dans le sous-bois et contourna le village en piétinant les buissons. C'était la fin de l'après-midi, mais la lumière demeurait vive. Dans les champs, on ne voyait pas âme qui vive. Pour plus de précaution, Eymerich ordonna que les chevaux avancent au pas. Quand ils eurent dépassé l'agglomération, il commanda la halte, et rassembla les soldats autour de lui.

— Nous sommes presque rendus. Votre commandant vous a déjà dit qu'il ne pourra rien vous arriver si vous empêchez les femmes d'Ariza de se regrouper. N'hésitez pas à incendier et à tuer, si nécessaire. Ce qui compte, je le répète, c'est qu'elles ne puissent se regrouper.

Il y eut un accès de mauvaise humeur. Galcerán s'en fit le porte-parole :

— *Magister,* il n'est pas dans l'habitude de mes soldats de tuer des femmes.

Eymerich retint un geste d'agacement.

— Ce ne sont pas des femmes, ce sont des servantes du diable. Et je ne vous ai pas dit de les tuer. Seulement si vous vous y voyez contraints, pour les empêcher de se regrouper. Pour l'heure, dit-il en chargeant sa voix d'une certaine solennité, vous ne vous en rendez pas compte, mais vous voici sur le point de rendre un immense service à la chrétienté. Chacune de vos fautes sera lavée, et vous conquerrez la vie éternelle. Moi, représentant direct du pontife, je vous le promets. Et maintenant, découvrez-vous.

Les soldats ôtèrent leur casque et rejetèrent en

arrière le capuchon en maille d'acier. Eymerich leur accorda une rapide bénédiction puis dit à Galcerán :

— Ne vous éloignez pas de moi. Il vous reviendra d'arrêter Elisen.

Puis, donnant de l'éperon, il se lança au galop en direction d'Ariza.

Le *lloc* était animé comme la première fois. La foule des femmes qui en parcouraient les rues poussa en chœur un grand cri perçant à la vue des cavaliers qui fondaient sur elle comme dans un nuage de poussière. Tout de suite, ce fut la terreur. Les hommes de Galcerán, qui ne mettaient que trop de cœur à l'ouvrage, se lancèrent l'épée au poing contre les groupes, renversant sous les sabots de leurs chevaux quiconque ne s'écartait pas, fendant de leurs lames effilées les robes délicates et les nuées de dentelles.

Penché sur sa selle, Eymerich percevait à peine ce qui se passait autour de lui. Il vit la tête d'une jeune Arabe éclatée par une masse de fer comme un vase plein de sang, il entendit les cris aigus d'une fille restée accrochée dans le harnachement d'un soldat. Hurlant à gorge déployée, les femmes couraient dans toutes les directions, se poussaient, se foulaient aux pieds. De temps à autre, certaines d'entre elles tentaient de se serrer contre un mur, en se tenant par la main, mais les épées aussitôt tombaient pour rompre leur étreinte. D'autres, sanglotant, se jetaient à genoux, espérant en vain arrêter les chevaux.

Un unique et lancinant gémissement semblait monter du village. Fébrile, Eymerich se tourna vers le château, tandis qu'à ses côtés Galcerán travaillait de la masse. Quelques femmes grimpaient la côte en soulevant leurs robes fleuries. Elles furent abattues comme des marionnettes dont on aurait coupé le fil. Et là, en haut, bouleversée, le visage inondé de larmes, Elisen Valbuena contemplait la scène, secouant sa crinière blanche d'un côté et de l'autre comme pour nier l'atrocité de ce qu'elle voyait.

— Nous t'arrêtons, sorcière ! lui hurla Eymerich, hors de lui.

— Monstre ! monstre ! hurla Elisen.

Mais aussitôt Galcerán fut sur elle et, la soulevant, la jeta en travers de sa selle. La femme chercha à se dégager puis abandonna, évanouie peut-être.

Eymerich fit tourner son cheval.

— Commandant, retournons en arrière. Ordonnez à vos hommes de brûler le village.

Point n'était besoin de donner cet ordre. Quelques toits de paille étaient déjà en flammes, et le feu se communiquait rapidement d'une maison à l'autre, léchant les murs de bois. Dans les rues, jonchées de corps et de membres coupés, quelques femmes continuaient à courir sans but, comme devenues folles.

Le gros des soldats s'acharnait sur un groupe de survivantes acculé contre la façade de l'église. Ils devaient être ivres de sang, car leurs épées s'abattaient avec une fureur aveugle et leurs hurlements s'unissaient à ceux de leurs victimes.

Quand Galcerán commanda la retraite, ils se retirèrent de ce grouillement de corps mutilés avec une sorte de regret. Leurs armes dégoulinaient de sang, et leurs chevaux comme leurs armures en étaient éclaboussés. Ils descendirent en silence la colline qu'illuminait l'incendie du village dont la lueur se mêlait à celle du couchant. La mine sombre, Eymerich se retourna une seule fois pour regarder derrière lui. Il vit des femmes isolées qui couraient vers le bois et entre les roches, comme des fourmis dont on aurait détruit la fourmilière. Puis il se concentra sur la route devant lui.

Les rues de Cetina étaient désertes. Les habitants, certainement terrorisés par le sort d'Ariza, s'étaient réfugiés dans les bois. Ce fut seulement quand ils eurent traversé le village qu'Eymerich donna l'ordre de s'arrêter et de mettre pied à terre.

Il fixa les seize hommes un à un. Il vit des visages fatigués, défaits, encore encroûtés du sang d'autrui. Dans les yeux de beaucoup se lisait une certaine détresse, comme si, à présent seulement, ils prenaient conscience du massacre qu'ils avaient commis.

— Agenouillez-vous, ordonna-t-il.

Il leur donna l'absolution, puis les fit relever et les laissa se reposer brièvement. Il s'approcha de Galcerán :

— Elle est encore évanouie ? demanda-t-il.

L'officier examina le corps en travers de sa selle.

— Je dirais que oui.

— Faites-la attacher solidement. Elle ne va pas tarder à reprendre ses sens, et il faut l'empêcher de nuire.

Il regarda autour de lui et ajouta :

— Autre chose, commandant. Quel est le plus rapide de vos cavaliers ?

— Celui-là, dit Galcerán en montant du doigt un jeune homme étendu dans l'herbe près du tronc d'un chêne.

Eymerich s'approcha du soldat qui leva les yeux sur lui.

— Tu es très fatigué ?

— Non, mon père, répondit le jeune homme en se remettant sur pied. Puis, voyant que l'inquisiteur le regardait avec scepticisme, il précisa : Un peu seulement.

— J'ai une mission pour toi. Il faut que tu nous précèdes et que tu fasses exactement ce que je dis.

Il prit le jeune homme par le bras et, en allant et venant, lui parla à l'oreille. Le jeune homme parut très étonné puis hocha à plusieurs reprises la tête, et s'approcha de son cheval qui paissait non loin de là. Il monta en selle et partit au galop.

Un peu plus tard, le détachement se remettait en route. Quand il rejoignit la plaine, Galcerán, qui avait confié Elisen, étroitement garrottée, à un de ses hommes, s'approcha de l'inquisiteur.

— Regardez, *magister.* Là, en bas, il y a un autre dominicain.

Eymerich regarda dans la direction qu'on lui indiquait. Bien que le soleil eût pratiquement disparu, il réussit à distinguer, à peu de distance, un homme en tunique blanche et cape noire, qui semblait les observer du haut d'un cheval pie.

— Le père Arnau, murmura-t-il.

La silhouette resta immobile quelques instants, puis prit le trot en direction de Piedra. Galcerán l'observa tandis qu'elle disparaissait vers les collines.

— Vous ne voulez pas lui parler ? demanda-t-il.

— Non, nous devons penser à notre prisonnière, répondit Eymerich. Du reste, je le reverrai très bientôt.

Il éperonna le cheval et partit en direction de Saragosse.

RAPIDE COMME LA PENSÉE — 5

— Tu ne dois pas collaborer avec eux ! Tu m'as comprise ? Tu ne dois collaborer à aucun prix !

La voix de Cynthia était hachée, comme si la jeune fille avait été au bord des larmes. Frullifer en éprouva quelque préoccupation. Ce fut avec un certain embarras qu'il répondit :

— Mais je ne collabore à rien du tout !

— Mais si, tu le fais. Tu leur as livré tes notes, tu réponds à toutes les questions qu'ils te posent, tu te comportes comme s'il ne s'était rien passé du tout. Et pourtant, même cette simple salle te démontre que quelque chose a changé.

Ils étaient assis à une table dans un coin d'ombre de la cantine du Robert Lee More Building, déserte en cet instant. Devant eux trônait l'un des gigantesques crucifix que le gouverneur Mallory avait exigé que l'on suspende un peu partout.

Un frisson parcourut tout le corps de Frullifer, comme s'il avait cherché à se dégager d'un piège insidieux.

— Mais ils ont gagné les élections. Et puis Tripler collabore avec eux bien davantage que moi.

— Lui, il essaie juste de sauver ce qui peut encore l'être, répondit Cynthia en secouant la tête.

Frullifer la trouvait adorable, justement peut-être parce qu'elle était en colère, mais il n'avait pas envie de la suivre sur la voie de l'opposition directe. Jusqu'à ce moment, les hommes du gouverneur Mallory ne lui avaient absolument rien fait de mal. Hopkins lui-même, qui s'était installé à l'institut pour y remplir des fonctions imprécises, mais dans les faits en était devenu le recteur, semblait avoir tout oublié de la gifle reçue. Il parlait à Frullifer de la possibilité d'une chaire, il avait mis à sa disposition un bataillon de chercheurs et avait organisé en détail la démonstration qui devait avoir lieu le 12 octobre. En somme, toute bigote que fût la nouvelle administration de l'État du Texas, il n'avait vraiment aucune raison de s'en plaindre.

— Il suffit de faire son travail dans son coin pour qu'on vous fiche la paix, dit-il en essayant de conserver dans sa voix un soupçon de douceur.

Cynthia le regarda avec des yeux écarquillés, comme si elle avait dû subir la conversation d'un attardé.

— Tu plaisantes ? Tu ne t'aperçois même pas de ce qui est en train de se passer ? Tu n'as pas su qu'ils ont mis à la porte tous nos collègues homosexuels ?

— Eh bien, d'un certain point de vue, les laisser en contact avec de jeunes adolescents...

Les joues de la jeune fille s'empourprèrent sous l'effet de l'indignation.

— Marcus, je ne te reconnais plus ! s'écria-t-elle.

De façon surprenante, ses yeux s'embuèrent. Pour Frullifer, ce fut un coup sévère. Mais Cynthia poursuivit, cherchant à dominer son émotion.

— Ici, au département d'astrophysique, cela n'a pas beaucoup changé, mais au département d'histoire, c'est différent. Un professeur d'histoire médiévale a été renvoyé chez lui parce qu'il soutenait que l'Inquisition avait été un phénomène abominable. En histoire moderne, un autre enseignant a été mis à pied pour avoir écrit que la révolution française avait été un événement positif. Celui qui l'a remplacé explique aux étudiants que les valeurs positives, c'étaient celles de la Vendée, restée fidèle au roi et à la noblesse. En histoire contemporaine, ils ont licencié les deux tiers des professeurs. L'un d'eux pour avoir défendu que pendant la guerre d'Espagne, les républicains avaient raison, et pas Franco, un autre parce qu'il disait que les camps de concentration nazis étaient d'horribles abattoirs. Mais tu te rends compte ?

Les larmes qui avaient jailli au coin des yeux de Cynthia lui roulèrent sur les joues. La jeune fille s'enfouit le visage au creux de son bras et se mit à sangloter.

Frullifer, dévasté, éprouva l'envie soudaine de lui caresser les cheveux. Il tendit la main vers elle, puis la retira. Non, il se sentait innocent et devait défendre ses propres objectifs.

— Je ne sais pas très bien ce qui se passe en histoire, ce n'est pas mon champ d'études, dit-il d'une voix brisée. En ce qui me concerne, je ne collabore pas autant que tu le crois. En réalité, je ne collabore même pas du tout.

Cynthia releva le visage brusquement, lui montrant ses yeux mouillés. Elle les sécha d'un revers de la main.

— C'est ce que tu dis, toi. En vérité, tu révèles à ces gens des secrets militaires.

Elle se mit à farfouiller dans son sac à main et en sortit un magnétophone, qu'elle posa sur la table.

— Tes entretiens avec Hopkins ont tous été enregistrés.

Frullifer fronça les sourcils.

— Ah oui ? Et par qui ?

— Par les *Enfants du Futur*. Une organisation clandestine qui combat le régime au nom des idées de Wilhelm Reich.

— Reich ? Et qui est-ce donc ?

— Un psychanalyste autrichien. Le théoricien de la révolution sexuelle.

Frullifer chercha à se contenir, mais il ne parvint pas à s'empêcher de dire :

— De ce point de vue, tu n'es toi-même guère révolutionnaire.

Comme il l'avait redouté, les yeux de Cynthia se durcirent d'un seul coup.

— Ah oui ? Seulement parce que je ne couche pas avec toi ? Je le sais, que tu me baves dessus, je vois bien comment tu me regardes les seins à chaque fois que tu me croises. Est-ce que tu te rends compte que tu es un porc ?

Frullifer parcourut en pensée ses trente et quelques années de virginité forcée et il ne se sentit guère l'âme d'un porc. Il avala sa salive à plusieurs reprises et tenta de changer de sujet.

— Je n'ai jamais révélé aucun secret militaire. Jamais.

— Ah non ? Alors écoute.

Cynthia actionna le magnétophone. On entendit un long bruissement aigu, puis ce fut sans aucun doute possible la voix de Frullifer qui sortit de l'appareil :

« Les distorsions temporelles ? Sur ce sujet, la physique psytronique ne s'éloigne guère de la physique einsteinienne classique. Au mieux, elle fournit une interprétation différente de certaines hypothèses dérivées de la théorie générale de la relativité, comme le Big Bang ou l'univers en expansion. »

Puis vint la voix de Hopkins. « Expliquez-moi cela. Qu'arrive-t-il à la matière "fantasmatique" une fois sortie de l'imaginaire ? »

« Eh bien, cela dépend de la quantité de psytrons qui la composent. Si celle-ci est relativement élevée, comme par exemple dans le cas de notre astronef, la densité de la matière serait si haute qu'elle engendrerait une distorsion spatio-temporelle sur une vaste échelle. Les classiques cônes convergents par lesquels on figure l'espace-temps se retrouveraient distordus par la force gravitationnelle d'un tel objet, jusqu'à se superposer. L'astronef déboucherait non seulement dans une autre région de l'espace, mais encore dans un temps antérieur à son départ. De ce dernier phénomène, nous ne pouvons toutefois avoir la confirmation directe, vu la distance stellaire, dans l'espace et dans le temps, qui le séparerait de l'astronef resté à l'état de repos dont il serait la projection. »

De nouveau Hopkins. « Et si les psytrons rassemblés étaient en faible quantité ? »

Frullifer : « En ce cas, la distorsion serait imperceptible, et seuls très peu de psytrons finiraient dans le passé. C'est ce qui au fil du temps a eu pour conséquence des phénomènes localisés de déplacement de noyaux de matière, de la part d'individus parfois définis comme des saints ou des sorciers, selon leur époque. Dans notre cas, la traversée de l'imaginaire accomplie par un seul individu ou, pour le dire plus exactement, par la *projection* d'un seul individu, ne produirait pas de distorsions temporelles de grande ampleur, et la régression temporelle se limiterait à quelques heures, voire à quelques minutes. Il en irait de même pour le déplacement spatial, qui serait à peine perceptible. Mais ici, nous parlons d'un astronef qui serait occupé par des centaines, ou peut-être même des milliers de personnes, et donc d'un agglomérat de Psyché de dimensions très conséquentes. Si conséquentes qu'il pourrait provoquer, par sa propre densité, une distorsion spatio-temporelle très sensible. »

Hopkins : « Jusqu'à quel point cet agglomérat psytronique pourrait-il reculer dans le temps ? »

Frullifer : « La seule limite serait l'âge des psytrons. Cela dit, en réalité, le déplacement serait mineur et amplement prévisible en tenant compte de la densité que cette zone de la Psyché pourrait atteindre, en fonction de ses dimensions. Il serait donc possible de calculer à l'avance le déplacement de l'astronef dans l'espace et dans le temps, si l'on parvenait à connaître avec exactitude la masse des psytrons destinés à être excités. »

Hopkins : « Un calcul, si je comprends bien, essentiel pour le voyage de retour. »

Frullifer : « Tout à fait. Les paramètres de celui-ci seraient plus ou moins les mêmes que pour le parcours à l'aller. Les synapses "fantasmatiques" fourniraient à la Psyché prisonnière des neurones artificiels les informations nécessaires sur le véhicule et sa destination. Le *médium* activerait sa propre fonction volitive. Il y aurait une nouvelle traversée de l'imaginaire, visant à rejoindre le point de départ. De nouveau, l'espace-temps se replierait sur lui-même, mais en sens inverse, en distendant les deux cônes à cause de la force de la gravité. Et... c'est bien là que réside tout le problème. »

Hopkins : « Quel problème ? »

Frullifer : « Attendu que l'astronef originel ne sera jamais parti, je suppose que vous vous imaginez un second astronef, identique au premier, qui se matérialisera en sortant de nulle part. Il n'en est pourtant pas ainsi, même si cela pourrait bien arriver. En vérité, la forme concrète de la matière psytronique aura été donnée par les informations imprimées dans chaque psytron, et par l'afflux continuel d'informations en provenance du point de départ. Lors du voyage de retour, ni le *médium* ni les neurones artificiels ne fourniraient les informations sur la forme à assumer. Aucune information de cette nature ne parviendrait non plus du point d'origine. De l'imaginaire jaillirait seulement une matière psytronique informe, destinée à s'effilocher sur-le-champ. Les psytrons afflueraient dans la Psyché encore emprisonnée à l'intérieur de l'astronef de départ, en y déversant à leur tour leurs propres informations. Ainsi l'équipage de l'astronef connaîtrait tous les détails d'un voyage qu'il n'aurait jamais effectué, comme s'il l'avait vécu en rêve. »

Hopkins : « Je pense avoir compris. Mais un rêve ne laisse pas de traces. »

Frullifer : « Dans notre cas, si. Une indication de ce qui se serait produit serait contenue dans la charge transportée par les psytrons lors de leur retour, au cas où le *médium* aurait décidé de leur conserver une forme, destinée à être communiquée au moment de leur rentrée dans les réseaux neuroniques. Pour le reste, si je peux m'exprimer ainsi, le rêve fusionnerait parfaitement avec les rêveurs, en devenant le *leur*. »

Cynthia éteignit le magnétophone.

— Tu te rends compte de ce que tu es en train de faire ? demanda-t-elle d'une voix pâteuse.

— Franchement, non.

— Tu es en train de fournir les instructions nécessaires à la construction d'un véhicule spatial tellement puissant que l'on n'en a jamais vu de semblable. Et tu le leur donnes à eux, aux fascistes.

Frullifer fut gravement blessé par ces paroles. Il se dressa sur ses pieds d'un seul coup.

— Tu persistes à m'attribuer des intentions mesquines. Ni toi ni Tripler ne vous êtes jamais intéressés à mon travail, avant cet instant. Vous l'avez déprécié et raillé. Et maintenant que quelqu'un commence à le prendre en considération, vous me demandez d'y renoncer. C'est tout simplement grotesque.

Cynthia se remit à pleurer. Elle sembla faire un gros effort pour réussir à dire :

— Marcus, tu ne dois pas participer à l'expérience du 12 octobre. Promets-le-moi.

Frullifer la regarda avec une condescendance glaciale.

— C'est hors de question. De quel droit me demandes-tu ça ? Qu'est-ce qui te fait peur là-dedans ?

La jeune fille leva sur lui des yeux humides mais vides de larmes.

— Je viens d'une famille juive, murmura-t-elle d'un filet de voix.

Frullifer haussa les épaules.

— Et alors ?

Il poussa un soupir irrité et sortit de la salle.

CHAPITRE VIII

LE PIÈGE

Eymerich poussa devant lui Elisen avec une brutalité délibérée. Les serviteurs du *Justicia* accouraient et s'immobilisaient, stupéfaits, sans savoir que faire. Du reste, l'aspect menaçant de Galcerán et de ses hommes, presque tous encore souillés de sang, suffisait à décourager toute velléité d'intervention.

L'inquisiteur poussa la femme, qui boitait visiblement, contre une des petites colonnes du patio.

— Tu croyais que nous allions t'emmener à l'Aljaferia, j'en suis sûr. À deux pas de tes complices de la cour.

Il eut un petit rire sec.

— Non, tu seras détenue au secret dans ce palais. Et je te jure que, par toi-même, tu me supplieras de te laisser te confesser.

Elisen tourna la tête, fixant sur Eymerich deux yeux rougis mais pleins de fierté.

— Tu te trompes, prêtre. Je ne te dirai jamais rien.

Eymerich haussa les épaules puis se tourna vers l'un des domestiques :

— Alors, qu'est-ce que vous attendez pour aller avertir le *Justicia* ? Il était prévenu de mon arrivée.

Le serviteur allait se précipiter quand, à cet instant précis, le *Justicia* apparut dans le patio, suivi de quelques hommes armés. Eymerich s'aperçut tout de suite que le regard du magistrat avait changé. L'expression languide avait cédé la place à une attitude résolue, d'une dureté inusitée. On voyait qu'il était dans la plénitude de ses fonctions.

— Seigneur comte, je vous amène la proie que vous attendiez, annonça-t-il.

Au lieu de répondre, Jacme de Urrea contempla toute la scène avec des yeux scintillants. Puis il marcha droit sur le commandant Galcerán.

— Capitaine ! Libérez immédiatement cette femme et arrêtez ce prêtre ! ordonna-t-il.

Eymerich regarda autour de lui comme s'il ne comprenait pas.

— Vous ne voudriez pas...

— Obéissez ! ordonna le *Justicia* à Galcerán.

L'officier hésita encore un instant puis, décidé, marcha sur l'inquisiteur et lui mit une main sur l'épaule. Eymerich se dégagea comme s'il avait été touché par un fer rouge. Il réussit à se placer devant le comte d'Urrea, qui reculait sous son regard.

— Traître ! lui hurla-t-il, et sa voix résonna entre les colonnes du patio. Mais déjà Galcerán lui immobilisait les bras par-derrière, le contraignant à se baisser.

Le *Justicia* adressa un sourire froid à l'inquisiteur.

— Traître, moi ? C'est vous qui êtes un imbécile ! Vous ignoriez donc que cette femme jouit de la protection de Sa Majesté ?

— Mais vous le saviez, vous aussi ! lança Eymerich d'une voix cassée, semblable à un sombre raclement. Je vous l'avais dit moi-même !

— Mais moi, je ne vous avais pas ordonné d'accomplir un tel massacre, misérable assassin !

Le comte se tourna vers un de ses serviteurs.

— Guide le capitaine aux oubliettes. Que cet homme soit enchaîné comme il le mérite.

Puis, tandis que les domestiques et les soldats entraînaient Eymerich, il fit un pas vers Elisen, qui avait observé ce qui se passait d'un air perdu.

— Pardonnez, madame, tout ce qui s'est passé. Le roi a déjà été informé de tout.

Elisen se reprit de sa stupeur. Elle passa une main maigre dans ses cheveux blancs, qui pendaient en boucles désordonnées.

— Vous n'avez pas idée de la férocité de cet homme, murmura-t-elle. C'est un monstre, une bête sauvage assoiffée de sang.

— Demain matin, il sera exécuté, mais avant on lui crèvera les yeux et on lui arrachera la langue. C'est un ordre du roi.

Le *Justicia* posa une main sur le bras de la femme, dans un geste quasiment affectueux.

— Mais maintenant, venez avec moi, changez de tenue. Vous le verrez plus tard, quand il ne sera plus en condition de nuire.

Tenu serré de toute part, Eymerich tenta de dire quelque chose, mais il fut emporté vers une petite porte qui s'ouvrait au fond de la salle d'entrée. Il heurta le chambranle du front et un voile de sang lui descendit sur les yeux. Un croc-en-jambe le fit dégringoler au bas d'un escalier, dans un antre imprégné de l'odeur du salpêtre. Il tenta de se protéger la tête mais sa lèvre inférieure cogna violemment contre les marches. Quand on le releva, sa tunique était tout ensanglantée.

On alluma des torches. La cellule dans laquelle on le

poussa était un sordide réduit sans fenêtre, ruisselant d'humidité. On lui mit des chaînes aux poignets et aux chevilles avant de les passer dans les anneaux fixés aux murs. Puis les torches s'éteignirent, la porte se referma et il resta suspendu dans le noir impénétrable, dans un silence rompu seulement par d'ambigus craquements.

Un temps exagérément long se passa avant que la lumière d'un flambeau ne revienne illuminer la meurtrière de la porte d'entrée. Il entendit des voix et un bruit de clés tournées dans la serrure. La lueur le contraignit à fermer les yeux.

— Comme vous voyez, il est tout à fait réduit à l'impuissance, dit le *Justicia* à Elisen, en plaçant la torche dans un anneau fixé à la muraille. Le roi lui-même désire que vous l'interrogiez et que vous lui rapportiez chacune de ses paroles.

— Ne pourrais-je lui parler demain ? demanda la sage-femme, visiblement épuisée.

— Demain, cet homme sera mort. Je vous laisse seule avec lui. Un de mes hommes attendra dehors.

Il sortit et ferma la porte derrière lui.

Il y eut un instant de silence pesant. Eymerich contemplait la femme, à présent vêtue d'un habit simple mais propre. Les yeux gris, sous les touffes de cheveux blancs, étaient rougis de fatigue mais pleins de vie. La bouche étroite, presque privée de lèvres, se tordait lentement en un sourire ricanant, qui bientôt se transforma en un rire dépourvu de la moindre ironie.

— Pauvre petit prêtre, s'exclama Elisen, réprimant cette fausse hilarité. Tu as tué mes compagnes pour rien !

Eymerich se contorsionna un peu. Il réussit à chuchoter :

— Je sortirai d'ici, sorcière et nous verrons qui est le plus fort.

Mais cette phrase avait beau être gonflée de rage, elle résonna avec l'accent de la défaite. Elisen secoua la tête.

— Oh, ce n'est certainement pas toi, le plus fort. En essayant de me frapper, tu as en réalité porté atteinte au roi. En la personne de sa fille, la princesse Maria. Pour toi, il n'y a pas d'espoir, tu le comprends ?

— Tu divagues, vieille, répondit Eymerich, tandis que sa bouche se remplissait de sang. Maria est morte.

— Tout le monde le croit, y compris le *Justicia*. Mais Maria n'est pas morte. Simplement, le roi Pierre a profité de la grande peste pour la dissimuler aux yeux du monde.

— Et pourquoi donc ? Était-elle folle, difforme, ou bien quoi ?

— Non, ce genre de motif n'a rien à y voir. Pierre craignait ses pouvoirs, et par-dessus tout il craignait qu'on apprenne leur existence. Mais je t'en raconte trop.

Eymerich se contorsionna, les yeux pleins de mépris.

— Alors, garde tes histoires et va-t'en.

La bouche d'Elisen prit une expression ironique.

— Mais non, à un mort je peux tout raconter. Ainsi, tu comprendras quelles forces tu as défiées, et ton supplice te sera encore plus douloureux.

Elle marqua une pause avant de reprendre sur un ton plus détaché :

— Dès la petite enfance, Maria faisait d'étranges choses. Elle était capable de faire apparaître des objets du néant, comme si elle les créait. Par la suite, seulement, nous découvrîmes qu'elle ne les créait pas, mais se limitait à les déplacer. Même à de grandes distances.

— Une sorcière, elle aussi, marmonna Eymerich.

— Le roi craignait un jugement de ce genre et la fit isoler. Seuls la reine, moi, sa sage-femme et le père Arnau, son médecin, pouvions l'approcher. D'ordinaire, elle était normale, mais de temps en temps, des fièvres étranges, très fortes, s'emparaient d'elle. Le père Arnau fut le premier à deviner ce qui se passait dans ces moments. Maria déplaçait les choses, mais pas de sa propre initiative. Elle n'y parvenait que lorsqu'un grand nombre de personnes pensaient à la même chose. Ce fut le cas pour un candélabre qui allait tomber, devant nous tous qui étions présents. Il disparut et réapparut dans une autre pièce. La même chose arriva avec les chenets de la cheminée et même avec une armure.

Une lueur d'intérêt apparut dans les yeux éteints d'Eymerich.

— Vous l'avez dit au roi ?

— Pendant quelque temps, oui, nous lui rapportâmes tout. Puis le père Arnau ne le voulut plus. Il craignait que Pierre ne décidât de la faire tuer. Parce que, là encore, il avait réussi à lui faire faire une chose vraiment incroyable.

— C'est-à-dire ?

— Un jour, le père Arnau réunit les nombreuses dames de la cour qui étaient au service de la reine. Il leur ordonna de penser intensément à une épée, et de répéter à voix haute « épée, épée ». Maria, qui était dans une autre salle, fut prise de l'un de ses habituels accès de fièvre. Elle tremblait, elle était couverte de sueur. Elle prit un aspect horrible, comme si sa chair était soulevée par quelque chose qui se trouvait en dessous. Sur la table de la pièce d'à côté, apparut la silhouette imprécise d'une épée, qui ensuite disparut. Mais quelques instants après, elle apparut de nouveau, cette fois bien tangible, concrète. Les dames hurlèrent de terreur, quelques-unes s'évanouirent. Mais peu après, l'épée fondit en une espèce de substance blanche, qui s'évapora aussitôt.

Sur le visage éprouvé d'Eymerich se peignit l'incrédulité.

— Cette épée existait déjà, dans une pièce voisine. Maria en avait modelé en pensée une copie, un peu différente de l'originale, mais très similaire. Mais je m'étends trop. Il te suffira de savoir que des choses encore plus stupéfiantes advinrent par la suite, durant les cérémonies religieuses auxquelles Maria assistait à travers un soupirail. Apparitions, déplacements d'objets, surgissement d'images sacrées. La fillette avait le pouvoir de créer ou de déplacer ce qu'elle voulait, y compris les personnes vivantes, pourvu que dans la foule cette idée fût déjà présente, et très intense.

Eymerich eut un mouvement de répulsion, freiné par les chaînes.

— Tout cela est un épouvantable blasphème. Il n'existe qu'un unique créateur.

— Et vous, chrétiens, que faites-vous ? répliqua Elisen en s'échauffant. Quand vous priez tous ensemble, n'est-ce pas pour donner corps à un objet commun, qu'il s'agisse d'une guérison ou simplement d'argent ? Maria est comme un chandelier, où chaque volonté serait une chandelle. Si les flammes oscillent dans le même sens, le résultat est une unique et très puissante lumière.

Eymerich imposa, non sans peine, à ses traits une expression ricanante.

— Tu dois être folle, femme. La seule chose que je comprends est que tu as perdu ton âme en reniant le christianisme.

— À Saragosse, il y a des milliers de femmes qui l'ont renié ! répondit Elisen, furieuse. Puis, sur un ton plus calme : Nous croyons en Diane. Ce fut le père Arnau qui, pendant des années, transcrivit des textes latins, qui nous a illuminées. Il savait que Diane existait encore, maintenue en vie dans un monde lointain par les invocations de ses dernières adoratrices. Celles que vous appelez des sorcières.

Elisen déglutit, comme pour se débarrasser d'une pensée déplaisante, puis continua :

— Arnau a deviné qu'à travers Maria, il était possible de rappeler Diane de son exil, et de lui rendre son ancienne puissance. Il suffisait de rassembler un nombre adéquat d'esprits qui le voulaient, et de prier de tout son cœur. Maria transmettrait notre message. Nous avons recruté nos premières adeptes à la cour, puis dans toute la ville, sans considération de race ou de religion. Ton prédécesseur me créa des ennuis précisément à cause de mes rapports avec une sœur juive. Par chance, le roi voulait que je continue à garder Maria, et il contraignit Agustín à renoncer à son ridicule procès.

— Mais que voulez-vous obtenir ?

— Tu ne le verras pas, parce que demain tu seras mort. Demain est le grand jour. Sous le prétexte des processions de la Vierge, nous serons au moins cinquante mille à invoquer Diane, autour du lac Miroir. Et Diane reviendra parmi nous, libre et terrible.

Eymerich secoua avec fureur les chaînes qui lui serraient les poignets.

— Stupide mégère ! C'est Satan que vous invoquez, et non Diane !

Elisen sourit avec indulgence.

— C'est toi qui es stupide. Je te l'ai dit, Satan n'est que le reflet de votre Dieu, distant et inhumain. Au contraire, Diane est la déesse de la fertilité, du contact avec la terre, du parfum des bois, de la lumière de la lune. La déesse des instincts, opposée à votre Dieu masculin, froid et raisonnable. Avec Diane, les femmes, que vous maintenez en esclavage, recommenceront à courir dans les forêts comme autrefois, à accoucher pour elles-mêmes et non pour vous.

Elle marqua une pause.

— Mais toi, que peux-tu comprendre ? Tu appartiens au règne de la logique et de la cruauté. Ton Église a toujours cherché à nous renier, à nous plier, à nous arracher à la nature. C'est un monde glacé dont nous ne voulons plus. Demain, Diane nous libérera pour toujours.

Eymerich secoua la tête.

— La nature dont tu parles n'est pas bienveillante. C'est en elle que résident le mal, le désordre, la maladie. L'homme a une âme et un esprit, pas seulement un corps.

— L'homme, peut-être, mais pas la femme. Elle est habituée à vivre avec la nature et ses cycles. Elle sait créer la vie, chose qui vous est impossible. Vous avez peur de la lune, les femmes, non.

L'inquisiteur haussa les épaules, autant que le lui permettaient les chaînes.

— Ce que vous créez ne tourne pas toujours bien. Prends les enfants à deux visages, que tu étais toi-même chargée de tuer.

Elisen sembla frappée au cœur. Sa voix, d'un coup, se fit plus rauque :

— Cela, c'est une autre histoire. Je ne sais si je dois te la raconter.

Elle réfléchit un instant, puis dit :

— Mais si, de toute façon, tu l'emporteras dans ta tombe. Quand le roi décida d'enfermer Maria dans une grotte, elle n'était plus la même. Depuis quelques années, elle s'était comme refermée. Elle ne parlait pas, ne communiquait pas. Elle semblait comprendre ce qu'on lui disait, mais comme si les voix lui arrivaient de loin, précisa la sage-femme tandis que deux larmes apparaissaient aux coins de ses yeux. Je ne sais si ce fut le résultat des efforts auxquels nous l'avions soumise. Si tel est le cas, Diane saura nous pardonner. Maria tomba dans cet état un an avant la grande peste. De ce moment, il ne fut plus aussi facile de nous servir d'elle pour donner corps à nos désirs. Quand nous invoquâmes Diane pour la première fois, dans la grotte apparut un enfant monstrueux à deux visages. Et chaque visage était identique à celui de Maria.

— Comment peux-tu nier, à ce point, l'intervention du diable ?

Elisen secoua lentement la tête.

— Le père Arnau nous donna une explication plus convaincante. Il dit que Maria, dans son inconscience, avait transmis notre demande à Janus, et non à Diane. Il expliqua que Janus et Diane ont les mêmes racines. Peut-être Maria comprit-elle mal nos paroles et évoqua un monstre qui restait dans sa mémoire, peut-être Janus vit-il encore dans le monde où Diane est enfermée. Toujours est-il qu'à quatre reprises, au lieu de Diane, apparut Janus, composé de la même substance instable dont étaient faits les objets que Maria déplaçait. Mais demain, cela ne se passera pas ainsi. Maintenant, nous sommes beaucoup plus forts.

Pour la première fois, Eymerich ne contesta pas cette affirmation. Son comportement changeait. Il était troublé, mais aussi beaucoup plus sûr de lui, au point de ne plus avoir besoin de lancer des phrases de défi.

— Le père Arnau, chuchota-t-il seulement, derrière tout cela, il y a le père Arnau.

Elisen le regarda avec curiosité, mais aussi avec une vague inquiétude.

— À quoi te sert de le savoir ? De toute façon, le père Arnau est notre prêtre. Ce fut lui qui découvrit l'assonance entre les noms de certains lieux autour de Piedra et ceux qui étaient autrefois consacrés à Diane, en Italie. C'est lui, aujourd'hui, le *rex nemorensis,* gardien de notre culte. Seul celui qui le tuera pourra lui succéder et porter le rameau d'or qui ouvre l'accès aux enfers.

Le visage de la sage-femme prit un instant un air songeur.

— Elle n'est pas belle, notre religion ? Pense à la tienne, sanguinaire, sombre, pleine de rancœurs. Nous la supprimerons d'abord dans l'Aragon, puis sur toute la surface de la terre.

Tout à coup, le visage d'Eymerich prit une expression inattendue d'ironie.

— Tu te fais des illusions, vieille sorcière.

— C'est toi qui t'en fais, rétorqua Elisen.

Mais dans sa voix, un léger trouble résonnait, comme si la transformation qu'elle remarquait chez l'inquisiteur l'effrayait.

— Maintenant, poursuivit-elle, je t'abandonne à ton destin. Je n'assisterai pas à ton exécution. J'espère seulement que tu souffriras autant qu'ont souffert mes sœurs.

En boitant, elle se rapprocha de la porte, mais elle fut bloquée par un cri d'Eymerich, chargé d'une joie sinistre.

— Comte d'Urrea ! Ouvrez, Elisen Valbuena veut sortir !

La porte s'ouvrit à la volée. Le *Justicia* apparut, suivi de deux soldats.

— Mes compliments, père Nicolas ! s'exclama le magistrat. Vous avez joué en acteur consommé.

Elisen parut ne pas comprendre. Elle observait comme hébétée les gardes qui détachaient les anneaux métalliques des poignets et des chevilles d'Eymerich.

— Pourquoi le libérez-vous ? balbutia-t-elle.

L'inquisiteur, qui se massait les poignets, esquissa une courbette.

— Parce que tu as déjà dit tout ce que je voulais savoir, rétorqua-t-il, puis il ajouta, sur le ton de la dérision : Tu comprends, maintenant ? La scène de mon arrestation n'était qu'un expédient pour te faire parler.

La bouche d'Elisen béa, ses yeux se chargèrent d'horreur. Puis elle cria :

— Monstre !

Mais plus qu'un cri, cela parut un râle.

— Que faisons-nous d'elle ? demanda le *Justicia.*

— Faites-la enchaîner à ma place, répondit Eymerich, en essuyant avec sa manche sa bouche encore saignante. Ses complices la croient sûrement à l'Aljaferia.

Un peu plus tard, tandis qu'ils remontaient des oubliettes dans lesquelles Elisen était maintenant détenue, l'inquisiteur demanda :

— Avez-vous réussi à entendre tout le dialogue ?

— Oui, répondit le *Justicia* en fronçant le sourcil.

La situation est très grave. Nous n'avons qu'un jour devant nous pour empêcher les sorcières de l'emporter.

— Pourrez-vous interdire les processions de la Vierge ?

— À Saragosse, peut-être, je pourrais les faire retarder. Mais pas à Piedra. Même l'archevêque n'y parviendrait pas. Les fidèles qui affluent là de tout l'Aragon ne renonceraient jamais à leur cérémonie.

Quand ils furent dans la cour, le magistrat contempla l'inquisiteur avec une vague sympathie.

— Vous devez être à bout de forces.

Eymerich eut un mince sourire.

— Je ne tiens que par la volonté de combattre.

— Mais même un guerrier a besoin de restaurer ses énergies. Venez, je vais vous faire préparer une chambre. Quelques heures de sommeil n'influeront pas sur l'issue de l'affrontement. Demain matin, nous préparerons nos plans.

Eymerich n'opposa pas de résistance. Il fut confié à un vieux serviteur, qui le conduisit à la cuisine et lui prépara une collation à base de saucisses épicées, puis lui montra le chemin jusqu'à une chambre au premier étage. C'était une salle spacieuse, dominée par un grand lit à baldaquin de bois. De nombreux coffres servaient de garde-robe.

Resté seul, Eymerich souleva la courtepointe rouge à chevrons, à la recherche de poux, puis les couvertures. Il poussa le scrupule jusqu'à examiner l'interstice entre la paillasse et le matelas, sans trouver trace d'insectes. Satisfait, il ôta sa cape et se jeta sur le lit en gardant sa tunique maintenant crasseuse. Il éteignit la chandelle avec les doigts. Un instant plus tard, il dormait profondément.

Il fut réveillé par une série de coups frappés à la porte et entendit la voix du *Justicia* :

— Père Nicolas ! réveillez-vous, vite !

Il regarda autour de lui. Le soleil était déjà haut, et éclairait la chambre d'une lumière rougeâtre. Il sauta hors du lit et courut à la porte.

— Que se passe-t-il ?

Le comte d'Urrea avait une expression préoccupée.

— Le roi veut vous voir de suite. Je vous ai déjà fait seller un cheval.

— La prisonnière ?

— Sous bonne garde.

Eymerich endossa sa cape, serra le scapulaire, descendit en courant l'escalier, traversa la cour et sortit du palais. C'est à peine s'il répondit au salut du *Justicia*, resté en haut des marches. Quelques instants plus tard, il éperonnait le cheval en fonçant à travers les ruelles de Saragosse, au risque de renverser les passants qui commençaient à devenir nombreux.

Arrivé à l'Aljaferia, il alla changer rapidement d'habit dans la tour de l'Inquisition, puis se dirigea à grands pas vers les ailes du château qui abritaient le palais royal, au nord du grand patio central. Il se sentait ému, mais surtout surexcité. Depuis longtemps, il s'était préparé à cet entretien, mais tant d'événements nouveaux s'étaient imposés depuis la veille, qu'à présent, il lui fallait redéfinir en hâte son propre comportement. La moindre erreur compromettrait l'issue de la guerre qu'il se préparait à mener.

Les soldats du corps de garde lui demandèrent ce qui l'amenait et le prièrent d'attendre. On n'était pas encore à la sixième heure, et une bonne partie de la noblesse de cour dormait encore.

Il était rare que le roi reçoive d'aussi bon matin.

Mais Eymerich vit passer, à l'autre bout du patio, la dame aux cheveux roux et au teint pâle qu'il avait déjà remarquée au palais du *Justicia.* Il fut certain que cette femme avait quelque chose à voir avec sa convocation. De toute façon, à présent, il ne s'agissait plus que d'attendre.

Enfin, on le fit entrer. Il se retrouva dans un vestibule spacieux, de style gothique. Pierre le Cérémonieux avait fait à plusieurs reprises réaménager cette aile de l'édifice, pour en effacer les dorures arabes ; mais de nombreuses traces de l'architecture précédente demeuraient, en particulier au plafond, hérissé de *murqanas* qui imitaient des stalactites.

Un majordome le guida le long de l'escalier d'honneur jusqu'à la grande salle au premier étage, entre tapisseries précieuses et présentoirs d'armes. Autour de lui, on ne voyait que des domestiques. Il y avait ceux qui changeaient les chandelles consumées durant la nuit, ceux qui répandaient des fleurs fraîches et parfumées, ceux qui frottaient les argenteries et les cuirasses. Au fur et à mesure qu'il se rapprochait du lieu de la rencontre, Eymerich sentait sa gorge se serrer et son cœur battre plus vite. Mais il savait par expérience que cette agitation, en apparence capable de le paralyser, s'évanouirait en présence de son interlocuteur.

Il y eut une nouvelle attente, puis un serviteur à l'air solennel écarta un lourd rideau de velours rouge et ouvrit une porte au décor doré. Eymerich en franchit le seuil et se trouva dans une très longue salle, encore plus riche que celle qu'il avait traversée. Un garde armé d'une pique entra avec lui et resta près de la porte. Pierre IV était debout près du trône, les mains dans le dos, une expression furieuse dans les yeux. Sa chevelure très noire descendait comme une crinière sur sa veste de velours, noire elle aussi, et sur la chaîne d'argent qu'il portait au cou.

Eymerich s'inclina profondément, pliant le genou, et resta dans cette position, dans l'attente d'une invite à se relever. Mais l'invite tardait. Puis, enfin, la voix coupante du roi ordonna :

— Relevez-vous, père Nicolas.

Eymerich se remit sur pied et fit quelques pas en direction du trône. À présent, il pouvait voir le souverain de près. Il ne savait pas quand il était né, mais il semblait avoir plus ou moins le même âge que lui. Le visage était ovale, de teint olivâtre, dominé par un front très haut et un nez aquilin. La bouche, aux très longues moustaches soignées, avait un pli dur, comme s'il se préparait à dire quelque chose de déplaisant. En fait, le début de l'entretien fut en apparence presque amical.

— Nicolas Eymerich, murmura le roi. Nous avons connu votre mère, Doña Luz. Nous lui conservons beaucoup d'estime.

L'inquisiteur éprouva un certain malaise. Il avait presque chassé de son esprit l'image de sa mère, femme altière et très froide. L'évoquer à présent signifiait mettre au jour une douleur ancienne et lui ôter des forces. Il se contraignit à l'impassibilité.

— Je vous remercie, sire.

— Vous ne devez pas me remercier.

La voix du roi claqua comme un coup de fouet.

— Nous n'aurions jamais cru qu'une grande dame comme votre mère pouvait avoir pour fils un hors-la-loi !

— Hors-la-loi, sire ?

— Comment croyez-vous que s'appelle quelqu'un qui prend d'assaut une de nos propriétés, en ordonnant l'extermination de femmes innocentes ? Et qui enlève en cachette la sage-femme qui a mis au monde notre pauvre fille ? Nous avons dit « hors-la-loi », mais l'expression la plus adaptée serait « traître ». Vous en convenez ?

Eymerich fut content de cette attaque directe. À présent, il pourrait adapter sa contre-offensive.

— Comment pourrais-je en convenir, sire ? Ce n'est pas une trahison que de remplir les devoirs de sa charge.

— Charge que vous vous êtes attribuée tout seul, en forçant la main de la couronne et de l'autorité ecclésiastique elle-même. Mais de cela, nous parlerons plus tard. À présent, parlez. Nous savons que vous avez emmené la sage-femme au palais du *Justicia*. Nous espérons que vous ne lui avez fait aucun mal.

— C'est elle qui vous a fait du mal, sire, répondit Eymerich sur un ton exagérément soumis, puis il ajouta, melliflu : Elle a tout avoué.

— Impossible ! s'écria impétueusement le roi.

Presque aussitôt, il se rendit compte de ce qu'il venait de reconnaître, et tenta d'y remédier, mais une bonne part de son agressivité s'était déjà évanouie.

— Personne ne vous donnait le droit de l'interroger.

— Je suis un inquisiteur, sire, dit-il d'une voix ferme. J'ai la faculté de conduire une instruction de la manière que je considère comme la plus opportune.

De nouveau, Pierre IV se laissa emporter par la colère.

— Aujourd'hui même, nous enverrons un messager en Avignon. Demain, vous ne serez plus inquisiteur.

— Il me suffit de l'être aujourd'hui, répondit Eymerich, cette fois sur un ton de défi. Du reste, sire, que pensera le pape Clément quand il apprendra que vous avez l'intention de lui retirer un de ses serviteurs occupé à combattre le plus atroce complot jamais ourdi contre la chrétienté ? Il me semble, poursuivit-il en baissant la voix, que jamais, depuis l'excommunication de votre père, les rapports entre le royaume d'Aragon et la papauté n'ont été aussi proches de la rupture.

Le roi saisit l'allusion à la controverse sur la possession de la Sardaigne qui l'opposait au pontife, tacitement favorable aux Génois. Il éclata d'un grand rire.

— Tu t'occupes de politique, prêtre ?

— En tant qu'inquisiteur général, je m'occupe de tout ce qui peut soutenir l'accomplissement de mes devoirs, répondit Eymerich sur un ton compassé.

Puis, comprenant que, sur ce registre, il ne tiendrait pas longtemps, il changea brusquement de ton.

— Permettez que je vous parle franchement, sire. Je vous ai déjà dit qu'Elisen a avoué. Je sais que votre fille Maria n'est pas morte. Je sais que vous la gardez cachée dans la grotte du lac Miroir, sous la garde d'Elisen et du père Arnau. Je sais de quels pouvoirs Maria est douée. Croyez-moi, je comprends bien votre sensibilité de père. Mais ceux qui devaient veiller sur votre fille l'ont en réalité exploitée, en compromettant son salut et son âme.

Un instant, Eymerich crut que le roi était sur le point d'appeler la garde, et espéra que la protection du *Justicia* suffirait à lui épargner la foudre qui allait s'abattre. Mais Pierre, après avoir gonflé le torse, sembla d'un coup perdre toute son assurance.

— Savez-vous, demanda-t-il d'une voix basse, épuisée, quel âge a Maria, aujourd'hui ?

— Non, sire.

— Neuf ans. Neuf ans seulement. Et vous voudriez lui faire du mal.

— Pas moi. Le mal lui a déjà été fait par d'autres. Vous avez fait confiance, de bonne foi, à des adeptes d'une secte païenne, voués à un culte ignoble, qui...

Eymerich s'interrompit. Il lui avait semblé voir passer une lueur d'étonnement dans les yeux du roi.

— Mais peut-être ignorez-vous cette partie de l'affaire. Permettez-vous que je vous la raconte ?

Pierre hocha la tête. Pendant près d'une heure, Eymerich lui raconta en détail ce qu'il savait, les premiers indices recueillis, les confessions de Theresa, la prise d'Ariza, les aveux d'Elisen. Il parla sur un ton calme, en décrivant chaque carreau de la mosaïque qu'il avait réussi à composer. À la fin, il tira de sa besace le *Canon Episcopi* et le lut intégralement.

Le roi écoutait en silence, une ombre sur le front, bras croisés. Quand l'inquisiteur eut terminé, il lui demanda :

— Qui d'autre connaît cette histoire ?

— Le *Justicia.*

— Le *Justicia,* répéta Pierre, puis il ajouta, sans colère, comme s'il faisait une douloureuse constatation : En ce cas, la couronne est perdue. Le comte d'Urrea profitera de ce qu'il sait pour lever une nouvelle fois la noblesse contre nous.

Eymerich fit un grand geste de dénégation.

— Pas nécessairement. Donnez-moi deux cents hommes, sous mon commandement exclusif. J'irai aujourd'hui même à Piedra et j'éventerai le plus blasphématoire des complots. Non seulement la couronne conservera son prestige, mais elle aura mérité la gratitude de l'Église. Gratitude, continua-t-il en baissant la voix, qui pourrait se traduire par la reconfirmation des droits de votre maison sur la Sardaigne. À ce stade, il ne resterait plus à la noblesse qu'à s'incliner devant votre grandeur.

Il y eut un silence interminable. Puis le roi abaissa son regard.

— Dites-moi... Si nous consentions à votre expédition, notre fille devrait mourir ?

Eymerich parla avec calme, en faisant passer dans sa voix une sympathie qu'en cette minute il éprouvait réellement.

— Je serai sincère, sire. Oui, c'est inévitable. Mais votre fille est déjà morte. Laissez-la échapper à la demi-vie cruelle à laquelle elle a été soumise depuis quatre ans. Arrachez-la à ses bourreaux. Sa place est au ciel, pas dans l'enfer où elle a été emprisonnée.

Il y eut un nouveau silence, cette fois plus court. Puis Pierre releva la tête, balançant sa longue chevelure. Son regard était lourd de souffrance, mais aussi plein de dignité. Pour la première fois, il abandonna le *pluralis maiestatis.*

— J'ai voulu que ma fille survive à sa condamnation parce que je voyais en elle quelque chose de ma propre femme. Mais même la reine, si elle vivait encore, refuserait de prolonger davantage une si longue agonie. Père Eymerich, vous avez mon accord. Vous pouvez aller à Piedra avec tous les hommes dont vous aurez besoin. Je vous demande une seule chose.

— Dites, sire.

La voix de Pierre IV se troubla légèrement.

— Faites en sorte qu'elle ne souffre pas.

— Soyez tranquille, sire, répondit Eymerich avec une révérence, puis il ajouta, avec une déférence sincère : Vous êtes vraiment un grand roi.

En quelques instants, le petit cadavre biface commença à se dissoudre, comme s'était dissous le corps du pauvre Thorvald sur le *Malpertuis.* Mais cette fois, il n'y eut pas d'oraison funèbre. L'abbé Sweetlady, exubérant comme un lutin pervers, ne tenait pas en place.

— En avant ! en avant ! Ils sont certainement par là, tout autour de nous ! Cherchons-les, mes fils, cherchons-les !

Cette voix hystérique qui explosait dans les microphones avait pour moi un son lugubre, contre nature. Comme si cela ne suffisait pas, la pluie avait recommencé à tomber, encore plus impétueuse, et de véritables jets de fange, portés par le vent glacé, nous salissaient la visière. Mais nous n'avions plus le choix, il fallait continuer. Bien qu'épuisés, nous ramassâmes le filet et reprîmes notre marche lente et très pénible à travers ce triste monde. Seules une masse de matière blanche et la hampe du harpon montraient, dans notre dos, où était tombé l'enfant.

Nous marchâmes encore une heure, stimulés par les imprécations de Prometeos. À la sortie de la vallée, notre route commença de monter, et tout devint plus difficile. Pas la moindre plante à laquelle s'agripper. La roche glissait. De temps à autre, de profondes dépressions du terrain faisaient converger l'eau dans des ruisseaux boueux qui dégringolaient impétueusement, nous contraignant à des déviations imprévues. Nous avancions d'un pas mécanique, troublés par l'idée que le trajet de retour serait tout aussi difficile.

Le sommet dépassé, une deuxième vallée s'ouvrit sous nos pieds, rocheuse et accidentée comme la précédente. Mais, là, la pluie était plus calme et, à un certain moment, elle cessa tout à fait. Ce fut alors que nous entendîmes de nouveau la voix odieuse de Sweetlady, lourde d'une euphorie malsaine :

— Regardez là-haut ! Qu'est-ce que je vous disais, hein ? Je n'avais pas raison ?

De cette hauteur, la visibilité n'était pas mauvaise. Il ne nous fallut pas un gros effort pour apercevoir ce qui suscitait l'enthousiasme de l'abbé. C'étaient des cavités gigantesques, creusées au flanc des montagnes, dont les contours dessinaient indiscutablement des profils humains. On eût dit des empreintes de corps imprimées dans la roche comme dans du sable humide. Mais ce devait être des corps titanesques, quoique bien proportionnés.

Nous fûmes envahis d'une terreur paralysante, aussitôt calmée par la voix d'ivrogne de Prometeos.

— Que diable sont ces trous ?

— Leurs tombes, non ? répondit Sweetlady avec une gaieté sinistre. Quand leur moment est venu, ils se sont appuyés là et sont morts peu à peu.

— Morts ? (Le hurlement de Prometeos nous perça les tympans.) Que veux-tu dire, moine ? Tu ne m'as pas parlé de morts !

— Mais non, mais non, dit Sweetlady sur un ton amusé, quoiqu'un peu préoccupé. Ils ne sont pas tous morts. Tu n'as pas vu celui de tout à l'heure ? Tu ne l'as pas reconnu ? Il s'agit seulement de chercher.

— J'espère pour toi que c'est la vérité, moine. Allons-y.

La descente dans la vallée fut un peu plus facile que prévu. Un rideau obscur de nuages continuait à voiler Gamma Serpentis, mais la pluie ne tombait plus et même le vent se calmait. La peur l'avait largement emporté sur la fatigue. Nous regardions ces niches immenses, au-dessus de nous, et nous nous demandions si c'étaient là les proportions des créatures que nous devions rencontrer. La tension était telle que je commis une grave imprudence.

Schenoni marchait à quelques pas de moi, les bras cassés sous le poids du filet. J'oubliai que chacune des phrases prononcées dans le microphone serait entendue par tous et je lui demandai :

— Mais enfin, que diable cherchons-nous ?

Ce fut Sweetlady qui me répondit, de cette voix suave qui me donnait la chair de poule.

— Nos anciens maîtres, mon fils, tu ne l'as pas encore compris ? Pour en faire nos esclaves, comme nous avons été leurs esclaves pendant des siècles et des siècles.

Suivit un rire gras et vulgaire, qui résonna longtemps à l'intérieur de mon casque.

De ce moment, je m'enfermai dans un silence rigoureux, imité par tous mes compagnons. Mais un peu plus loin, tandis que nous passions devant une des niches, un homme fit une mauvaise chute. Dans les écouteurs résonna un bref cri désespéré. En tombant, il avait déchiré sa combinaison sur les roches coupantes et l'oxygène fuyait. Il n'y avait qu'un remède à tenter : arracher le tube d'une des bonbonnes et lui en fourrer l'extrémité dans la bouche en lui obturant le nez.

Je vis Dickson courir vers le malheureux et commencer à se débattre avec les bonbonnes, aidé de deux de nos compagnons. Mais la voix de Prometeos explosa, péremptoire :

— Monsieur Dickson ! Retournez à votre poste ! Laissez-le crever où il est !

Cette fois, c'était trop. Un chœur de protestations jaillit dans les écouteurs, menaçant, furieux. Nous laissâmes tomber le filet et courûmes tous vers l'homme à terre. Mais déjà Dickson se relevait, les mains écartées dans un geste d'impuissance.

— Il est mort, dit-il à voix basse. L'atmosphère doit contenir de l'ammoniac, et qui sait quels autres poisons.

Nous nous tournâmes tous vers le commandant et l'abbé qui, maintenant, pour la première fois, nous semblaient extraordinairement fragiles. La voix de Sweetlady se voulait persuasive :

— Mes enfants, rappelez-vous que ce n'est qu'une image, que nous sommes tous des images. La mort de cet homme n'est qu'apparente. Dans notre monde, il est sain et sauf, comme nous tous.

Je me rappelai la phrase de l'abbé sur l'« empreinte de la mort ». Peut-être d'autres s'en souvenaient-ils, car nous continuâmes à avancer, menaçants et compacts, dans sa direction. Alors Sweetlady, alarmé, recourut à l'argument décisif.

— Arrêtez, ne soyez pas stupides ! Vous avez besoin de moi pour retourner en arrière. À moins que vous ne vouliez rester ici pour toujours ?

Nous fixâmes les Guides de réserve qui, comme toujours, s'étaient serrés autour de leur maître. Sweetlady avait raison. Nous ne pouvions nous passer de lui. Mieux valait continuer.

L'abbé devina notre état d'esprit, mais comprit aussi que les menaces ne suffiraient pas toujours à nous tenir.

— Je vous double à tous la prime d'engagement, annonça-t-il, cordial. Et je la triple au premier qui verra notre gibier.

— Et qu'est-ce que nous devons voir ? marmonna quelqu'un.

Mais la demande se perdit parmi les commentaires satisfaits qui sortaient des écouteurs.

Nous soulevâmes encore une fois le filet et repartîmes. Mais nous échangions des regards éloquents. Nous n'étions pas disposés à mourir sur cette planète. Si, dans un délai raisonnable, nous n'avions pas trouvé ce que cherchait Sweetlady, nous allions le contraindre à nous ramener, bon gré, mal gré, à la navette. Aucune parole ne nous en empêcherait.

En réalité, nous n'eûmes pas à attendre longtemps. Nous avions parcouru une courte distance quand les voix des trois Orientaux, brisées par l'excitation, résonnèrent simultanément dans nos écouteurs.

Nous vîmes aussitôt ce qui les troublait tant. Sur les flancs des montagnes les plus lointaines, à présent presque totalement libérées de la brume, s'avançait une ombre noire, qui les couvrait jusqu'à mi-hauteur. C'était une ombre mobile, sinueuse, qui glissait sans bruit en passant d'une hauteur à l'autre.

— Que se passe-t-il ? demanda Prometeos. La nuit qui tombe ?

— Non, murmura Sweetlady d'une voix inhabituellement anxieuse. C'est l'un d'*eux* qui s'approche.

Je sentis le sang geler dans mes veines. Je serrai plus fort le filet, comme si c'était une arme, mais mes mains tremblaient. Alors, je m'abandonnai passivement à la peur, incapable de bouger, les yeux fixés sur la gorge d'où, d'un instant à l'autre, le géant allait apparaître.

Et le voilà, énorme, au-dessus de nous, qui se détache parfaitement sur le ciel gris. Des petits yeux à l'iris rouge, deux oreilles pointues, un long museau couvert de poils noirs, un nez frémissant. Mais ce n'était pas une forme humaine : c'était un chien, haut d'une dizaine de mètres. Un chien vivant, qui glissait entre les parois rocheuses avec une indolence animale, détachant des plaques de granit sur son passage.

Nous hurlâmes tous ensemble, en nous assourdissant mutuellement, mais sans oser bouger. Simplement, machinalement, nous laissâmes tomber le filet. À quoi aurait servi un outil si misérable avec une bête de ces dimensions ? C'est à peine si nous aurions pu lui emprisonner la queue.

Le souffle coupé, nous vîmes l'animal s'arrêter et tendre les pattes antérieures, comme s'il s'étirait. Puis il s'étendit paresseusement et resta immobile, à regarder dans notre direction, langue pendante, mais sans paraître nous voir. La gorge entière en était obstruée, mais la sensation de danger s'atténua un peu.

— Un chien ! s'exclama Prometeos, qui semblait avoir été ébranlé, mais pas au point d'abandonner son ton bilieux. Qu'est-ce que ça signifie, bon Dieu, moine ?

— Je ne sais pas, je ne comprends pas, dit Sweetlady d'une voix perplexe où pointait une anxiété tout à fait perceptible. Franchement, je ne réussis pas à voir le sens de ce...

— Messieurs, je vous en prie, retournons en arrière !

La requête de Dickson avait en fait l'air d'une supplique. Le jeune officier savait être l'interprète de la volonté de tous.

— Cet animal peut nous voir d'un moment à l'autre, continua-t-il. Et nous ne sommes certainement pas en mesure, ni de le tuer ni de le capturer.

— Je ne croyais pas qu'ils seraient si grands, murmura l'abbé, comme s'il s'excusait. Je ne le croyais vraiment pas.

— Dickson a raison ! Allons-nous-en ! gronda Prometeos en ajoutant un énième blasphème. Quant à toi, moine, nous ferons les comptes à bord.

Nous abandonnâmes tout ce que nous transportions et commençâmes à nous replier en désordre vers le fond de la vallée. Nous n'osions courir pour ne pas attirer l'attention de l'animal, mais marchions aussi vite que nous le permettaient nos combinaisons et le terrain humide. Dans nos casques résonnait le halètement collectif, d'autant plus oppressé qu'approchait la montée qui nous conduirait au-delà de ce cercle de montagnes.

Mais nous ne réussîmes pas à sortir de la vallée. Nous étions au pied des pentes quand une ombre nouvelle submergea toute chose. Nous nous retournâmes, pétrifiés. Une tête gigantesque, cette fois humaine, était sortie d'entre les cimes des montagnes, comme un soleil obscur.

— Mon Dieu ! répéta Sweetlady, terrorisé. Je ne croyais pas qu'ils seraient grands *à ce point-là* !

CHAPITRE IX

LE 12 OCTOBRE

Sur un signe d'Eymerich, l'avant-garde de la petite armée qui traversait la forêt retint ses chevaux aux sabots bandés. De ce point de la colline, on dominait tout le lac Miroir, si près que l'on percevait nettement le grondement de la cascade appelée *Cola de Cavall.* Quoique le soleil eût à peine commencé de se coucher, la foule immense à leurs pieds allumait déjà les torches, et se préparait à la cérémonie. L'air était plein du parfum pénétrant de la résine et de l'encens.

Eymerich, vêtu d'habits civils, essayait de voir à travers les ombres que projetaient les monts et de reconnaître quelques-unes des formes qui s'agitaient en bas. Si les hommes ne manquaient pas, les femmes étaient nettement plus nombreuses. Elles tenaient des guirlandes florales, des rubans, des lampes votives de terre cuite. Il semblait qu'elles fussent envahies d'une joie très intense, une espèce d'ivresse qui les faisait courir, esquisser des pas de danse, défaire leurs cheveux dans la brise d'octobre. La plus grande partie d'entre elles portaient des habits légers, de petites tuniques, des voiles. Rien de commun avec l'intensité retenue d'une cérémonie chrétienne.

Et pourtant, il y avait des crucifix, des images sacrées, des cierges votifs. Mais de temps à autre, la jeune fille qui portait ces symboles les abandonnait dans l'herbe, comme ennuyée par la mise en scène, et se mêlait aux rondes de ses compagnes. De la même manière, les chants religieux qui s'élevaient de la foule paraissaient entonnés de mauvaise grâce et étaient défigurés par des notes un peu trop argentines, peu adaptées à l'austérité du texte.

Très nerveux, mal à l'aise, Eymerich chercha du regard le capitaine Galcerán, à la tête d'un groupe de cavaliers. Il lui fit signe d'approcher.

— Vous et moi, lui murmura-t-il, nous allons descendre jusqu'à la cascade, en compagnie de deux archers. Dites à vos hommes de se tenir prêts à attaquer la procession. Le signal sera une flèche enflammée dans le ciel.

— Vous voulez un autre massacre ? demanda d'une voix sourde l'officier, qui se souvenait du massacre d'Ariza.

Eymerich fut mécontent de cette franchise.

— Non. Mon ordre catégorique est de ne recourir aux armes qu'en cas de nécessité. Qui contreviendrait à la consigne serait puni. Recommandez à la troupe, ajouta-t-il en essayant d'avoir l'air sûr de lui, de ne pas se laisser impressionner par ce qu'elle verra d'ici peu. Nous sommes en train de combattre Satan, et ils doivent rester prêts à tout.

— Cela va les effrayer.

— Qu'ils sachent alors que l'Église est avec eux. Il n'existe aucune puissance diabolique capable de les menacer sérieusement.

— À vos ordres, répondit Galcerán après une légère hésitation.

Il s'éloigna en direction du gros de la compagnie. Un peu plus tard, il revint, une expression déterminée sur le visage. Deux cavaliers portant arc et carquois l'accompagnaient.

— Ils sont prêts.

— Alors, allons-y.

Ils descendirent vers le lac, tandis que les ténèbres tombaient rapidement. À proximité des premiers groupes, ils mirent pied à terre. Eymerich, circonspect, une main serrée sur le poignard qu'il cachait sous sa chemise, guida ses compagnons dans la foule qui s'écartait sans prêter attention à leur passage. Toutes les femmes contemplaient le lac en continuant à bouger comme au son d'une musique secrète. Elles souriaient, chantaient, s'échangeaient des caresses. Elles semblaient la proie d'un besoin de se serrer, de se toucher, qui faisait horreur à l'inquisiteur. Il y avait beaucoup d'animaux en liberté : chiens, chevaux, mules, jusqu'à des cochons. On eût dit que toutes les règles de bonne conduite inspirées de la crainte de Dieu avaient disparu, annulant rôles et différences, même entre les humains et les animaux.

— Qu'en dites-vous, capitaine ? demanda à un certain point Eymerich, alors que l'arc grondant de la *Cola de Cavall* était très proche.

Galcerán se signa en hâte.

— Je n'ai jamais rien vu de ce genre, dit-il en parlant fort pour couvrir le fracas de l'eau. Des femmes arabes et juives mêlées sans pudeur aux chrétiennes. Et toutes semblent ivres de bonheur.

— Que vous disais-je ? cria Eymerich, hargneux. Satan est déjà à l'œuvre.

La cascade se précipitait maintenant au-dessus d'eux, au-delà d'un groupe de fidèles rassemblées sur un coteau herbeux. C'était un spectacle grandiose, chargé d'une force immense. L'eau s'élançait de la roche en se colorant de rouge à la lumière des flambeaux, pour se jeter dans un gouffre vermeil, entouré de murs d'eau. Dès qu'ils eurent dépassé la butte, ils furent criblés d'une pluie de gouttelettes. Tendu jusqu'à la douleur, Eymerich plissa les yeux. Malgré l'obscurité, on distinguait clairement, sous l'énorme jet, une élévation de schiste sur laquelle s'ouvrait une caverne dont l'entrée gigantesque s'ourlait du vert des mousses.

À ce moment, tout le lac reflétait la lueur de milliers de torches, tandis que des chants disparates produisaient, mêlés au fracas de l'eau, une assourdissante cacophonie. Un des archers toucha l'épaule de l'inquisiteur, qui se recula brusquement. Mais ensuite il suivit la direction que le soldat indiquait du doigt, vers le ciel. Il vit des femmes se matérialiser du néant, dans un halo luisant, et planer vers la terre. La foule accueillait ces apparitions par des exclamations de jubilation.

— Maîtrisez vos nerfs, hurla Eymerich à ses compagnons, sans savoir s'ils pouvaient l'entendre. Ces sorcières sont capables de se déplacer dans l'espace, portées par Satan. Mais c'est tout ce qu'elles savent faire.

Un mouvement ramena son attention sur la caverne. Sur le seuil venait d'apparaître un homme de stature moyenne, vêtu d'une tunique rouge qui lui descendait jusqu'aux pieds. La lumière des torches permettait d'en saisir la silhouette, mais non le visage, qui semblait briller d'une lueur propre. Ce n'est qu'en scrutant avec la plus grande attention qu'on pouvait comprendre que le personnage portait un masque insolite et très beau, fait de feuilles et de rameaux dorés.

— Le masque du rameau d'or, murmura Eymerich. C'est lui, c'est le *rex nemorensis*.

Il toucha le coude de Galcerán et se rapprocha encore de la cascade jusqu'à atteindre le début du soubassement de roches, brillant d'embruns. L'homme masqué contemplait à travers le voile d'eau la foule massée au bord du lac. Il semblait triste, mais peut-être était-ce l'effet du masque. Il rentra dans la grotte. Un instant plus tard, les chants et les cris joyeux se turent, laissant place à un silence profond, rompu seulement par le grondement de la *Cola de Cavall*. La lune était apparue dans le ciel, timide et très blanche.

Le silence dura un peu. Eymerich ordonna par gestes à ses compagnons de rester immobiles et, à son tour, il se recroquevilla dans les buissons accrochés au schiste, les yeux fixés sur la cavité.

Le seul bruit qu'on entendait était celui de la cascade. Puis un hurlement provenant des tréfonds de la grotte le couvrit et se propagea puissamment sur tout le lac :

— Diane ! Diane !

Des milliers de bouches reprirent l'invocation, tandis que les torches dansaient, frénétiques, semant des traînées de lumière.

— Diane ! Diane ! Diane !

Plus qu'un appel, c'était un puissant rugissement, amplifié par l'écho, répercuté par les montagnes. Les femmes attroupées sur les berges s'agitaient, comme possédées, en tendant les bras vers la lune.

— Diane ! Diane ! Diane !

Eymerich sentit un frémissement lui parcourir le dos. Une peur incontrôlable bouleversa son rythme cardiaque et lui couvrit le front de sueur. L'air tremblait, s'opacifiait. Une grande ombre prenait forme sur le lac, plus solide à chaque répétition de l'invocation. L'inquisiteur trouva la force d'observer Galcerán et les archers. Ils étaient très pâles, comme paralysés.

Du coin de l'œil, il surprit un mouvement sous la *Cola de Cavall.* Il réussit à détacher le regard du terrible prodige en train de se dérouler sur le lac. Le *rex nemorensis* était réapparu sur le seuil de la grotte. Il n'était plus seul. À présent, il tenait par la main une enfant fragile, chancelante, qui se tordait tout entière, comme agitée par une horrible souffrance. Elle avait des traits délicats et un petit corps gracile, qui paraissait écrasé par une force impossible à contenir. Elle aussi semblait bouger les lèvres pour pousser le cri de la masse humaine à ses pieds : « Diane ! Diane ! » Mais ses pupilles étaient tournées à l'intérieur, comme si elle était évanouie.

Eymerich se secoua, sous la brûlure d'une colère irrépressible qui lui montait dans la poitrine. Il regarda à peine la forme gigantesque, diaphane, semblable à une montagne de glace, qui planait maintenant sur le lac, voilant un peu la lumière lunaire. Agrippant un des archers par la manche de sa cotte d'acier, il le secoua avec vigueur. L'homme, un vieux à la barbe blanche, remua la tête comme s'il sortait à l'instant d'un songe. Il fixa l'inquisiteur qui lui indiquait la grotte, en mimant ce qu'il lui demandait de faire.

Comme s'il venait juste de reprendre conscience, le soldat plongea la main dans le fourreau qui lui pendait à l'épaule. Il en tira une flèche, la mit en place, tendit l'arc. Mais ses mains tremblaient et le projectile se perdit dans l'eau.

Eymerich le secoua de nouveau, avec violence, en le fixant dans les yeux d'un regard brûlant. L'archer décocha une deuxième flèche. La poitrine transpercée, la fillette s'écroula avec un cri cristallin qui se perdit dans la cascade.

Le *rex nemorensis* parut étonné. Il se pencha sur le petit corps, mais aussitôt se redressa, lançant autour de lui un coup d'œil sauvage entre les feuilles d'or qui lui recouvraient les sourcils. Tout de suite, il vit Eymerich et comprit. Lâchant la petite main qu'il avait serrée, il rentra en courant dans la caverne.

Les fidèles ne s'étaient aperçus de rien. Ils continuaient à scander leur appel et à secouer la tête, en fixant la femme plus grande qu'une montagne, au regard absent et à la chevelure corbeau. Mais ce n'était pas la seule forme qui se dessinait dans la clarté lunaire. L'ombre d'un chien colossal, étendu aux pieds de sa maîtresse, prenait lentement corps. L'air, chargé d'une senteur de musc et de forêt, vibrait comme sous les coups d'une multitude de fouets.

Eymerich repoussa avec force la terreur qui l'envahissait, dans la tentative de ne mettre à nu que sa colère. D'un geste impérieux, il rassembla ses compagnons. Il leur montra son poing bien serré, pour leur indiquer que le moment d'agir était venu, et traça un signe de croix tranchant comme deux coups d'épée. Puis il se mit à courir vers la grotte et sauta sur le soubassement rocheux.

Par deux fois, il glissa sur la roche humide et par deux fois, se releva, sans se préoccuper de ses écorchures aux genoux. C'est à peine s'il apercevait la silhouette monstrueuse qui se dressait sur le lac, imposante, rigide, d'une solennité sinistre. Il évitait de la fixer. Il sentit les éclaboussures mouiller son habit et ses cheveux, puis il vit l'ouverture de l'antre. Alors, seulement, il regarda en arrière. Galcerán et les deux archers étaient à un pas de lui, tendus, hallucinés. Le petit corps à leurs pieds, maigre comme une brindille, avait les yeux écarquillés, mais ne donnait pas signe de vie.

Il entra dans la grotte. D'abord, il ne vit que les ténèbres, éclairées çà et là des reflets venus de l'extérieur. Sous ses pieds, le terrain était gorgé d'eau et difficile. Il le foula sans faiblir, ivre de la rage qui le suffoquait. La caverne, qui sentait le moisi, semblait immense et chaque pas résonnait sourdement. Mais au fond du vestibule, où le plafond descendait en une pluie de stalactites, s'ouvrait un boyau faiblement éclairé. D'un pas décidé, il s'avança dans cette direction, suivi en silence par ses compagnons.

Ce passage, très court, donnait dans une caverne de dimensions plus réduites, aux parois couvertes de lichens écarlates. Eymerich s'arrêta sur le seuil, retenant son souffle. Des dizaines, des centaines peut-être de chandelles, disposées dans les aspérités de la roche, diffusaient leur lumière et leur mince fumée sur un fouillis d'ustensiles disparates. Il y avait un petit lit, aux couvertures emmêlées, signe d'un réveil en sursaut et de rêves inquiets ; il y avait une petite table jonchée de couverts d'argent, témoignant d'une existence menée loin de la lumière du soleil. Il y avait des coffres et des escabeaux, des voiles et des candélabres. Et, au centre de la pièce, léché au passage par un ruisseau souterrain, il y avait un grand trône doré, à demi enfoncé dans le terrain sableux. Là était assis le *rex nemorensis.*

La vision de l'ennemi qu'il cherchait effaça de l'âme d'Eymerich toute trace de sa colère fébrile, laissant place à une cruauté froide.

— Bonsoir, père Arnau, dit-il, sarcastique.

Il y eut un très bref silence, puis l'*infirmarius* retira

le masque de feuilles d'or et le posa sur ses genoux. Il paraissait un peu las, et une ride verticale lui barrait le front. Néanmoins, son visage reflétait son habituelle expression ironique.

— Bonsoir, *magister,* répondit-il d'une voix tranquille. Vous avez choisi une étrange soirée pour venir me défier.

— Te défier ? répéta Eymerich avec un rire mauvais. De quel défi parles-tu ? Je suis venu te tuer. C'est tout.

— C'est votre droit, répondit le père Arnau, sans perdre le moins du monde contenance. Je suis le *rex nemorensis.* Seul celui qui me tue peut prendre ma place.

Exaspéré par cette impassibilité, Eymerich eut un rire sec.

— Ta place est en enfer. Tu comprendras que je n'aspire nullement à l'occuper.

L'*infirmarius* eut un geste ennuyé.

— Paradis, enfer. Mais cela, c'est la vieille religion, *magister.* Un blasphème contre la mienne, l'antique, la vraie. N'avez-vous pas vu Diane, qui est en train de prendre corps là, dehors ?

— Ta Diane va s'évanouir. La fillette est morte.

— Mais ce n'était pas Maria qui invoquait Diane, répliqua le père Arnau, comme s'il expliquait des évidences puis, il s'échauffa un peu, presque comme s'il voulait convaincre l'interlocuteur de la vérité de ce qu'il affirmait. Maria était un intermédiaire, un instrument. Elle recueillait seulement les volontés des individus et les faisait converger vers son but. Sa disparition n'a pas d'importance. Même sans elle, l'appel des femmes rassemblées ce soir est suffisant pour que Diane revienne à la vie.

Eymerich fit un signe à Galcerán, qui s'approcha du trône. Puis il dit, catégorique :

— Ce n'est pas Diane, c'est Lucifer.

Le père Arnau tendit les bras dans un geste désolé.

— Vraiment, vous croyez encore à ces enfantillages ? Et pourtant, vous l'avez constaté par vous-même. Nos fidèles peuvent traverser l'espace sur des lieues et des lieues, en un instant. Ils peuvent donner corps à des créatures, déplacer des objets. Comment pouvez-vous en douter encore ?

Eymerich secoua la tête.

— Satan est capable de prodiges. Mais ce sont des prodiges stériles, comme ceux dont tu me parles. Des anomalies insensées, destinées à se dissoudre dans le néant.

Le père Arnau parut sincèrement étonné.

— Mais vous parlez sérieusement ? Réveillez-vous ! Là, dehors, il y a le démenti évident de votre religion, la preuve que...

— Là dehors, il n'y a que tes cauchemars. Il y a les instincts déchaînés, les pulsions animales. La dégradation de l'être humain en composantes quelconques de la nature, comme le vent et les plantes. Nulle société n'est possible sur ces bases.

— Et votre société qui se fie à la stérilité de la raison, elle est peut-être plus satisfaisante ? Vous servez un dieu que vous ne voyez pas, vous humiliez la chair au nom d'un au-delà que vous ne voyez pas, vous créez l'esclavage et les pouvoirs au nom de l'invisible.

Le *rex nemorensis* baissa la voix.

— Père Nicolas, considérez donc vos propres cauchemars. Vous idolâtrez la raison parce que vous haïssez votre corps et prétendez vivre au-dehors de lui. C'est une fracture qui s'élargira en vous, et un jour vous y succomberez. Mais alors, il sera trop tard pour...

Eymerich brandit le poing, pâle de fureur.

— Cela suffit ! Ta philosophie me répugne. Capitaine !

À cet appel, Galcerán se lança contre le trône. Le père Arnau esquissa un geste de résistance, mais son discours semblait l'avoir plongé dans un état de prostration. Il roula à terre, perdant le masque qu'il avait sur les genoux. Un instant plus tard, la lame de l'épée de Galcerán lui traversait le dos et ressortait de la poitrine avec un jet de sang.

Le père Arnau se débattit sur le sol rocheux. À grand-peine, il reprit le masque. L'étreignant contre son torse, il se releva, la lame encore enfoncée dans le thorax.

— Tu m'as vaincu, réussit-il à murmurer tandis que du sang jaillissait de sa bouche. Maintenant, c'est toi le *rex nemorensis.* Pense au pouvoir que tu auras... Au pouvoir que Diane...

D'un geste gauche, il lança le masque à Eymerich, qui le cueillit au vol. Puis, avec un dernier cri étouffé, il s'abattit au sol. L'épée tinta sur la roche.

Eymerich resta le masque à la main, un peu étourdi. Il l'examina. C'était un objet magnifique, fait de feuilles d'or aux veines subtiles, qui ensemble revêtaient l'apparence d'un visage humain. Il éprouva un étrange frisson. Puis son attention se tourna vers le capitaine et les deux archers.

Du bout du pied, Galcerán toucha le corps de l'*infirmarius.*

— Il est vraiment mort, murmura-t-il. Et maintenant, que faisons-nous, *magister ?*

— Je ne sais... répondit Eymerich, distrait.

Il semblait fasciné par le masque qu'il avait en main.

— Je pourrais tenter de me substituer au père Arnau.

— Mais la foule ne l'a pas même vu, objecta le deuxième archer, un jeune homme blond, avec une lucidité inattendue. Vous ne réussirez même pas à vous faire entendre. Ils sont encore en train de crier.

— C'est vrai, balbutia Eymerich, en émergeant de sa torpeur momentanée. C'est l'appel parti de la grotte qui a enivré la foule. Il ne nous reste plus qu'à utiliser la force des armes. Retournons à l'entrée.

À présent, le vestibule de la caverne était illuminé. À travers la masse d'eau qui le voilait passait une lumière diaphane, semblable à celle de la lune, mais plus intense. Eymerich avança tant bien que mal jusqu'au soubassement de pierre, sur lequel était encore étendu le corps de Maria. Il contourna la cascade en se collant contre la roche et leva les yeux au ciel.

Diane était là, imposante, royale, parfaitement dessinée. Elle regardait devant elle, avec des yeux qui maintenant paraissaient mobiles, vivaces, tandis qu'un vent silencieux soulevait sa chevelure. Les ourlets de sa robe se perdaient entre les montagnes, d'où émergeait le corps puissant d'un chien couché à ses pieds. Dans la main droite, la déesse tenait un arc, long comme la vallée entière. Le carquois qu'elle portait en bandoulière, hérissé de flèches, semblait toucher la lune.

La colère d'Eymerich s'évanouit dans une onde bouleversante de terreur. Il se demanda si c'étaient là ses derniers instants, s'il pourrait survivre à une vision de ce genre. La vue embrumée, il regarda la foule en bas, emportée dans une unique danse effrénée qui faisait bouillonner les rives du lac.

Il s'aperçut qu'il n'avait plus le sens du toucher. Il chercha à contracter la main. Dans le mouvement, le masque d'or lui glissa des doigts et rebondit sur la roche avec un tintement aigu. Ce bruit le tira du cauchemar qu'il vivait. Sous ses yeux, le masque rebondit encore puis disparut dans le lac. Alors seulement, il s'aperçut qu'un homme était à ses côtés et lui serrait l'épaule.

C'était un soldat, couvert d'éraflures. Son rude visage était altéré par la peur, mais il avait conservé un regard lucide, voilé seulement des gouttes qui lui tombaient des sourcils. En voyant ce visage et ces yeux, Eymerich se reprit. Il agrippa le soldat et le tira sous la cascade où étaient restés Galcerán et les deux archers. Il essaya de lui parler, mais le grondement de la cascade et le hurlement de la foule qui continuait d'invoquer la déesse l'empêchèrent de se faire entendre. Alors, il poussa l'homme au-delà du seuil de la caverne.

— Qu'y a-t-il? demanda-t-il. Que veux-tu?

— Mon père, c'est Guillem Biscarre, mon commandant, qui m'envoie. Il vous avise que déjà la moitié des hommes se sont enfuis, et que les autres sont sur le point de le faire. Il arrive des femmes de partout et ce sont les seules à ne pas avoir peur. Il vous prie de faire quelque chose.

— Ah oui, murmura Eymerich. Faire quelque chose. Mais si nous lançons maintenant le signal de l'attaque, depuis la colline, ils ne pourront pas le voir. Il y a trop de lumière.

Le capitaine Galcerán, qui avait entendu, intervint.

— Retirons-nous, *magister*. Le mieux est de rejoindre Saragosse et d'y préparer la défense.

Eymerich observa le visage de l'officier. Il se souvenait de celui du soldat : pâle, fatigué, mais portant les signes d'une énergie non encore épuisée.

— Non, fit-il en secouant la tête. Le maléfice sera défait ici, maintenant. Si vous compreniez ce qui se passe chez ces femmes... elles sont retournées à l'animalité en quelques heures. Laissez-leur un jour seulement et la chrétienté sera détruite.

— Alors, dites-nous, vous, ce qu'il faut faire.

— Allez-vous-en d'ici. Cherchez à rejoindre les hommes qui ne sont pas encore mutinés. Chargez la foule, dispersez-la. Par tous les moyens.

Galcerán souleva une main, sans essayer d'en cacher le tremblement.

— Et cette chose ?

— Quelle chose ? Cette chose n'existe pas ! Vous m'avez entendu ? Elle n'existe pas !

L'officier secoua la tête mais s'abstint de tout commentaire.

— J'y vais. J'espère vous revoir.

Il s'éloigna avec précaution le long du soubassement, suivi par le soldat et l'archer blond.

L'autre archer, le plus vieux, semblait hésiter. Eymerich s'approcha :

— Qu'attends-tu ? Tu veux rester ?

— Oui, mon père, répondit le vieux. Je crois que vous êtes l'unique force qui peut nous sauver.

L'inquisiteur fut réconforté par ces paroles. Il fixa ce visage franc, trempé dans les batailles.

— Et pourtant, tu vois toi aussi que je suis impuissant.

— Non, vous ne l'êtes pas. Prononcez un exorcisme.

Eymerich secoua la tête.

— Personne ne l'entendrait. Ce serait comme si tu

lançais une flèche contre le monstre. Elle se perdrait dans le néant. Tant que les femmes, poursuivit-il à voix plus basse, continueront à invoquer le nom de leur démon, il n'y aura aucun moyen de le faire disparaître.

Tout à coup, il entrouvrit la bouche et fixa le vide, frappé par les paroles qu'il venait de prononcer. Il se sentit envahi par une étrange émotion, faite d'insécurité et d'un sentiment d'urgence, mais aussi de confiance en sa propre intuition.

— Oui, oui ! murmura-t-il pour lui-même. C'est cela, le moyen, il n'y en a pas d'autre !

En lui, une ferme volonté se frayait un chemin, dispersant sa terreur, rétablissant ses forces. Il agrippa le soldat par un bras.

— Tu es un bon chrétien ?

— Oui, mon père, répondit l'autre, étonné.

— Et tu crains Satan ?

— Oui. Mais pas si Dieu est de mon côté.

— Alors, va-t'en. Va-t'en tout de suite. Rejoins tes compagnons, en hâte, avant le capitaine. Dis-leur que d'ici peu, ils verront le vrai visage de l'ennemi. De l'ennemi de toujours. Mais qu'ils n'aient pas peur. Dieu est avec nous, Dieu combat de notre côté. Tu te souviendras de répéter ces mots ?

— Oui, mon père.

— Et alors, va. Que le Seigneur te protège.

L'archer salua, déposa l'arc et le carquois et sortit de la grotte. L'inquisiteur le vit courir sur le soubassement, puis émerger dans la lumière très blanche qui illuminait la roche, gardant les yeux baissés pour ne pas voir ce qui le dominait. Il disparut dans la végétation.

Resté seul, Eymerich poussa un profond soupir. À son tour, il sortit sur le soubassement de schiste. Le corps de la fillette était toujours là, les pupilles écarquillées, inondé du sang dégorgé par les blessures. L'inquisiteur s'agenouilla et lui ferma les yeux, puis traça un signe de croix sur la poitrine transpercée. En se relevant, il souleva le petit cadavre et le jeta à travers le mur d'eau, avec le geste délicat dont on lance une fleur dans un ruisseau.

Il marcha sur le bord du soubassement, où l'eau qui tombait en grondant d'en haut n'empêchait pas de dominer le lac et la vallée. Il leva les yeux vers la lune, cette fois sans peur, avec un regard interrogateur. Diane était au-dessus de lui, plus concrète que jamais. Eymerich observa froidement ce visage régulier, aux traits anciens, cette chevelure en perpétuel mouvement, ce front encadré de boucles. À présent, la déesse semblait bouger légèrement dans l'air vibrant. Elle regardait autour d'elle, comme si elle se réveillait d'un long sommeil et tentait de reprendre contact avec le monde d'alentour. Près d'elle, le chien gigantesque s'était soulevé sur ses pattes et avait commencé à remuer la queue.

Le regard d'Eymerich se porta vers le bas, sur les rives du lac. La foule formait un anneau unique, interrompu seulement par la cascade, et ondulait en une masse confuse de corps. Le cri « Diane ! Diane ! » résonnait toujours, mais moins aigu et plus mécanique, comme épaissi par une ivresse trop intense. À cette distance, il était impossible de distinguer les détails des visages ; mais on devinait qu'ils se balançaient au rythme de la danse collective, baignés d'une joie plus calme, plus sereine.

Galcerán et les autres devaient à présent être plus proches de la cime de la colline, où était rassemblé le reste de la troupe. Il était temps d'agir. Eymerich retourna dans le vestibule de la grotte, se signa, mit les mains en porte-voix et poussa un cri. Aucun écho ne se fit entendre.

L'inquisiteur eut un geste de déception. Il marcha jusqu'au fond de la caverne, où s'ouvrait le boyau conduisant à la salle du *rex nemorensis.* Il cria de nouveau, de toutes ses forces. Cette fois, l'antre résonna, répercutant son cri, l'amplifiant, le rendant gigantesque.

À demi assourdi, Eymerich tressaillit de joie. Mais il n'y avait pas de temps à perdre. Il inspira longuement, jusqu'à ce que ses poumons lui fassent mal, puis hurla :

— Satan ! Satan !

Le hurlement résonna comme une explosion, sombre, terrifiant. Eymerich se tut. Le cri qui provenait de l'extérieur s'était tout à coup tu, cédant la place à un silence qu'on devinait chargé de curiosité. Alors, l'inquisiteur hurla de nouveau :

— Satan ! Satan ! Satan !

Il continua longtemps, jusqu'à ce qu'aux échos ténébreux de la caverne vienne s'ajouter un écho supplémentaire, provenant de l'extérieur :

— Satan ! Satan ! Satan !

Un sentiment de triomphe l'envahit, lui coupant la respiration. Comme il l'avait espéré, la foule amassée sur le lac, désormais tout à fait ivre, avait repris et fait sien le hurlement provenant de la cascade et le répétait sous l'effet de la force d'inertie, inconsciente de son contenu.

Il courut au soubassement et regarda en bas. Quelques femmes semblaient protester, d'autres se taisaient, étonnées, d'autres encore cherchaient à se détacher de la gigantesque ronde. Mais la plus grande partie d'entre elles continuait à osciller et à répéter le hurlement choral, amplifié par les collines, qui à présent secouait la vallée entière :

— Satan ! Satan !

Satisfait, Eymerich leva son visage humide de sueur vers le ciel, pour voir si ce qu'il attendait allait se produire.

RAPIDE COMME LA PENSÉE — 6

Frullifer, tout joyeux, cheminait en direction de l'auditorium situé au deuxième étage du Robert Lee More Building. Bien que l'on fût en octobre, le soleil radieux du Texas se déversait à flots à travers toutes les baies vitrées, les faisant scintiller comme de l'or. Il était un peu en retard, mais il ne s'en souciait guère. Après tout, c'était lui que l'on devait fêter, et le gouverneur Mallory, qui l'avait assuré de sa présence en personne lors de l'expérience, pouvait bien attendre un peu.

Cynthia attendait là, immobile, réfugiée au creux de la rampe de l'escalier qui débouchait dans le couloir principal. Frullifer s'était préparé à cette rencontre, et pourtant il ne put s'empêcher de tressaillir. La jeune fille lui faisait de la peine, maintenant. Depuis qu'elle avait été licenciée de l'institut, en vertu de sa confession non chrétienne, on aurait dit que sa beauté avait perdu une partie de son éclat. Ses yeux, fatigués par trop de larmes, s'étaient nettement creusés ; son visage paraissait tendu et amaigri ; même son corps, pourtant toujours voluptueux, semblait à présent contracté et légèrement courbé.

Frullifer ne pouvait éviter de la croiser, néanmoins il fut parcouru d'un frisson lorsqu'elle lui posa la main sur le bras. Il remarqua que ses lèvres tremblaient légèrement quand elle s'adressa à lui :

— Marcus, au fond de toi, tu n'as jamais été un ambitieux. Ne t'exhibe pas devant eux, je t'en supplie. Ce ne serait pas une reddition, ce serait une trahison !

Frullifer haussa les épaules.

— Toi et tes amis, vous parlez comme si nous étions en guerre. Eh bien, ce n'est pas le cas.

— Mais si, voyons !

Les yeux de Cynthia étaient mouillés, mais devaient avoir perdu depuis quelque temps déjà la notion des pleurs.

— Ils se prétendent des agneaux, mais ce sont des loups ! Tu ne t'es donc pas aperçu de ce qui était arrivé à tes anciens amis ? De ce qui m'était arrivé à moi ?

Les paroles de la jeune fille eurent sur Frullifer un effet contraire à celui qu'elle avait peut-être espéré. Le jeune homme s'écarta d'elle, envahi par la colère. Les paroles jaillirent de sa bouche comme autant de poignards.

— Des amis ? Écoute-moi bien. Je vis pour la science. J'ai fait une découverte qui me semble loin d'être banale. Eh bien, aucun de ceux que tu appelles mes amis n'a jamais daigné m'écouter. Seuls mes prétendus ennemis l'ont fait. Et à présent, selon toi, je devrais renoncer à dix années de recherches au nom de l'amitié ? Quant à toi...

Frullifer se força à s'interrompre pour parvenir à maîtriser le timbre de sa voix.

— Quant à toi, tu ne t'es même jamais aperçue à quel point je t'ai aimée. Ni même à quel point je t'aime encore.

Cynthia secoua la tête.

— Marcus, te rends-tu compte que c'est la première fois que tu me le dis ? Jusqu'ici, tu as seulement cherché avec maladresse à me faire comprendre que tu voulais coucher avec moi.

— Et alors ? cria presque Frullifer. Qu'y avait-il dans ce désir qui soit de nature à t'offenser ? Ce n'est pas normal ? Qu'est-ce que cela a d'étrange ?

Il s'était attendu qu'elle le traite à nouveau de porc ou de quelque chose de semblable. En ce cas, il savait très bien ce qu'il lui aurait répondu. Au lieu de cela, Cynthia baissa les yeux et susurra :

— Là, tout de suite, ce n'est pas le moment idéal.

— Tu l'as dit, ce n'est pas le moment.

Frullifer jeta un coup d'œil à une grande horloge accrochée au mur et s'élança d'un pas agité vers l'auditorium.

Il n'avait vu le gouverneur Mallory qu'à la télévision et sur les affiches de sa campagne électorale. Il le reconnut tout de suite à sa soutane, à son sourire étincelant et paternel, à ses cheveux blancs coupés en brosse. À côté de lui, assis au premier rang des gradins de l'auditorium, se tenaient Matthew Hopkins, vêtu de noir de pied en cap, et une femme à l'âge indéfinissable qu'on lui présenta sous le nom de Betty Penland. Il serra la main du gouverneur, qu'il trouva chaude et moite, puis salua d'un hochement de tête toute une série de personnages aux fonctions officielles peu claires, mais certainement de toute importance.

Il ne se sentait nullement sous le coup de l'émotion, mais cependant il ne parvenait pas à détacher ses pensées de Cynthia. Il commençait à se demander s'il s'était comporté correctement en sa présence. Il ne lui était jamais arrivé auparavant de faire pleurer une femme. Du reste, les femmes lui avaient toujours prêté si peu d'attention ! Il se sentait troublé, très troublé.

Plongé dans ses pensées, il se laissa guider par Hopkins derrière la chaire. Ce ne fut qu'alors qu'il s'aperçut que sur les gradins se tenait aussi Tripler, l'air triste, défait et presque honteux. Il écouta sans grande attention la brève présentation que fit l'avocat, que Mallory accueillit avec de grands sourires et de larges signes d'approbation. Puis il commença à répondre, sans guère manifester d'émotion, aux questions que Hopkins lui posait.

— Docteur Frullifer, lui demanda l'homme en noir d'une voix de stentor, peut-on concilier la psytronique et la religion ?

Le jeune homme répondit d'un trait :

— Non seulement on peut les concilier, mais encore la psytronique postule la vérité absolue de toutes les religions. Il n'existe aucun fantasme humain qui, s'il est partagé avec force par un nombre suffisamment élevé d'individus, ne puisse se matérialiser sous une forme concrète. Et donc il n'existe aucune divinité en laquelle croient les hommes qui ne pourrait effectivement prendre vie, et se maintenir en vie durant la totalité de la période où son culte se perpétuerait. Pour autant, cela va de soi, que cette divinité soit imaginée comme étant dotée d'un corps tangible, ou en mesure de s'incarner sous une quelconque apparence.

La réponse ne fut pas très bien accueillie par le groupe des représentants de l'autorité. Il y eut des hochements de tête, des regards indignés, des conciliabules rapides et préoccupés. Le révérend Mallory, pour sa part, ne sembla point perdre de sa sérénité. Il joignit les mains et murmura, avec un sourire paisible :

— Vos affirmations sont à la limite du blasphème. Mais c'est le propre de nous autres chrétiens de pratiquer la tolérance. Répondez alors à ceci : si ce que vous avancez possède des bases sérieuses, pourquoi en ce cas ne voyons-nous pas un ciel peuplé de créatures fantastiques, sillonné d'anges et de démons, illuminé par les apparitions des saints ou transpercé par des yeux gigantesques ?

Frullifer eut un haussement d'épaules.

— L'explication en est évidente. Lorsque les psytrons excités qui recèlent l'information sur la divinité invoquée par les fidèles sortent de l'imaginaire, ils donnent lieu, justement du fait de leur nombre élevé et donc de leur masse, à une distorsion spatio-temporelle. Les dieux ainsi « construits » par les dévots prennent effectivement une apparence, un visage, mais en une autre région de l'espace et en un temps différent.

Le révérend Mallory secoua la tête.

— Du blasphème, un pur blasphème, murmura-t-il d'une voix pleine de douleur. Mais tout cela ne pourra rendre mon jugement moins serein. Passez à la suite, je vous prie. À quelle autre région faites-vous donc allusion ?

Frullifer se rendit compte qu'il perdait du terrain. Mais comment pouvait-il répondre, sinon par les fondements de sa propre théorie ? Ces messieurs, qui avaient semblé si enthousiastes à son sujet au point de se donner la peine de venir l'écouter, devaient bien en être familiers.

— Je suis convaincu que si, un jour, nous réussissions à atteindre les galaxies les plus lointaines, nous découvririons des planètes où Baal, Quetzalcóatl, Mithra et Zeus mèneraient leur propre existence bien réelle et fort étrange. Si l'on admet que notre régression dans le passé puisse nous conduire jusqu'à une époque où leurs cultes étaient encore vivaces.

Il n'aurait jamais dû prendre congé si brutalement de Cynthia, c'était évident.

Le révérend Mallory plissa légèrement ses yeux lumineux et bienveillants.

— Je me demande s'il serait possible, à l'époque actuelle, de faire revenir de leur exil les dieux auxquels l'on croit *effectivement* de nos jours. (Puis il ajouta, presque comme pour se justifier au regard de ses collaborateurs :) Comme vous le voyez, je m'efforce de donner du crédit à ses hypothèses, que je juge pourtant hérétiques et dangereuses.

Frullifer se ressaisit. Il se demandait si Cynthia, informée du fait qu'à son âge il était encore vierge, se serait montrée moins intransigeante. Mmm, plus probablement, elle l'aurait jugé inepte.

— Oui, c'est là chose possible. Ce qui se passerait, c'est que la Psyché des croyants serait projetée à travers l'imaginaire, porteuse d'un contenu d'informations qui comprendrait non seulement les « coordonnées » du voyage de retour, mais aussi, profondément gravée, la fonction volitive capable d'exciter les psytrons déjà déplacés dans l'ailleurs afin qu'ils puissent entreprendre ce voyage. La volonté du *médium*, destinée à ramener en arrière les psytrons de l'astronef au terme de l'exploration au-delà de l'imaginaire, devrait en somme être directement imprimée dans les psytrons emportant le souhait de ce rappel.

Mallory acquiesça.

— Je crois avoir compris. Il ne s'agirait certainement pas d'une opération facile.

— En effet, seuls des *médiums* aux dons exceptionnels, capables d'exciter la Psyché de foules entières, ainsi que le fit en son temps l'ingénieur Darvel, pourraient y parvenir. Encore le résultat ne serait-il que partiel, dans la mesure où l'on obtiendrait la *projection d'une projection*, avec un probable égarement dans l'imaginaire d'une quantité très notable de psytrons, et pour effet final une rematérialisation insuffisante. Cela n'a rien d'un hasard si la majeure partie des apparitions issues des religions adviennent sous forme de silhouettes diaphanes et évanescentes, destinées à disparaître presque aussitôt, une fois prononcées leurs prétendues « révélations ».

Cette dernière phrase était véritablement lourde de sens, et suscita un bruissement sur les gradins. Mallory, cependant, ne parut leur accorder guère de poids, car il se borna à se pencher en avant, l'air attentif.

— Voudriez-vous nous expliquer un peu plus en détail ce concept ?

Frullifer pensait que si une femme avait pu faire de lui un objet d'attirance sexuelle, il en aurait été plus que ravi. Pourquoi, en ce cas, Cynthia s'en était-elle trouvée offusquée ? Pourquoi la majeure partie des jeunes femmes qu'il avait eu l'occasion de rencontrer avaient-elles réagi de la même façon ? Mais il lui fallait répondre à ce pasteur gentil et grassouillet.

— Toute interruption, même la plus brève, du flux des psytrons serait suffisante pour arracher au simulacre toute substance matérielle. Une interruption un peu moins brève du flux psytronique serait tout aussi bien fatale pour les divinités qui, modelées d'après les fantasmes humains, mènent leur vie incompréhensible en un espace et un temps des plus lointains. Leur apparence corporelle, si le culte qui la soutient devait s'amoindrir, commencerait à se désagréger en agglomérats de matière brute, pour finalement s'évanouir complètement. Zeus, Baal, Mithra, Quetzalcóatl et qui sait combien d'autres noms fulgurants, doivent avoir péri justement ainsi, dans une solitude rendue horrible par le silence de leurs fidèles. Un silence capable de corroder peu à peu leur chair, qu'ils devaient présumer immortelle.

L'embarras de l'assistance était palpable. Cette fois, Mallory se sentit obligé d'intervenir pour prendre la défense de l'orateur. Il échangea un bref coup d'œil avec Hopkins qui, après une pause destinée à trouver les paroles les plus adaptées à la situation, bondit sur ses pieds.

— Docteur Frullifer, certaines des phrases que vous avez prononcées sonnent comme une agression à l'oreille de tout bon chrétien. Mais nous ne sommes certes pas ici pour refuser la dialectique. Nous vous demandons une démonstration pratique de ce que vous avancez. Êtes-vous disposé à nous la donner ?

Arraché à ses propres obsessions par la dure voix de l'avocat, Frullifer répliqua :

— Mais je ne suis pas un *médium*. Sans doute que si l'esprit de toutes les personnes présentes devenait réceptif à mes psytrons...

— Vous aurez toute la réceptivité qu'il vous faudra, n'en doutez pas une seconde. Réussirez-vous à matérialiser quelque chose ?

Frullifer comprit d'un seul coup que les hommes du gouverneur, pour être ainsi disposés à passer outre à leurs propres croyances, devaient nourrir à l'égard de ses théories un appétit dévorant. S'agirait-il alors d'un quelconque intérêt militaire de leur part ? Certains journaux soutenaient que les États du Sud se préparaient à la sécession et à la guerre civile, et que Mallory était de mèche avec une sinistre organisation du nom de RACHE. Mais à lui, qu'est-ce que tout cela pouvait bien faire ?

— Nous pouvons essayer. Si je réussis à penser à une image authentiquement forte, et si chaque personne de l'assistance tente de rendre réceptif son propre cerveau, en le vidant de toute pensée, la matérialisation deviendra possible.

Hopkins fit un vigoureux signe d'assentiment.

— N'hésitons plus, alors ! Il faut essayer.

Il se laissa retomber sur son siège.

Frullifer vit les personnes de l'assistance se raidir dans leurs fauteuils et leurs mains se crisper sur les accoudoirs, comme si elles avaient déjà effectué des simulations de cette expérience. Franchement perplexe, il contempla les regards devenus d'un seul coup complètement vides, y compris celui du révérend. Eh bien, il ne lui restait donc plus qu'à faire ce qu'il fallait. Il devait penser à quelque chose de si présent et de si précis au sein de son esprit qu'il serait en mesure d'en transmettre le simulacre à d'autres que lui...

Cynthia ! À peine ce nom jaillit-il dans ses pensées qu'il s'efforça de l'en chasser. Peine perdue : il n'y avait en lui aucune image d'une force aussi puissante. Frappé de stupeur, il avertit la Psyché des personnes présentes de se l'approprier, de la partager, de la remodeler. Il éprouvait une sensation vertigineuse. Un brouillard léger se condensait au centre de l'auditorium, recelant en son centre une forme évanescente, si haute qu'elle touchait le plafond. Il chercha à ne penser à rien, mais le même nom résonnait en lui un millier de fois : Cynthia, Cynthia, Cynthia...

Et pourtant cette silhouette brumeuse qui se matérialisait dans la salle, sous les yeux terrifiés des personnes présentes, ce n'était pas Cynthia. Épouvanté par un soupçon effroyable, Frullifer s'élança vers la porte, dans l'espoir de détacher ses propres psytrons de ceux de l'assistance. Au lieu de cela, le lien psychique le suivit jusque dans le couloir, puis plus loin encore, tandis qu'il se mettait à courir vers l'escalier.

Il s'arrêta brusquement. Cynthia était là, pleurant toutes les larmes de son corps, assise sur les marches. Frullifer en fut touché, mais il n'y avait pas de temps pour cela. En surmontant son embarras, il agrippa la jeune fille par les épaules et la secoua avec fougue.

— Dis-le-moi, je t'en prie, c'est important, hurla-t-il. Terriblement important. Que signifie vraiment ton nom ?

Cynthia ouvrit tout grands ses yeux remplis de larmes, comme si elle avait eu un fou en face d'elle.

— Mon nom ? répéta-t-elle.

— Oui ! C'est une question de vie ou de mort.

— Il signifie : originaire du mont Cynthe, répondit la jeune fille dans un filet de voix. C'était l'une des appellations de la déesse Diane.

Frullifer, bouleversé, se laissa tomber sur une marche.

— Maintenant je comprends. Maintenant je comprends tout, murmura-t-il avec angoisse.

De l'auditorium provenait un chœur de hurlements.

CHAPITRE X

MORT D'UNE DÉESSE

La tête qui émergeait entre les montagnes d'Olympe était sans confusion possible celle d'une femme. Un visage sévère et noble, deux yeux très noirs tournés vers un horizon lointain, une cascade de cheveux bouclés et noirs comme la nuit.

Ce ne fut pas la peur, qui interrompit notre fuite, bien qu'elle continuât de nous tenailler les viscères. Ce fut une sorte de révérence presque mystique, comme une soumission spontanée à une majesté grandiose et inconnaissable.

Nous contemplâmes sans parler le corps voilé et immense qui faisait route à travers les montagnes, aussi haut qu'elles, en les effleurant du carquois empli de flèches qu'il portait sur l'épaule. C'était un corps certes humain, mais aux contours flous, comme si une lumière intérieure le rendait translucide. Le chien, reconnaissant sa maîtresse, agita joyeusement la queue et peut-être aboya-t-il, mais aucun son ne se fit entendre.

Ce moment d'enchantement et de terreur fut grossièrement violé par la voix de l'abbé, brisée par l'hystérie :

— Je la reconnais ! C'est Diane ! Diane chasseresse ! Regardez l'arc qu'elle tient en main, et le carquois, et le chien ! Nous avons réussi ! Un des dieux est vivant !

En écho, tout aussi éraillée, répondit la voix de Prometeos :

— Mon cul, que nous avons réussi ! Tu es cinglé, moine ? Comment veux-tu que nous capturions cette monstruosité ?

— Il me suffit d'un morceau ! répondit Sweetlady en agitant les bras. Un morceau seulement ! Une jambe, une main ! Allons, les gars, je ferai un homme riche de celui de vous qui me rapportera un doigt de la déesse !

Nous nous regardâmes, déconcertés : l'abbé avait certainement perdu la raison. Cependant, nous n'osions pas nous éloigner. Cette étrange émotion, imprégnée de religiosité, qui nous avait saisis, n'était pas encore dissipée. Il semblait impossible de détacher les yeux de la créature fantastique, terrible et très belle, qui remplissait l'horizon entier, projetant sur la planète grise une lumière rosée surnaturelle.

— Un morceau ! continuait à hurler Sweetlady, la bouche écumante. Rien qu'un morceau !

— Tais-toi, moine, lui ordonna sèchement Prometeos, puis il ajouta : Aiguise ton regard. Tu ne vois pas que ta déesse est en train de changer de visage ?

C'était vrai. La lumière rosée virait au rouge foncé, et les traits de Diane se contorsionnaient, comme si d'autres traits voulaient émerger.

— Satan ! Satan ! Satan !

L'invocation, scandée par des milliers de bouches inconscientes, faisait courir des rides à la surface du lac, éclairée par la très blanche silhouette qui le dominait. Eymerich suivait la scène d'instant en instant, la gorge serrée, sans se soucier des gouttelettes de pluie projetées par la cascade.

Diane, qui à présent dominait le ciel entier, sembla surprise par quelque chose d'anormal. Pour la première fois, elle inclina lentement la tête, comme si elle avait senti qu'on bougeait à ses pieds. Son visage, qui n'était plus impassible, mais envahi d'une évidente anxiété, se refléta dans les eaux du *Speculum,* altéré par une question informulée. Eymerich contempla ces traits par trop réguliers, les lignes fines des sourcils, le léger tremblement du menton. Mais cela ne dura qu'un instant. La déesse se releva et, lentement, écarta les bras. Le chien à ses côtés semblait flairer les alentours de ses narines frémissantes.

L'air cessa de vibrer. Le cri de la foule s'éteignait. Beaucoup de femmes, conscientes de l'erreur, tiraient de force leurs compagnes hors du cercle, en les suppliant de se taire. Trop tard. On entendit un grondement étouffé qui crût peu à peu en intensité. La lumière blanche de la lune vira au rose, puis au vermillon. On eût dit que le lac se remplissait de sang, que le panorama entier prenait des teintes noires et rougeâtres.

Eymerich regarda en haut, la gorge nouée, mais certain à présent de son propre succès. Il vit le carquois de la déesse se transformer en ailes de chauve-souris, repliées sur la vallée entière. Il vit ce visage d'une tranquille beauté se contracter en une grimace obscène, d'une perversité vite insoutenable. Cependant, la chevelure corbeau se retirait sous la poussée de deux cornes pointues, et le corps entier se déforma, se gonflant de protubérances, de bosselures épouvantables.

Les derniers cris se transformèrent en un unique hurlement de terreur.

Nous hurlâmes à nous en décrocher les mâchoires. Énorme contre le ciel, devant nous, il y avait le diable, comme nous l'avions imaginé enfants, comme je l'avais vu dans mes rêves. Même le chien s'était mué en une bête féroce indescriptible, qui grondait doucement entre les murailles de roches, les faisant vibrer.

Nous nous lançâmes dans une fuite désordonnée, abandonnant ceux qui tombaient, nous bousculant au hasard. Si nous avions pu, nous aurions lacéré les combinaisons qui gênaient nos mouvements, tant était grande notre hâte d'échapper à l'ombre rougeâtre du démon.

L'abbé Sweetlady, dévoré par son obsession, perdit le peu de raison qui lui restait. Je ne sais comment il réussit à courir au-devant de nous, en gesticulant furieusement :

— Arrêtez, que faites-vous ? J'en veux un morceau, j'en veux un morceau !

Un instant, il réussit à bloquer notre fuite. Puis un des Orientaux lui infligea une poussée vigoureuse, qui le déséquilibra et le fit virevolter sur lui-même. Je me retrouvai juste devant lui. D'un geste mécanique, je ramassai une pierre coupante et le frappai à la tête, déchirant le casque.

— Tu as vendu ton âme à Satan ! hurlai-je, hors de moi.

Je le frappai de nouveau. L'abbé se débattit et tomba comme une quille.

— Eh, qu'est-ce qui te prend ? me cria Prometeos, menaçant.

Puis il poussa un hurlement furieux. Dickson, dans

son dos, lui avait arraché le tube d'oxygène. Prometeos tomba à genoux, avec un horrible gargouillis. Nous reprîmes la fuite.

La foule, folle d'horreur, courait dans toutes les directions, cherchant à fuir le monstre titanesque qui la surplombait. Ce n'était plus Diane, mais Satan qui dominait la scène. Satan, tel qu'il était représenté dans l'iconographie populaire, aux frontons des églises, sur les peintures des cryptes. Un être rouge comme le feu, difforme, incroyablement maléfique. Le chien lui-même s'était transformé en une créature noire, mi-loup, mi-panthère, qui découvrait ses dents pointues dans un grognement silencieux. L'air avait recommencé à vibrer, mais c'était une vibration malsaine, chargée de menaces.

Eymerich ne put empêcher qu'une terreur glacée lui gelât le sang. Mais c'était une terreur qu'il connaissait déjà, pour l'avoir éprouvée dans les ténèbres des catacombes, dans le silence des nefs humides, dans les ombres indistinctes de la nuit, dans la contemplation des grotesques représentations du triomphe de la mort. Il ne se laissa pas paralyser et se limita à attendre que tout cela disparaisse, à naviguer sur la peur agrippé à la certitude de la nature éphémère de ce qu'il voyait.

L'attente ne fut pas longue. Au bout de quelques instants, le monstre colossal commença à perdre couleur, comme si ses veines se vidaient. Du rouge, il passa au gris, puis la trame même de la silhouette commença de se défaire, laissant passer la lumière de la lune à travers un mince réseau de cartilages blanchâtres. Les grandes ailes devinrent des tronçons évanescents qui se liquéfièrent en un agrégat blanc comme le lait. Ce fut ensuite le tour de la grande bête dressée entre les monts, qui se transforma en une informe masse de matière spongieuse avant de s'évanouir dans le néant. Enfin, ce qui restait du corps du colosse se désagrégea en une poussière qui fut aussitôt dissoute dans les eaux du lac et se perdit dans de blancs sillages.

L'air redevint calme, tandis qu'une brise légère commençait à dissiper les hurlements des milliers de femmes qui fuyaient le *Speculum Dianae.*

L'abbé tardait à mourir. Tandis que nous traversions en courant la gorge fouettée par la pluie et le vent, nous continuions à entendre sa voix affaiblie dans nos écouteurs.

— Ils n'y croient plus, ils n'y croient plus, délirait-il. La dernière déesse, la dernière déesse de l'Olympe ! Je l'avais presque prise ! Mon Dieu, fais-moi vite mourir, ne me laissez pas dans les yeux l'image de la mort !

Nous n'y prêtâmes pas attention. Nous courûmes désespérément, guidés par les trois Orientaux. La lumière rouge dans notre dos avait disparu dans la brume, mais personne n'osait se retourner. Nous étions entièrement tendus dans l'effort surhumain de rejoindre l'extrémité de la vallée, sans nous soucier de la pluie ni du gel.

Enfin, nous vîmes la navette. Ce fut alors que nous parvinrent les dernières paroles de l'abbé, faibles comme un soupir :

— Je l'avais entre les mains... Ce n'est pas possible ! Donnez-moi un morceau, un morceau seulement !... Oh, incrédulité !

Puis, à notre grand soulagement, les écouteurs se turent.

Eymerich se hissa sur les flancs de la colline, surexcité et triomphant. Il était à mi-parcours quand une exclamation collective de stupeur résonna dans son dos. Il se retourna et, d'abord, resta étonné par ce qu'il vit.

Les traînées blanchâtres sur le lac Miroir, dernière trace de dissolution du monstre infernal, s'étaient disposées en forme de croix, et cette croix semblait briller de sa propre lumière. Les femmes en fuite se retournaient, éblouies par cette vision. Certaines retournaient en courant vers le lac, d'autres tombaient à genoux et se signaient. On eût vraiment dit qu'elles étaient revenues à la procession de la Vierge du Pilar.

L'étonnement d'Eymerich s'évanouit aussitôt. Il comprit que, quand Satan était apparu, beaucoup de femmes avaient invoqué le ciel au fond de leur cœur. La même force qui avait permis d'appeler Diane donnait maintenant corps à la croix, dernière manifestation d'un pouvoir collectif en train de se disperser. Du reste, même ce signe se dissolvait déjà, aussi instable que les autres visions de cette nuit de délire.

Haussant les épaules, il reprit la montée. Il avait fait quelques pas quand il entendit de nombreuses voix qui acclamaient son nom. Inquiet, il s'arrêta, regardant vers le haut. C'étaient les soldats qui n'avaient pas fui. Ils descendaient la colline en courant, par bandes, en tendant les mains dans sa direction, en l'appelant à haute voix, avec des gestes de victoire.

Eymerich fut tenté de revenir sur ses pas, mais déjà les soldats l'entouraient, lui touchaient les vêtements, s'agenouillaient devant lui. Galcerán, souriant, vint au-devant de lui et l'embrassa rudement. Ce fut peut-être la première embrassade que l'inquisiteur eût reçue dans sa vie, et cela ne lui plut pas du tout. Mais ensuite, ce fut le tour de l'archer à la barbe blanche, et puis de tous les officiers.

Il craignit qu'ils ne le soulèvent et ne le portent en triomphe. Alors, pour prévenir cette menace, il entonna de sa voix point trop musicale le *Salve Regina.* Ce fut le dernier mouvement victorieux de cette nuit. Tous les soldats se découvrirent et commencèrent à chanter. Peu après, du fond de la vallée, des voix vinrent s'unir à leur chœur. C'étaient ces mêmes femmes qui une heure auparavant avaient appelé le retour de leur déesse, à présent renvoyée aux cauchemars qu'il fallait oublier pour toujours.

L'air était redevenu transparent et serein comme l'eau du lac.

Tandis qu'il préparait le *Malpertuis* pour le voyage du retour, avec l'aide des trois Guides orientaux, plus taciturnes que jamais, Holz s'arrêta un instant pour bavarder avec nous.

— Je sais très peu de chose de l'abbé Sweetlady, expliqua-t-il, sérieux. Peut-être avait-il vraiment vendu son âme au diable. Ce qui est sûr, c'est qu'il pensait que les dieux de l'Olympe vivaient encore, maintenus en vie par la foi de leurs croyants. Je suppose qu'il se basait sur une observation de Frullifer lui-même, l'inventeur des bobines. Mais, à ce qu'il semble, en 1352, la seule déesse païenne qui avait encore des fidèles était Diane. Et les dernières lueurs de cette foi doivent avoir disparu elles aussi, justement quand vous vous trouviez sur cette planète. C'est étrange, mais il n'y a pas d'autre explication.

— Une chose m'échappe, dit Schenoni. Qu'avaient-ils l'intention de faire de leurs dieux, Prometeos et Sweetlady ?

Holz eut un geste vague.

— En ce qui concerne Prometeos, je crois qu'il avait simplement l'intention de les vendre et d'en tirer un joli bénéfice. En revanche, je soupçonne que les buts de l'abbé étaient différents. Une fois, il m'a dit que l'ordre dit des Barbusquins, auquel il appartenait, avait été créé pour combattre le paganisme. Les païens, selon lui, n'avaient jamais compris la valeur de la souffrance, qui, en fait, est à la base de la foi chrétienne et de son envers satanique. Je pense que Sweetlady voulait troubler l'existence sereine des antiques dieux païens en y introduisant la morsure de la douleur et de l'humiliation. Mais le destin a voulu qu'il accoste à une époque erronée, ce qui a peut-être mieux valu pour tout le monde.

Holz sourit.

— Allons, au travail. D'ici vingt minutes, nous rentrerons dans l'imaginaire, et tout cela ne sera plus qu'un souvenir.

Ici se termine la déposition anonyme devant la Commission inter-spatiale de Carthagène. L'auteur de ces aveux a été acquitté de l'accusation d'homicide de l'abbé Sweetlady, la Cour ayant conclu que le crime avait été commis par sa « projection imaginaire ».

Pierre IV posa sur Eymerich un regard interrogateur.

— Vraiment, les choses se sont passées ainsi ?

L'inquisiteur hocha la tête.

— Sire, je vous ai fidèlement rapporté les événements d'il y a trois jours. La menace est conjurée, pour toujours, je crois. Chacune des femmes qui étaient présentes à Piedra est convaincue d'avoir vu le diable, et non pas Diane. Les confessionnaux de Saragosse sont encore assiégés de pénitentes.

— Mais vous et moi, nous savons qu'elles ont vraiment vu Diane !

Eymerich eut un sec mouvement de dénégation.

— Non, c'était le diable, l'incarnation de tout ce que l'Église combat. Le déchaînement des instincts, l'adoration des plaisirs matériels, l'abandon à la nature, la stupide notion de liberté. Tout trouble de l'ordre divin est diabolique, quelle qu'en soit la forme.

Pierre se laissa aller contre le dossier du trône en s'appuyant sur l'écusson de l'Aragon.

— Convenez que c'est un peu paradoxal. Vous auriez fait apparaître Satan en personne pour renforcer le pouvoir de l'Église.

— Je ne parle pas du pouvoir de l'Église, sire, je parle de votre pouvoir même, répondit Eymerich en s'échauffant. Vous incarnez l'ordre de Dieu sur la Terre, par mandat du pontife. Un retour au paganisme aurait inévitablement miné les fondements mêmes de votre domination.

— Peut-être avez-vous raison, murmura le roi, avant d'ajouter, souriant pour la première fois : Mais il est sûr que vous n'êtes guère regardant sur les moyens.

— Le Christ non plus ne l'était pas, répondit Eymerich en entrouvrant à demi les lèvres sur un léger sourire. Ce qui compte, c'est le résultat. Considérez la situation d'aujourd'hui. Le peuple, ramené à la discipline, vous obéit. La papauté, reconnaissante, vous a proposé par l'intermédiaire du seigneur de Berjavel un compromis sur la question sarde. La noblesse voit dans la Sardaigne une occasion d'étendre ses propres possessions et n'a plus l'intention de se rebeller. En somme, l'ordre est rétabli partout.

— Et vous êtes devenu l'homme le plus puissant du

royaume, conclut Pierre en accompagnant ces paroles d'un regard malicieux.

Eymerich baissa les paupières.

— J'appartiens à un royaume qui n'est pas de ce monde. Je vous assure qu'à partir d'aujourd'hui, vous entendrez parler de moi le moins possible.

— Pardonnez notre franchise, mais nous le souhaitons nous aussi, répondit Pierre en se levant.

Tandis que l'inquisiteur s'inclinait pour prendre congé, il ajouta sans crier gare :

— Une dernière chose. Doña Alba de Manresa nous a rapporté que vous aviez conquis le *Justicia* en lui promettant d'affaiblir notre autorité au profit des nobles.

— Doña Alba de Manresa ? Ne serait-ce pas par hasard la dame aux cheveux roux, au teint très pâle ?

— Exactement.

— Ainsi, c'est votre espionne dans les appartements du *Justicia.*

Pierre IV haussa les épaules.

— Chacun se défend comme il peut.

— Je comprends.

— Alors, que me répondez-vous ? Avez-vous vraiment fait cette promesse au *Justicia* ?

Eymerich sourit.

— Chacun se défend comme il peut.

Il s'inclina de nouveau et, à petits pas, se dirigea vers la sortie.

ÉPILOGUE

Frullifer vit la porte de l'auditorium s'ouvrir toute grande, laissant jaillir plus fort les hurlements qui provenaient de la salle, et Tripler, tout excité, venir vers lui au pas de charge. Le savant, à en juger d'après son regard, devait avoir éprouvé la plus grande terreur de sa vie.

— Mais qu'avez-vous donc invoqué, pauvre fou ? cria-t-il d'une voix cassée.

— Je ne savais pas... bredouilla Frullifer. (Il désigna Cynthia qui à ce stade avait cessé de sangloter.) Je ne savais pas que Cynthia était l'un des noms de Diane. Je vous le jure. Je le jure sur tout ce que j'ai de plus précieux.

Il dit tout cela sans détacher son regard de la jeune fille.

— Vous croyez avoir invoqué Diane ? (Le visage de Tripler était écarlate.) Vous avez fait bien pis ! Si vous voyiez qui se tient en face de ceux qui sont restés à l'intérieur...

Sa voix était si rauque qu'il fut secoué par une quinte de toux.

— Mais peut-être est-ce justement cela qu'ils

méritent, au fond. Heureusement qu'il ne s'agit que d'une hallucination.

Frullifer contempla la porte de l'auditorium, par où filtrait une inquiétante lueur rougeâtre. On n'entendait plus de cris, mais le silence qui était retombé n'avait rien de rassurant. Vraiment rien.

— Ce n'est pas une hallucination. C'est... Eh bien, si vous aviez un jour compris quoi que ce soit à mes théories, vous le sauriez.

Le jeune homme tendit la main vers Cynthia, qui avait désormais totalement repris contenance.

— Viens, il vaut mieux nous en aller d'ici.

La jeune fille lui tendit ses doigts. Pour la première fois, il serra sa main entre les siennes. Il en éprouva une sensation curieuse, d'une grande douceur, qui l'enivra. Tandis qu'il l'aidait à se relever, il écoutait à grand-peine les phrases que prononçait Tripler.

— Vous, Frullifer, c'est définitivement que vous allez partir d'ici ! Vous m'avez déjà causé bien trop de tracas. Je ne sais pas si, après ce qui s'est passé aujourd'hui, je conserverai mon poste. Mais si c'est le cas, je ne veux plus vous avoir dans les jambes.

Cynthia fit brusquement volte-face et dévisagea le savant avec indignation.

— Vous ne pouvez le licencier ! s'écria-t-elle. Vous n'allez pas vous abaisser à ce point ! N'avez-vous pas déjà suffisamment dégradé votre fonction, par amour de la tranquillité ?

Tripler resta de marbre.

— Je n'ai pas l'intention de le licencier. Je veux seulement le faire transférer dans un autre laboratoire à l'extérieur, où il pourra continuer ses recherches.

Cynthia resta interdite.

— Mais c'est inadmissible. Vous n'avez aucun motif valable pour agir ainsi.

— Oh, mais bien sûr que si, répondit Tripler d'un ton dur. Le docteur Frullifer a publié un article non autorisé dans la revue *Speculations in Science and Technology*, une revue qui n'est pas acceptée par le monde académique. Les règles de l'institut, sur ce point, sont inflexibles.

— Vous savez ce que vous pouvez en faire, de vos règles ?

Vu le contexte, la conversation devenait de plus en plus surréaliste. Frullifer vit du coin de l'œil quelques spectateurs sortir de l'auditorium, le visage hagard et très pâle. Il serra la main de Cynthia, avec qui il craignait de perdre le contact, et entraîna la jeune fille vers l'escalier qui conduisait au rez-de-chaussée. Tripler, alarmé lui aussi, s'enfuit dans la direction opposée.

Quand ils se retrouvèrent au-dehors, sous un soleil irréel, Cynthia tourna son regard vers le sommet de l'édifice, en se protégeant les yeux de la main gauche.

— Mais que diable est-il donc en train d'arriver là-haut ?

— Quoi qu'il puisse s'y passer, ça n'est pas destiné à durer bien longtemps.

Frullifer était encore sous le coup de l'émotion de la nouvelle intimité qu'il partageait avec la jeune fille. Ce qu'il attendait depuis des mois et des mois semblait enfin s'être produit.

— Les ectoplasmes psytroniques sont éphémères, si l'action du *médium* s'amoindrit. Et en ce cas, le *médium*, c'était moi.

Cynthia lui jeta un regard affectueux.

— Marcus, est-ce que tu te rends compte de ce que tu as fait ? Tu as mis hors de combat le gouvernement et toute sa clique de fascistes, au moins pour quelque temps. Il faudrait maintenant trouver le moyen de les emprisonner pour longtemps dans leurs hallucinations. Cela ne doit pas être impossible.

— Non, ce n'est sans doute pas impossible.

Frullifer arracha son regard des yeux sombres de la jeune fille, juste le temps nécessaire pour indiquer le bar situé au fond de la ruelle.

— Nous en discuterons en mangeant quelque chose... Mieux encore, nous en discuterons au dîner, dans un bon restaurant en ville.

Dans son esprit se dessinait déjà un programme merveilleux. Un dîner dans une ambiance suggestive, qui allait approfondir leur intimité. Leur premier baiser timide dans sa voiture. Une visite — sinon dès ce soir, d'ici quelques jours — à son appartement, rempli de poussière et de désordre (il devait absolument trouver le temps de faire un peu de ménage). Une conversation enfiévrée sur le divan (il lui fallait le faire réparer de toute urgence). Un nouveau baiser débordant de passion. Et puis ce serait le moment magique où il l'aiderait à dégrafer son soutien-gorge, et celui encore plus magique et troublant où il lui aurait retiré sa petite culotte...

Cynthia dut avoir l'intuition de ce qu'il projetait, car l'éclat amical dans ses yeux s'éteignit d'un seul coup. Elle fixa Frullifer d'un regard glacial.

— Marcus, crois-tu que ce soit le bon moment pour penser à des choses aussi frivoles ? Tu n'as pas honte ?

Il détourna en vitesse les yeux du décolleté du chemisier jaune qu'elle portait.

— Mais... quel sera donc le bon moment ? bredouilla le jeune homme. Et puis, il ne s'agit absolument pas de choses frivoles...

Trop tard ! Cynthia s'éloignait déjà à grandes enjambées le long de la ruelle.

Frullifer, anéanti, réussit à peine à murmurer :

— Mais je t'aime !

Il répéta cela par deux fois, puis se tut. Désormais, plus personne n'était en mesure de l'entendre.

Ce fut à travers un léger voile de larmes qu'il vit la lueur rouge envahir les panneaux vitrés de l'édifice qui se dressait devant lui, pour ensuite commencer à se dissiper. « Que peuvent-ils bien voir, tous ceux qui sont restés là-dedans ? » se demanda-t-il distraitement. À présent, cependant, il avait d'autres sujets de réflexion. Il ne reverrait plus jamais Cynthia, il en était certain maintenant. Mieux valait alors l'exil. Peut-être que, dans un cadre plus exotique, son inaptitude serait moins évidente, et sa souffrance d'asocial involontaire connaîtrait-elle quelque répit. Peut-être.

Achevé d'imprimer sur les presses de

BUSSIÈRE

GROUPE CPI

à Saint-Amand-Montrond (Cher)
en février 2004

POCKET - 12, avenue d'Italie - 75627 Paris Cedex 13
Tél. : 01-44-16-05-00

— N° d'imp. : 41040. —
Dépôt légal : mars 2004.

Imprimé en France

